Nina Schindl

Spinnenfall

Nina Schindler

Spinnenfalle

Thriller

cbt

cbt ist der Jugendbuchverlag
in der Verlagsgruppe Random House

FSC
Mix
Produktgruppe aus vorbildlich
bewirtschafteten Wäldern und
anderen kontrollierten Herkünften

Zert.-Nr. SGS-COC-001940
www.fsc.org
© 1996 Forest Stewardship Council

Verlagsgruppe Random House FSC-DEU-0100
Das für dieses Buch verwendete
FSC-zertifizierte Papier *Super Snowbright*
liefert Hellefoss AS, Hokksund, Norwegen.

Gesetzt nach den Regeln der Rechtschreibreform

1. Auflage 2010

Lektorat: Frank Griesheimer
Umschlagfoto: Plainpicture / Christof Mattes
Umschlaggestaltung: init.büro für gestaltung, Bielefeld,
he · Herstellung: AnG
Satz: KompetenzCenter, Mönchengladbach
Druck: GGP Media GmbH, Pößneck
ISBN: 978-3-570-16083-1
Printed in Germany

www.cbt-jugendbuch.de

1

Damals, ganz zu Anfang, fand ich sie sympathisch.

Wirklich.

Ich fand sie richtig nett, wie sie da stand mit ihren langen, dunklen Locken und ihrem schüchternen Grinsen.

Ich bin genauso auf sie reingefallen wie alle anderen.

Angefangen hatte es damit, dass meine Mutter ein paar Wochen vorher verkündet hatte: »Ich finde, ich könnte jetzt wieder arbeiten. Ich war neulich in der Bibliothek und hab nachgefragt, und die sind ganz begeistert, weil ich ja durch meine Beurlaubung eine Stelle blockiere und sie also zu wenig Leute haben.«

Wir saßen beim Abendbrot und jeder reagierte anders.

Ich zuckte die Achseln und dachte: Wird auch langsam Zeit.

Immerhin sind die Zwillinge schon sieben und gehen in die Schule. Immerhin hat sie das mal studiert und sie liebt ihren Beruf – also soll sie auch wieder arbeiten dürfen.

Mein Vater lugte über seine Halbmondbrille und kniff die Lippen zusammen. Dann entspannte er sich wieder und fragte: »Und wie willst du alles unter einen Hut kriegen?«

Daniel angelte sich die letzte Salamischeibe vom Wurstbrett und kicherte. »Frag lieber, wie *wir* das alles unter einen Hut bringen sollen. Schließlich sind wir eine wahnsinnig emanzipierte Familie.«

Rina glotzte traumverloren in die Luft – die hatte mal wieder nichts mitgekriegt, sie lebt immer in irgendeiner Fantasiegeschichte. Vielleicht in dem Märchen von Hänsel und Gretel, jedenfalls irgendwas, wo arme Kinderchen in die böse große Welt geschubst werden.

Dafür hatte Tina genau zugehört und legte sofort den Finger auf die wundeste Stelle von Mamas Plan: »Und wer passt auf uns auf? Daniel ist immer weg und Alex ist zu streng.«

Ich grinste in mich rein. Es zahlte sich also aus, wenn man sich nicht immer auf der Nase herumtanzen ließ. Somit schied ich als Babysitter schon mal aus, das war mir sehr recht. Ich liebe die Zwillinge zwar heiß und innig, aber ich hatte keine Lust auf den Job als Dauerunterhalterin.

Meine Mutter räusperte sich. »Ihr könntet nach den Sommerferien Hortplätze kriegen. Da bekommt ihr nach der Schule ein leckeres Essen, und danach könnt ihr spielen, bis der Hort zu Ende ist.«

»Und wann ist das?«, fragte Tina.

»Äh ... ich glaube, er schließt um fünf.«

»Das ist nicht dein Ernst!«, polterte Papa los. »Du willst doch deine Kinder nicht bis fünf bei fremden Leuten lassen und ...«

»*Unsere* Kinder!«, unterbrach Mama ihn ziemlich scharf. »Außerdem hast du ja gar keine Ahnung, was hier nachmittags los ist. Du redest doch wie der Blinde von der Farbe!«

»Also ... wie kannst du ...« Papa plusterte sich auf, aber noch bevor er richtig loslegen konnte, sagte Daniel: »Mama hat recht, Papa. Die Zwillinge sind eh nachmittags immer bei ihren Freundinnen, oder die Freundinnen sind hier. Da können doch alle auch gleich in den Hort gehen.«

»Ich will aber in keinen Hort!«, jaulte auf einmal Rina los. Anscheinend hatte sie doch was von der Unterhaltung mitgekriegt. »Hort ist blöd.«

»Ach ja?«, erkundigte ich mich. »Und wer sagt das?«

»Nicki.«

»Und in welchen Hort geht Nicki?«

»In keinen.« Rina merkte zu spät, dass sie gerade ein Eigentor geschossen hatte. »Äh, der hat aber mal ...«

Ich winkte ab. »Hörensagen zählt nicht. Ich finde, Mama sollte wieder arbeiten, wenn ihr das denn Spaß macht.«

Mama grinste. »Danke für die Schützenhilfe, Alex, aber ich hab das schon lange mit Papa geklärt. Das eben war bloß ein Schaukämpfchen.« Sie kicherte.

»Heißt das, dass wir ganz bestimmt in den Hort müssen?« Tina, die sonst immer eine große Klappe hat, klang auf einmal ganz ängstlich.

Meine Mutter beugte sich zu ihr runter und streichelte ihr über die Wange. »Nein, Tinchen, das heißt es nicht. Hort ist nur eine Möglichkeit, und zwar frühestens ab Ende der Sommerferien. Von März bis zu den Sommerferien will ich ein Au-pair-Mädchen einstellen.«

»Und was ist Au-pair?«, fragte Rina. So wie sie das aussprach, hörte es sich kein bisschen französisch an, eher wie »Ohpeer«.

»Das sind junge Dinger, die Deutsch lernen wollen und für Kost und Logis in der Familie helfen«, leierte Daniel.

»Was ist Logis?« Tina ist vielleicht der frechere Zwilling, aber Rina ist mit Sicherheit der nervigere. Fragen, fragen und nochmals fragen.

»Logis heißt Unterbringung«, brummte Papa. »Ein Zimmer, ein Bett und ein Bad.«

»Und wo soll sie wohnen?«, fragte ich. Mir schwante plötzlich Schlimmes. Denn seitdem ich vor drei Jahren in das Kellerzimmer gezogen bin, hab ich auch ein eigenes Bad, und das ist toll, weil mich jetzt morgens keiner mehr raustrommelt, wenn ich angeblich zu lange brauche. Leider ist das Gästezimmer auch im Keller. Obwohl es eigentlich nicht Keller heißt, sondern Souterrain, das ist in Bremen so eine Art Halbkeller, vorn bei der Tür geht's ein paar Stufen runter und hinten zu ebener Erde raus in den Garten.

Oder wie in unserem Fall in einen kleinen Hinterhof.

Meine Mutter wich meinem Blick aus.

Aha, dachte ich. Mist.

»Na ja, ich hab ans Gästezimmer gedacht. Dann könnte sie auch dein Bad mitbenutzen.« Mama verzog den Mund, als wollte sie mich um Entschuldigung bitten. »Es erscheint uns als die beste Lösung. Oder hättest du eine bessere Idee?«

Ich überlegte blitzschnell. Vielleicht könnte Daniel runterziehen? Der blockiert das Bad zwar auch manchmal, wenn er eins von seinen stinkenden chemischen Experimenten macht, aber morgens ist er immer rasend schnell mit seinen Reinigungsritualen fertig. (Verdächtig schnell, wenn man mich fragt.)

Daniel wohnt oben unterm Dach neben dem Zwillingszimmer. Dort oben gibt es nur eine Toilette mit Waschbecken und Dusche, aber das reicht ja.

Ich holte tief Luft.

»Vergiss es, Alex«, sagte Daniel schnell. »Ich will mit meinem Krempel nicht runterziehen, ich fühl mich wohl da oben.«

»Och, Daniel – und was, wenn ich dafür hundertmal den Tisch abräume?« Ich klimperte mit den Lidern und versuchte, ihn so lieb wie möglich anzupeilen.

Er winkte ab. »Hör auf, du siehst aus wie eine Kuh auf Droge. Nee, ich bleib oben.«

Mein Vater seufzte. »Außerdem müsste dieses Au-pair dann ja immer an unserem Schlafzimmer vorbei – nein, das fände ich nicht so gut. Man braucht schließlich noch ein bisschen Privatleben.«

»Mann mit zwei n, hm?«, fragte ich kniebig. »*Mein* Privatleben ist euch wohl wurschtegal!«

Mama hob die Hände. »Sieh mal, das dauert doch allerhöchstens ein Jahr. Dann sind die Zwillinge vielleicht ganz wild auf den Hort. Und für den Haushalt genügt uns Sina.«

Sina ist unsere Putzhilfe, die für ein halbes Jahr ausgestiegen ist, weil sie ihre Mutter pflegt, bis die ihren Heimplatz antreten kann oder wie man das nennt, wenn ein pflegebedürftiger alter Mensch ins Heim soll.

Ich stöhnte. »Bleibt also alles an mir hängen, na toll.«

»Was heißt: an dir?«, bölkte Papa. »Ich muss schließlich für alles bezahlen.«

»Irrtum, mein Schatz«, sagte Mama und lächelte ihr quietschsüßes Gummibärchen-Lächeln. »Ich verdien ja bald auch was.«

Papa schmierte so heftig auf seiner Brotscheibe herum, dass er schon ein Loch hineingebohrt hatte.

»Meine liebe Sabine, daran merkt man mal wieder, wie wenig du vom knallharten Leben weißt. Dein tolles Gehalt bringt uns in eine derart teure Steuerklasse, dass wir froh sein können, wenn wir am Ende nicht mit weniger Kohle dastehen als jetzt.«

Meine Mutter tippte sich an die Stirn. »Du spinnst ja. Klar verdien ich kein Managergehalt, aber ein bisschen wird schon übrig bleiben, jedenfalls genug für den Hort und das Au-pair-Mädchen.«

Papa biss von seiner Stulle ab und redete dann mit vollem Mund weiter. Daran konnte man erkennen, dass er echt genervt war, denn wenn *wir* das machen, regt er sich immer schrecklich auf: »Das berden bir ja sehen. Außerdem hast du – sobeit ich beiß – bisher noch gar kein Aupair-Mädchen gefunden!«

»Können wir mit aussuchen?«, fragte Tina.

»Das fehlte noch«, stöhnte Mama. »Darum kümmere ich mich ganz allein, aber ich werde eine Nette finden, das versprech ich euch. Und wenn ihr jetzt mit Essen fertig seid, ab ins Bad, Alexandra und Daniel räumen ab. Papa und ich haben noch einiges zu bereden.«

Der Rest der Mahlzeit verlief ziemlich schweigsam, weil offensichtlich alle was hatten, worüber sie nachdenken mussten.

Nachdem die anderen verschwunden waren, machten Daniel und ich uns an die Arbeit, er brachte das Geschirr aus dem Esszimmer in die Küche und ich räumte es in die Geschirrspülmaschine ein. (Diese Arbeitsteilung beruht auf der schlichten Tatsache, dass ich doppelt so viel Geschirr darin unterbringe wie er.)

»Und – wie findest du das?«, fragte er mich.

Ich schnitt eine Grimasse. »Ich bin – ehrlich gesagt – nicht scharf auf eine Zimmernachbarin.«

»Kann ich gut verstehen, aber ich würde meinen Kram nie im Kellerzimmer unterbringen können – das siehst du doch ein?«

Ich nickte widerstrebend. Dani hat nicht nur eine *Werder-Bremen*-Ecke und eine Computerecke, er hat auch noch eine *Martial-Arts*-Ecke und in der vierten steht sein Bett. Irgendwie hat er auch noch einen Kleiderschrank, eine Kommode und einen Ohrensessel in seinem Zimmer untergebracht. Das alles hätte wirklich im Gästezimmer keinen Platz, da passen nur Bett, Schrank, Tisch, Stuhl und Kommode rein.

»Ich weiß nicht so richtig, wie ich es finden soll, dass wir noch jemanden ins Haus kriegen«, fuhr er fort. »Aber

Mama wird schon aufpassen, dass es eine ist, mit der wir gut klarkommen.«

Daniel ist eigentlich ganz in Ordnung – soweit ein älterer Bruder in Ordnung sein kann. Meistens verstehen wir uns ganz gut und halten auch gegen die Kleinen und gegen unsere Eltern zusammen. Allein wären wir gegen die Übermacht oft verloren.

Ich richtete mich auf und knallte die Tür der Spülmaschine zu. »Es ist ja nicht für ewig. Ich bin jedenfalls froh, dass wir Koopmanns unsere Bude irgendwann auch wieder allein bewohnen.«

Prophetische Worte.

Wenn ich damals gewusst hätte, was auf mich zukam, wäre ich bestimmt schreiend aus dem Haus gelaufen.

Aber damals hatte ich null Ahnung, wusch und trocknete mir die Hände ab und stieg mit Tante Henny in meine Kemenate runter.

Tante Henny heißt so, weil sie schon als Winzkatze dieses wunderschöne rotgelbe Fell hatte. »Wie Tante Henny«, hatte einer der Zwillinge andächtig festgestellt, und wir hatten alle gelacht, weil unsere uralte Tante Henny sich wirklich die Haare genauso hellrot färbt. Aber irgendwann ist der Name bei den anderen dann zu »Tanny« geworden, nur ich nenne sie noch »Tante Henny«, weil ich finde, dass das schöner klingt.

Ich machte es mir mit ihr auf meinem Bett zwischen den fünfzehn Kissen bequem und überlegte, welchen Film ich einlegen wollte. Ich habe nämlich (wahrscheinlich als einzige Fünfzehnjährige in Bremen) keinen eigenen Fernseher (weil meine Eltern es wichtig finden, dass wir uns die Köpfe einschlagen, um uns auf ein Programm zu einigen), aber ich hab einen Laptop, auf dem ich DVDs abspielen kann.

Ich bin nämlich ein Fan von alten Filmen. Früher hab ich mir von meinen Freundinnen (beziehungsweise deren Müttern) immer Hollywood-Schinken besorgt wie *Vom Winde verweht* oder *High Noon* oder *Die Nacht vor der Hochzeit*, aber inzwischen kuck ich mir ab und zu auch mal deutsche Heimatfilme aus den Fünfzigern an, die sind echt zum Kaputtlachen. Die aus den Sechzigern kann man knicken, das sind meistens nur noch albern bebilderte, dusselige Schlagerliedchen, aber die Heide-, Schwarzwald- und Alpenfilme von Dunnemals sind echt der Hammer, was Herzschmerz angeht. Meinen schier unerschöpflichen Filmvorrat (und einen Kubikmeter Videos, die ich mangels Rekorder nicht abspielen kann) verdanke ich einem Erbe. Bevor Onkel Jochen (ein Cousin meines Vaters) an Aids starb, hat er mir seinen gesamten Filmschatz vermacht. Leider habe ich nur ganz vage Erinnerungen an ihn, in seinen letzten Jahren habe ich ihn nicht mehr gesehen. Aber Papa hatte ihm von meiner Filmleidenschaft erzählt, und so kam ich an etwa 200 (zweihundert!) Filmklassiker.

Meine wichtigsten Seelentröster halte ich aber ganz geheim. Das sind die alten Verfilmungen der Kästner-Romane *Das doppelte Lottchen*, *Pünktchen und Anton* und *Emil und die Detektive*. *Das fliegende Klassenzimmer* ist mein Lieblings-Weihnachtsfilm mit der schönsten Schneeballschlacht aller Zeiten, und bei der Szene, in der sich der Nichtraucher und der Internatsleiter Doktor Böck zum ersten Mal seit zwanzig Jahren wiedersehen, krieg ich jedes Mal wieder feuchte Augen. (Peinlich, aber irgendwie sehr wohltuend.)

Ich kuschelte mich mit Tante Henny zusammen auf mein Bett, klickte *Über den Dächern von Nizza* an und schob alle Gedanken an die drohende Invasion in meinem Badezimmer beiseite.

Leider kann man auch mit den besten Filmen nicht alle unangenehmen Gedanken verbannen und blöderweise musste ich immer wieder an die drohende Mathearbeit denken. Irgendwann hab ich in letzter Zeit den Anschluss verpasst und momentan raff ich gar nichts mehr. Leider hat sich mein guter Kumpel Jonas von mir weggesetzt, nachdem ich ihm gesagt habe, dass ich nicht mit ihm knutschen will, und jetzt hab ich niemanden mehr zum Abschreiben. Martha und Laura (meine besten Freundinnen) stehen genauso auf dem Schlauch wie ich und deshalb sind die Aussichten auf eine hübsche Vier ziemlich trübe. Wahrscheinlich werde ich die Arbeit verhauen und Ärger mit meinen Eltern kriegen, weil ich nicht rechtzeitig Alarm geschlagen habe. (»Wir hätten dir doch jederzeit eine Nachhilfe organisiert ...«) Aber ich hatte eben immer gehofft, dass ich den Anschluss wieder finden würde, und danach ist das mit Jonas passiert. Doch der eigentliche Grund für meine mangelnde Aufmerksamkeit war möglicherweise, dass ich mich in Marlon verknallt hatte.

Total verknallt.

Mit Haut und Haaren. In seine immer braun getönte Haut und seine pechschwarzen Haare. In seine braunen Augen und seine Art, ganz still in sich hineinzulächeln. In sein Grübchen. In seine Art, sich mit gespreizten Fingern durch die Haare zu fahren.

Ach ja.

Seufz.

Marlon Beermann.

Cary Grant und Grace Kelly fuhren gerade in einem Cabrio über die berühmte Corniche (ob es diese Küstenstraße von Nizza nach Cannes im Zeitalter der Autobahnen immer noch gibt?), aber ich war nur mit halbem Hirn und Herzen dabei. Die anderen Hälften dachten an Mathe und Marlon.

Ich schaltete aus, schob Tante Henny zur Seite, die protestierend maunzte, und holte leise stöhnend mein Mathebuch und das Heft raus. Vielleicht half es ja, wenn ich mir den Stoff noch mal von Anfang an reinzog.

Wenigstens kann man bei geometrischen Zeichnungen nicht dauernd an Marlon denken.

(Irrtum. Kann man doch.)

Damals dachte ich noch, eine verhauene Mathearbeit und Liebeskummer wären das Schlimmste, was mir passieren konnte.

Von wegen.

Da hab ich nur noch nicht gewusst, wie sich das anfühlt, wenn man den Boden unter den Füßen verliert.

Zuerst Fliese für Fliese, dann meterweise und zum Schluss stürzt man ins Bodenlose.

2

»Stellt euch vor, ich war bei der Vermittlung«, verkündete meine Mutter ein paar Tage später beim Mittagessen.

»Was denn für 'ne Vermittlung?«, fragte unsere Dauerfragerin Rina.

»Für Au-pair-Mädchen«, antwortete Mama. »Sie sind ganz optimistisch, weil sie mehrere geeignete Mädchen in ihrer Kartei haben.«

»Aha. Und wann erfährst du Genaueres?«, erkundigte sich Daniel.

Meine Mutter hob die Schultern und ließ sie wieder sinken. »Sie haben gesagt, sie melden sich, wenn sie alle Bewerbungen bearbeitet haben. Aber sie denken, dass wir zum 1. März mit einem Mädchen rechnen können.«

»Oh, toll, das ist ja schon in drei Wochen«, jubelte Tina.

»Quatsch, das sind noch fünf Wochen«, sagte ich. »Kennst du den Kalender noch nicht?«

»Mama!«, schrie Tina empört. »Alex ist wieder streng!«

Mama grinste. »Stimmt. Zur Strafe bringt sie dir nachher den Kalender bei.«

»Für wen ist denn die Strafe gedacht?«, fragte ich honigsüß.

Tina sah mich misstrauisch an. Ich zwinkerte ihr zu und da grinste sie.»Bringst du mir den auch bei?«, fragte Rina.

»Klar«, sagte ich. »Dani und Mama machen inzwischen die Küche.«

»Schlaues Aas«, knurrte Daniel, und Mama lachte und sagte: »Guter Schachzug, meine Süße.«

Nach dem Essen setzte ich mich im Kinderzimmer mit den beiden auf die Mini-Stühle an ihrem Tisch und malte auf ein Blatt die zwölf Monate: die Namen und was Typisches.

JANUAR und ein Eiszapfen.

FEBRUAR und eine Faschingsmaske.

Und so weiter.

Die Zwillinge waren begeistert und machten Vorschläge, was für Bilder wir zu jedem Monat nehmen sollten.

Aus den Augenwinkeln beobachtete ich sie und freute mich an ihnen. Sie sind nicht nur niedlich, sondern auch schlau. Beide trugen genau die gleichen Klamotten: rote Pullis zu Jeans, und beiden hatte Mama die dichten langen Haare zu Zöpfen geflochten und rumfliegende Strähnen mit lustigen bunten Clips gebändigt. Kein Wunder, dass außerhalb der Familie sie kaum jemand auseinanderhalten kann: Erstens sind sie eineiig, zweitens immer gleich angezogen. Manchmal muss sogar ich zweimal hinschauen, um zu erkennen, wer wer ist. Doch sowie sie den Mund aufmachen, ist für Eingeweihte sonnenklar, wer da spricht.

Als wir die Monate fertig hatten (der Dezember hatte ein Lebkuchenherz gekriegt), schrieb ich an den Rand die Wochentage untereinander und teilte das Blatt in Spalten ein. Über die schrieb ich *1.WOCHE, 2.WOCHE* und so weiter.

»So, in diesem Jahr war der 1. Januar ein Freitag. Seht mal her!«

Ich begann mit den Zahlen, füllte damit eine Woche nach der anderen aus, und siehe da: der Januar hörte am 31., einem Samstag, auf. Dann machte ich beim Februar weiter. Als ich das Jahr durchnummeriert hatte, nahm ich einen roten Buntstift und malte einen Kreis um das heutige Datum.

»Bitte schön, heute haben wir Donnerstag, den 24. Januar.«

Dann nahm ich einen blauen Stift und malte einen Kreis um den 1. März. »Und so lange dauert es noch bis zum 1. März.«

»Alles klar«, sagte Rina. »Jetzt sieht man genau, wie viele Wochen und Tage es noch sind.«

»Du bist gemein! Du warst gar nicht dran!«, schrie Tina. »Alex hat das für mich machen sollen – und gar nicht für dich.«

»Ist doch wurscht«, sagte Rina und wendete sich der Puppenecke zu. »Ich hab's jetzt kapiert und du hast den Kalender.«

Tina war gleich versöhnt. »Kann ich mit Puppen?«, fragte sie und Rina nickte.

»Was ist das denn für eine Sprache?«, fragte ich verblüfft. »Willst du eine Puppe sein oder was?«

»Nee, ich will mit Rina mitspielen und mit den Puppen«, erklärte sie mir und verzog spitzbübisch den Mund.

Ich wuschelte ihr über die Haare. »Schlaumeier«, sagte ich und zupfte sie an einem Zopf.

»Schlaumeierin«, verbesserte mich Rina.

Ich grinste in mich rein. Die beiden sind wirklich ziemlich clever, das muss man ihnen lassen. Wenn die mal so alt sind wie ich, kapieren sie bestimmt auch Mathe, darauf könnte ich wetten.

Ich schlich in mein Zimmer, für den Fall, dass meine Mutter noch eine Arbeit für mich hatte.

Dann sah ich sehnsüchtig zu meinem Laptop rüber, weil ich *Marnie* eingelegt hatte, aber Dienst ist Dienst und Schnaps ist Schnaps, wie Opa immer sagt.

Erst mal Hausaufgaben. *Marnie* musste warten. Und Tante Henny auch, die erwartungsvoll auf meinem Bett saß und gekrault werden wollte.

»Pech, du Fellknäuel«, sagte ich zu ihr und da wickelte sie den Schwanz um sich herum und machte es sich allein gemütlich.

Ganz schön gemein.

Englisch und Französisch waren kein Problem, in Deutsch sollten wir einen Text erläutern – das dauerte etwas.

Aber Mathe war ein Problem. Das mit dem Pythagoras hatte ich ja noch kapiert, aber jetzt bekamen wir nur noch ganz wenige Angaben zu einer Zeichnung und sollten sie trotzdem konstruieren können.

Ich saß da mit Zirkel und Winkelmesser und frisch gespitztem nadeldünnem Bleistift, doch irgendwie klappte es nicht.

Jonas.

Der könnte mir sagen, wie es geht. Aber der wollte ja, dass ich mit ihm gehe oder so ein Quatsch. Jonas ist nett und hat einen komischen Adamsapfel, der immer hoch und runter hüpft, wenn er sich beim Sprechen aufregt. Er hat außerdem Segelohren (aber von der Form her eigentlich sehr hübsche) und einen breiten Mund. Leider auch Pickel. Keine Akne, sondern nur ab und zu einen dicken Eiterpickel.

Armer Jonas.

Der hatte wohl gedacht, wenn er sagen kann, er hat eine Freundin, dann denken alle, sieh mal einer an, der hat ja trotz Pickel eine Freundin, und schon brauchte er sich deshalb keinen Kopf mehr zu machen.

Nee, also nicht mit mir.

Marlon ist da ganz anders.

Als der in unsere Klasse kam, haben ihn alle Brando

genannt. Da hat er aber nie drauf gehört. Wenn einer gebrüllt hat: »He, Brando!«, hat er einfach nicht reagiert, bis derjenige irgendwann »He, Marlon!« gesagt hat, und erst dann hat er geantwortet.

Marlon redet nie viel, das liegt aber vielleicht auch daran, dass er von den Philippinen stammt und eine andere Muttersprache hat (seine Vatersprache ist aber Deutsch). (Wieso eine Frau auf den Philippinen so für Marlon Brando schwärmt, dass sie ihren Sohn nach ihm nennt, ist mir ein Rätsel.) In Deutsch steht er manchmal ein bisschen auf dem Schlauch, aber in Englisch und Physik und Chemie und Mathe ist er ein Ass – deshalb ist Schule kein Problem für ihn.

Den müsste ich mal fragen, ob er mir Nachhilfe geben kann! (Klar, der denkt an nichts anderes ...)

Martha und Laura sind auch in ihn verknallt, das haben wir uns neulich gestanden, als die beiden bei mir übernachtet haben.

»Er hat so was Geheimnisvolles«, hat Martha gesagt und sehnsüchtig zum Fenster gestarrt, als könnte Marlon gleich wie Graf Dracula reingeflogen kommen. Geheimnisvolle Typen sind ja momentan sehr gefragt, besonders Vampire und andere Untote.

»Ich finde ihn unheimlich lässig«, hat Laura geseufzt. »Seine Klamotten, und wie er immer dasitzt und überhaupt.«

Ich hab nichts gesagt, aber als die beiden mich dann neugierig angeschaut haben, bin ich rot geworden und hab mit den Achseln gezuckt.

»Der macht sich nichts aus Mädchen«, hab ich gesagt. »Jedenfalls macht er sich nichts aus uns.«

»Vielleicht hat er ja schon ’ne Freundin«, überlegte Laura. »Vielleicht eine, die schon älter ist. Würde ich ihm glatt zutrauen.«

»Oder er steht auf Jungs.« Martha kicherte. »Dann hätte unsere Alex hier noch am ehesten 'ne Chance.«

»Das ist gemein!«, hab ich gebrüllt und mit einem Kissen nach ihr geworfen.

Leider bin ich nämlich noch ziemlich flach. Wenig Busen, wenig Arsch. Nur lange Haare, doch die haben Jungs ja auch manchmal.

»Aber Alex hat kein Sixpack«, hat Laura gequiekt. Da hab ich auch ihr ein Kissen an den Kopf geworfen.

Danach rollten wir lachend und kissenschwingend über die Matratzen und hatten Marlon erst mal vergessen. Wir hatten einen Riesenspaß und flüsterten noch bis nachts um zwei miteinander.

Wie immer, wenn wir zusammen bei einer von uns übernachteten, war es super. Das Drollige an unserem flotten Dreier ist die Tatsache, dass wir total unterschiedlich sind. Laura ist klein und, na ja, ein bisschen pummelig. Aber ihr steht das richtig gut, und mit ihren kurzen schwarzen Haaren und ihrem großen Lachmund hat sie auch jede Menge Verehrer – bloß ist leider keiner dabei, den sie gut findet. Martha ist im Gegensatz zu uns beiden eine lange Bohnenstange, sie hat eine richtige Modelfigur und echte blonde Haare. Sie hat nur leider einen ziemlichen Latschgang und behauptet, das käme von den jahrelangen Ballettstunden. Aber wenn sie sich Mühe gibt, schwebt sie wie eine etwas groß geratene Elfe durch die Gegend. Laura hatte schon mehrere Typen an der Backe, aber sie hat immer nach kurzer Zeit Schluss gemacht, weil ihr irgendwas an den Jungs nicht passte. Sie ist echt anspruchsvoll, unsere Elfe.

Ich bin klein und dünn, sozusagen noch eine weitere Variante. Aber trotz unseres unterschiedlichen Äußeren verstanden wir uns super und waren schon seit der Grundschule dickste Freundinnen.

Ich konnte damals ja nicht ahnen, wie schwierig das mit meinen beiden besten Freundinnen noch werden würde. Damals hätte ich gedacht, dass wir immer zusammenhalten würden.

Wie Pech und Schwefel.

Von wegen.

Damals war die Welt noch in Ordnung, trotz Mathetest und unerreichbarem Marlon.

Ich hab es bloß nicht gewusst.

3

Es dauerte nicht mehr fünf Wochen und zwei Tage. Das Au-pair-Mädchen stand schon eine Woche später vor unserer Tür.

Ljuba.

Ljuba heißt Liebe. (Das habe ich gleich gegoogelt.)

Damals fand ich, dass das ein wunderschöner Name ist.

Später bekam ich beim Hören ihres Namens einen ganz anderen Reflex. Ljuba – WÜRG!

Ljuba stand also vor der Haustür und meine Mutter betrachtete sie von oben bis unten.

Zufällig war ich auch da, weil ich meine Tage hatte und beim Schwimmunterricht nicht mitzumachen brauchte.

Ich betrachtete Ljuba ebenfalls von oben bis unten. Schulterlange dunkle Locken.

Blaue Augen.

Eine total pickelfreie Haut.

Weil es kalt war, trug sie so eine Batschkappe aus Pelz auf dem Kopf, und ihr schwarzer Mantel hatte einen Kragen aus dem gleichen Pelz (Kunstfell). Sie trug lila *UGG*-Stiefel (oder eine gute Imitation) und eine schwarze Schultertasche mit dicken grünen Buchstaben: *LS*.

Ljuba sagte: »Gestatten, habe ich bekommen Ihren Namen, weil Sie suchen Mädchen für Kinder. Au Pair. Heiße ich Ljuba Sacharow und will ich lernen Deutsch. Kann ich arbeiten gut und gebe ich mir große Miehe.«

»Kommen Sie doch erst mal rein, Frau Sacharow«, sagte Mama und öffnete die Tür ein wenig weiter. »Das ist übrigens unsere große Tochter Alexandra.« Sie zeigte auf mich.

Ljuba neigte kurz den Kopf.

Ich grinste sie an.

Ljuba kam herein, Mama schloss die Haustür und sagte: »Legen Sie doch ab, da ist die Garderobe.«

Folgsam hängte Ljuba ihren Mantel an einen Haken, und die Mütze darüber, und dann stand sie da und lachte uns an.

Gute Figur. Schlank, aber an den richtigen Stellen die richtigen Kurven.

»Freu ich mich wegen Kennenlernen«, sagte sie und strahlte immer weiter, und ich merkte plötzlich, dass ich sie auch anstrahlte. Dieses Strahlen war echt ansteckend.

Mama öffnete die Tür zum Wohnzimmer und sagte zu mir: »Machst du uns einen Tee?«

Dann verschwand sie mit Ljuba im Wohnzimmer, und ich ging in die Küche, kochte Wasser, goss den Tee auf und zwischendurch deckte ich ein Tablett mit hübschen Friesentassen, Klöntjes und Sahne und zum Schluss stellte ich noch eine Schale mit Keksen dazu.

Das brachte ich ins Wohnzimmer und stellte es auf die breite Bank zwischen den Sofas. Tante Henny war mir gefolgt und beäugte den Gast. Dann sprang sie auf meinen Schoß und schnurrte zufrieden, während ich sie gehorsam kraulte.

»Möchten Sie einen Tee?«, fragte Mama, und Ljuba strahlte.

»Möchte gern, ja«, sagte sie und nickte.

Ich goss ein und zeigte auf den Kandis und die Sahne und sagte: »Nehmen Sie sich bitte.«

Während ich vorsichtig in kleinen Schlucken meinen

heißen Tee trank, hörte ich Mama beim Kreuzverhör zu. Sie fragte Ljuba ein Loch in den Bauch. Aber schließlich wollte sie ja wissen, wen sie uns da ins Haus holte.

(Bestimmt wäre alles anders gekommen, wenn sie damals die richtigen Fragen gestellt hätte ... Oder wenn sie ein bisschen Gespür für Psychos gehabt hätte ...)

Ljuba antwortete artig, sie komme aus einem Vorort von Moskau, woraufhin Mamas Augen aufleuchteten, denn sie liebt die russische Literatur über alles.

Ljuba konnte so gut Deutsch, weil ihre Mutter Dolmetscherin ist und dafür gesorgt hat, dass ihre Tochter Fremdsprachen lernt. Weil Ljuba besser Englisch und Französisch kann als Deutsch, hat sie beschlossen, als Au-pair-Mädchen nach Deutschland zu gehen und die Sprache erst mal richtig zu lernen, bevor sie in Russland auf die Dolmetscherschule geht.

»Aber Sie sprechen doch sehr gut Deutsch«, sagte Mama verdutzt.

»Nicht genug gut für Dolmetscherin«, antwortete Ljuba und strahlte schon wieder. »Will ich machen Sprachkurs an Volksschule.«

»Volkshochschule«, korrigierte Mama.

Ljuba nickte strahlend. »Danke, Volkshochschule.«

Eigentlich hätte mir schon damals so viel Strahlen verdächtig sein sollen, aber ich war ganz im Gegenteil begeistert und grinste fröhlich mit.

Ljuba erzählte von sich. Sie hatte keine Geschwister, ihr Vater war tot, aber eine Großmutter lebte noch, und eine Tante mit Sohn. (Offenbar wurden die Männer in dieser Familie nicht sehr alt.) Sie las gern, surfte gern im Internet und spielte gern mit Kindern.

»Kinder?«, fragte sie und tat so, als würde sie sich umsehen.

Mama sagte: »Die kommen gleich aus der Schule. Essen

Sie doch mit uns zu Mittag, dann können Sie gleich alle kennenlernen. Heute kommt auch ausnahmsweise mein Mann zum Essen, der bleibt sonst mittags immer im Gericht.«

Ljuba riss die Augen auf. »Gericht?«

»Ja, mein Mann ist Staatsanwalt, und seine Termine liegen so dicht beieinander, dass er mittags meistens nicht genug Zeit hat, um nach Hause zu fahren.«

»Bleibe ich gern«, sagte Ljuba. »Kann ich helfen?«

»Klar«, sagte ich. »Kommen Sie, ich zeige Ihnen, wo das Geschirr und Besteck ist.«

Ljuba legte ihre beiden Handflächen aneinander, als ob sie betete. »Möchte ich eine Bitte sagen, ja?«

Mama und ich sahen sie verdutzt an.

»Aber ja doch«, sagte Mama.

»Können Sie sagen Ljuba zu mir? Und du? Ist mit Sie für mich so fremd.« Dabei lächelte sie so flehentlich, dass es einen Stein erweicht hätte – gar nicht zu reden von Sabine und Alexandra Koopmann.

»Gern«, sagte meine Mutter. »Also dann: Ljuba, ich heiße Sabine.«

Sie schüttelten sich förmlich die Hände.

»Und ich bin Alex«, sagte ich und wir schüttelten uns ebenfalls die Hände.

Ljuba senkte gerührt den Blick und biss sich auf die Unterlippe. Heute würde ich eher sagen, dass sie ihren Triumph verbergen wollte.

Doch bevor dieser magische Moment peinlich werden konnte, gab es eine Dauerklingelei an der Tür, ich ging öffnen und die Zwillinge stürzten herein.

»Mama, Mama, heute haben wir die Fische gefüttert«, kreischten sie.

In ihrem Klassenraum steht ein total langweiliges Aquarium und reihum dürfen die Kinder der Klasse es säubern und die Fische füttern. Das ist für sie irgendwie das Allergrößte – warum, weiß niemand.

Sie warfen ihre Ranzen auf die Erde, schmissen die Mäntel dazu und polterten ins Wohnzimmer, wo sie wie erstarrt stehen blieben.

Da saß Ljuba, Mama war schon durchs Esszimmer in die Küche gegangen und ich hörte es schmurgeln. Sie briet die Fischfilets.

»Bin ich Ljuba«, sagte Ljuba und streckte den beiden die Hand hin. »Und freue ich mich, dass ich euch lerne kennen.«

Die Zwillinge waren total überrascht und gaben ihr stumm die Hand.

»Und wie heißt du?«, fragte Ljuba Rina.

»Rina.«

»Und du?«, fragte sie Tina.

»Tina.«

»Nur Rina und Tina? Oder geht auch länger?«

Die beiden grinsten, und Rina sagte: »Ich heiße Katharina«, und Tina sagt: »Ich heiße Kristina.«

»Schöne Namen«, sagte Ljuba, und die Zwillinge nickten verblüfft, denn das hatten sie wohl noch nie gehört, weil kaum jemand ihre vollen Namen kannte.

Dann schickte ich sie wieder raus, die Mäntel aufhängen und die Schultaschen hochbringen, und ging mit Ljuba ins Esszimmer, wo wir den Tisch deckten.

»Für sieben«, sagte ich und legte die Sets an ihre angestammten Plätze und das für Ljuba auf den Platz zwischen Tina und Rina. Da konnten wir ja schon mal unauffällig testen, wie sie mit den beiden zurechtkam. Dann holte ich den Gästestuhl aus der Ecke und stellte ihn dazu. Es ist manchmal ganz praktisch, wenn jemand zwischen den beiden sitzt, falls sie wieder rumtoben oder Blödsinn machen wollen.

Danach holte ich die Schüssel mit Kartoffeln und die mit Salat, während Mama die Platte mit dem Bratfisch auf den Tisch stellte.

Mittlerweile war Daniel eingetrudelt und wurde Ljuba vorgestellt, und als wir schon alle saßen, kam endlich auch mein Vater und ließ sich schnaufend auf seinen Platz fallen, bevor er merkte, dass nicht nur Koopmanns am Tisch saßen.

»Oh, wen haben wir denn da?«, fragte er und stemmte sich halb von seinem Stuhl hoch.

»Bleib sitzen, Bernhard, das ist Ljuba. Sie kommt aus Russland und möchte gern als Au-pair bei uns arbeiten«, sagte Mama und reichte den Teller mit den Zitronenschnitzen weiter.

Ljuba nickte und lächelte Papa schüchtern an.

»Dann können Sie ja gleich die ganze Bande kennenlernen«, sagte er und grinste. »Hoffentlich gefällt es Ihnen bei uns.«

»Gefällt mir sehr«, sagte Ljuba, hob ein Stück Kartoffel von der Tischdecke auf und legte es wieder auf Rinas Teller zurück. »Schmeckt gut. Schmeckt gut wie zu Hause bei uns.«

Dann setzte mein Vater noch seine Fähigkeiten als Verhörexperte ein, und wir erfuhren, dass Ljuba keinen Führerschein hat, aber Rad fahren kann, dass sie gern schwimmt und oft spazieren geht.

»Typisch«, sagte ich. »Mama erkundigt sich nach Lesen und so, und du nach Sport. Ist doch irgendwie geschlechtsspezifisch.«

»Was für Fisch?«, fragte Ljuba mit großen Augen und wir lachten, auch die Zwillinge, obwohl die den Witz gar nicht kapiert hatten.

»Und du kommst wirklich aus Russland?«, hakte Tina noch mal mit großen Augen nach.

Ljuba nickte. »Ganz weit weg.«

»Pöh«, machte Rina und winkte ab. »Papa war auch schon mal da. In Russland, echt! Papa war in Moskau!«

Sie grinste befriedigt, weil sie das gewusst hatte.

KLIRR!

Ein Besteckteil war auf den Boden geklirrt und Ljuba tauchte mit rotem Kopf wieder über der Tischplatte auf, ein Messer in der Hand.

»Oh, bitte ich Entschuldigung, ist mich gefallen.«

»Mir gefallen«, sagte Rina stolz, weil sie das wusste.

»Runtergefallen«, ergänzte Tina.

Manno – die Minis gaben ganz schön an!

»Und Sie waren wirklich in Moskau?«, wandte sich die immer noch tomatenrote Ljuba an meinen Vater.

Er lachte. »Oh, das ist lange her. Damals war ich noch Student und diese Kinder hier ... waren noch in weiter Ferne.«

»Wir waren noch nicht mal geplant«, sagte Tina andächtig.

Mama prustete. »Da hast du recht, meine Süße. Als Papa in Moskau war, kannten wir uns nämlich noch gar nicht so lange.«

»Aber warum in Moskau?«, beharrte Ljuba. »So weit weg.«

»Das war so eine Art Studentenaustausch«, erklärte Papa geduldig. »Wir waren eine kleine Gruppe, etwa fünfzehn Leute, und verbrachten da ein Feriensemester.« Er stieß einen kleinen Seufzer aus. »Schön war das. Nie wieder hab ich in so kurzer Zeit so viele neue Erfahrungen gemacht. Das war die Zeit der Perestroika, als der Kalte Krieg vorbei war und man wieder miteinander reden durfte.« Versonnen lächelte er vor sich hin. »Nie wieder hab ich so viel Schnaps getrunken wie damals. Aber leider hab ich das bisschen Russisch, das ich mal konnte, vergessen – ich weiß nur noch *da* und *njet* und *nasdarowje*. Schade eigentlich.«

»Macht nix«, sagte Ljuba und winkte großzügig ab. »Lerne ich Deutsch. Sehr praktisch.«

Nachdem Daniel dann auch noch erfahren hatte, dass Ljuba sich mit Computerspielen auskannte, war eigentlich alles geritzt. Während er und ich abräumten, tranken Mama und Papa mit Ljuba im Wohnzimmer einen Espresso und besiegelten damit ihre Anstellung.

Die Zwillinge waren für eine Viertelstunde rausgeschickt worden und hatten wahrscheinlich in Papas Arbeitszimmer vor der Uhr gewartet, denn auf die Sekunde genau stürmten sie nach fünfzehn Minuten ins Wohnzimmer und schrien: »Bleibt sie bei uns?«

Alle lachten, nickten und waren sich einig: ein Supergrund zur Freude.

Damals hab ich mich auch riesig gefreut. Irgendwie hatte ich die vage Hoffnung, auf diese Weise zu einer Art Schwester zu kommen, mit der man über Mode und Musik, über Filme und Jungs quatschen könnte. Von so einer Schwester hatte ich immer geträumt. Daniel hatte ganz andere Interessen und die Zwillinge waren noch viel zu klein für solche Themen.

Ja, eine große Schwester – das wäre schön gewesen.

Wie man sich doch täuschen kann ...

4

Gleich am nächsten Tag stand Ljuba mit einem Koffer und einer Reisetasche vor unserer Tür (jedenfalls standen diese Sachen dann später auf dem Schrank in ihrem Zimmer), und als ich mittags aus der Schule kam, war sie bereits ins Gästezimmer eingezogen.

Im Bad hatte ich vorsichtshalber schon am Vortag unter dem Spiegel die halbe Ablage und im Regal ein Bord freigeräumt, da standen jetzt ein paar Kosmetikartikel mit Etiketten mit kyrillischen Buchstaben (wahrscheinlich *Nivea* auf Russisch), und im Regal lagen die Handtücher und Badetücher, die wir für Ljuba auf den Tisch gelegt hatten, und eine Tüte mit Watte und ein Karton mit Binden.

Meine Mutter und ich hatten das Gästebett frisch bezogen, eine bunte Tagesdecke darübergebreitet und Kissen daraufgelegt, die früher auf Daniels Bett gelegen hatten, bevor er sich zu männlich für solchen Schnickschnack fühlte, wie er das nannte. Als ich im Vorbeigehen einen neugierigen Blick durch den geöffneten Türspalt von Ljubas Zimmer riskierte, fand ich, es sah ganz gemütlich aus.

In den nächsten Tagen zeigte Mama Ljuba ihre Aufgaben.

Sie sollte einkaufen, ein bisschen bei der Hausarbeit helfen und nachmittags die Zwillinge beaufsichtigen.

Da die sich im Prinzip sehr gut selbst organisierten, mussten sie nur hin und wieder zu ihren Freundinnen gebracht und abgeholt werden, oder man musste den Mädchen, wenn sie bei uns waren, mal einen Saft oder Apfelschnitze bringen und dafür sorgen, dass sie das Haus nicht in die Luft jagten. Außerdem wurden sie zum Kinderturnen gebracht und abgeholt, und wenn es heiß genug war (aber das ist in Bremen leider nicht so häufig der Fall, wie man es sich wünschen würde), ging man mit ihnen ins Freibad.

Ansonsten hatte Ljuba frei und abends konnte sie zu ihren Kursen gehen. Da sie schon über achtzehn war, machten unsere Eltern ihr keine direkten Vorschriften, wann sie nach Hause zu kommen hatte, aber meine Mutter ließ durchblicken, dass während der Woche um elf Zapfenstreich war, denn wir mussten spätestens um halb sieben aufstehen.

Am Anfang gab es noch manchmal komische Situationen, wenn Ljuba nicht wusste, dass man in der Mikrowelle einen Deckel auf die Pötte legen muss, weil sonst vielleicht das Zeug rumspritzt, oder wenn sie das Kabel nicht aus dem Staubsauger ziehen konnte, weil man dazu eine Sperre lösen muss. Aber sonst kannte sie sich mit allen Maschinen bestens aus, besser als ich, muss ich zugeben, denn ich kann bis heute den Staubsaugerbeutel nicht wechseln, sondern brülle immer nach Daniel (aber eigentlich eher, damit der auch mal was tut).

In der zweiten Woche fragte Ljuba Mama, ob sie mal allein kochen dürfte, und wir fanden ihre Soljanka sehr lecker. Das ist so eine Art Eintopf mit viel Gemüse und Wurstscheiben und jeder Menge Gewürzen.

Mama freute sich auf ihren Job und ging vormittags oft in die Bibliothek – um sich wieder einzuarbeiten, wie sie sagte. Aber ich glaube, sie war einfach schrecklich gern wieder mit ihren Kolleginnen und Kollegen zusammen. Nach so vielen Jahren mit den Zwillingen, Babygruppen,

Kindergärten und Elternabenden war sie wahrscheinlich froh, dass sie es endlich wieder mit Büchermenschen zu tun hatte.

Bald hatte sich Ljuba in unseren Tagesrhythmus eingeklinkt.

Das geteilte Badezimmer war gar nicht so schwierig, wie ich befürchtet hatte.

Wenn ich aufstand, war Ljuba meistens schon fertig und kümmerte sich oben um das Frühstück, und an den Wochenenden klopfte sie immer an meine Tür und sagte: »Zwanzig Minuten? Ist okay?«, und dann wusste ich, dass ich noch länger lesen konnte. Sie hinterließ das Waschbecken und die Dusche immer picobello, sodass ich mir Mühe geben musste, um da mitzuhalten. Denn ich wollte ja nicht, dass sie hinter mir herputzte oder mich für eine Sifftante hielt.

Wir kamen also ganz gut miteinander klar, aber das, was ich mir so als Ältere-Schwester-Ersatz vorgestellt hatte, ergab sich zu meiner Enttäuschung nicht.

Ich fragte sie ein paar Mal, ob sie sich mit mir einen Film ansehen wollte (ich hatte nämlich in Onkel Jochens Sammlung auch den russischen Klassiker *Wenn die Kraniche ziehen*), aber sie sagte immer: »Keine Zeit, muss lernen« oder so was, und als ich ihr anbot, sie könnte sich von mir Bücher ausleihen, lachte sie bloß und sagte: »War ich bei Sabine in Bibliothek und hab ich jetzt ganz viele Biecher, danke.«

Wir redeten nie über Mode oder über Kosmetik oder Filmstarskandale oder so was und schon gar nicht redeten wir über Jungs. Ich hatte sie einmal gefragt, ob sie in Russland einen Freund hätte (wie man sich eben nach solchen Sachen erkundigt, das ist doch ganz normal), aber da schüttelte sie den Kopf und sagte ganz knapp: »Nein. Kein Interesse.«

Peng.

Genauso gut hätte sie mir auch eine Ohrfeige geben können.

Danach versuchte ich noch ein paar Mal, sie zu einer gemeinsamen Unternehmung zu bewegen, aber ich holte mir immer einen Korb.

Hatte sie etwas gegen mich? Solange andere in der Nähe waren, tat sie freundlich und nett, aber sobald wir allein waren, zeigte sie mir die eiskalte Schulter und ich erntete böse Blicke.

Warum? Was hatte sie gegen mich?

War sie mir wegen irgendwas böse? Woher kam dieser Groll?

Ich war ratlos.

Doch während ich enttäuscht auf Abstand ging, versuchte Daniel sich bei ihr unentbehrlich zu machen. Er fragte ständig, ob sie Hilfe bräuchte, bei Übersetzungen oder so, lud sie ein, mit in die Disco zu kommen, er bot ihr an, den Wäschekorb in den Keller zu tragen – etwas, das er bei Mama oder mir noch NIE gemacht hatte.

Doch seine großzügigen Angebote brachten ihm immer nur ein freundliches Lächeln und eine dankende Ablehnung ein.

»Ich hab ein neues Computerspiel«, sagte er einmal nach dem Mittagessen, als wir gemeinsam den Tisch abräumten, und grinste sie einladend an. »Willst du mal mitspielen?«

»Danke, nein«, sagte Ljuba lächelnd.

»Ist aber echt super, es spielen auch Russen mit!«, versuchte er sie zu locken.

»Danke, nein«, wiederholte sie, und ich sah, wie Daniel einen roten Kopf bekam.

»Wir brauchen ja nicht zu ballern, ich hab auch jede Menge Strategiespiele.« Er ließ nicht locker.

Mama und Papa, die noch am Esstisch saßen, warfen sich amüsierte Blicke zu, aber mir war seine Hartnäckigkeit eher peinlich.

»Habe ich keine Zeit, muss ich lernen«, lehnte sie ab. »Danke vielmals.«

»Oder …«, setzte er wieder an.

»Daniel, es reicht. Du hast doch gehört – Ljuba möchte nicht, also respektiere das«, sagte Mama.

»Ist ja schon gut«, brummelte er und verzog sich.

Ich staunte. Was war denn das? Hatte Daniel sich etwa in Ljuba verknallt?

Immerhin war sie ziemlich hübsch. Man konnte sogar sagen: sehr hübsch.

Aber sie war doch älter als er – störte ihn das nicht?

Anscheinend nicht, denn er blieb am Ball und versuchte weiterhin, irgendwie bei ihr zu landen, während sie ihn freundlich auf Distanz hielt.

»Lass nur, den trag ich raus«, sagte er ein anderes Mal und wollte ihr den gelben Sack abnehmen.

»Nein, danke, kann ich schon machen«, wehrte sie lachend ab. »Bin ich stark wie tausend Männers.«

»Männer«, sagte ich, weil wir sie immer korrigieren sollten, darum hatte sie gebeten.

»Männer«, wiederholte sie und lief mit dem Sack zur Haustür. »Aber danke.«

Als Mama mit ihr einmal vor dem Abendessen den Einkaufszettel für den nächsten Tag besprach, sah Daniel ihr über die Schulter und meinte fürsorglich: »Das ist doch viel zu schwer für sie. Ich könnte ihr tragen helfen.«

Mama sah ihn verblüfft an, aber Ljuba grinste nur.

»Sähr nett«, strahlte sie. »Aber nicht nötig, danke. Ich ziemlich stark, ja?«

Ich bekam mit, dass unsere Eltern sich manchmal verstohlen zugrinsten, wenn Daniel Ljuba wieder mal anbot, ihr zu helfen oder etwas für sie zu machen. Doch als er dann ein paar Mal abends, sogar spätabends unter höchst fadenscheinigen Vorwänden zu mir runterkam, weil er angeblich irgendein Heft oder Buch oder eine CD von mir wollte (wahrscheinlich hoffte er, er würde ihr hier unten begegnen – in der Unterwäsche?), wurde es Mama zu bunt und sie redete wohl ein ernstes Wörtchen mit ihm, denn diese spätabendlichen Besuche hörten genauso plötzlich wieder auf, wie sie angefangen hatten.

Daniel zog sich zurück, redete ein paar Tage lang bei Tisch kaum etwas und schmollte.

Doch Ljuba tat so, als merke sie nichts.

»Iss doch noch ein Häppchen«, sagte sie und hielt ihm den Brötchenkorb hin. »Sieh mal, hab ich gekauft Lieblingsbrötchen von dir, echt Canehl.«

Bevor ihm einfiel, dass er eigentlich beleidigt war, hatte er schon zugegriffen.

»Hat Daniel Wasserhahn repariert«, verkündete sie ein anderes Mal. »Sehr tüchtig, also wirklich.«

Da grinste er zufrieden und redete danach auch wieder mit ihr.

Sehr geschickt, dachte ich voll widerstrebender Hochachtung. Das macht sie unglaublich geschickt. Bei ihm achtet sie darauf, dass sein Stolz nicht verletzt wird, zu mir ist sie so schroff und abweisend, als würde sie mich am liebsten weghexen.

Ich fühlte mich in ihrer Gegenwart immer weniger wohl und verkroch mich am liebsten in mein Zimmer.

Ljuba hatte sich bei einer Sprachenschule für einen Deutschkurs eingeschrieben, weil die Kurse der Volkshochschule immer erst im Herbst begannen, und neuerdings ging sie von Montag bis Freitag von halb neun bis zehn Uhr abends zum Unterricht.

Das war wie ein Aufatmen für mich.

Endlich waren die Koopmanns mal wieder unter sich, und niemand mischte sich ein – und sei es noch so unauffällig – oder lauerte irgendwo im Hintergrund. Mama oder ich lasen den Zwillingen immer was vor, bevor sie bereit waren einzuschlafen, Papa saß in seinem Sessel und las Zeitung (dafür hat er angeblich tagsüber nicht genug Zeit), Mama und ich sahen uns eine von unseren Lieblingsserien im Fernsehen an und Daniel machte oben in seinem Zimmer sein Ding und kam irgendwann runter und setzte sich dazu.

Wir waren abends wieder unter uns.

Und ich genoss das. Bisher hatte ich mir über unsere Abende nie Gedanken gemacht, aber mittlerweile freute ich mich geradezu auf diese friedlichen Abendstunden und wollte keinen Gedanken daran verschwenden, dass dieser Kurs ja irgendwann zu Ende ging.

»Ich fass es nicht«, stöhnte meine Mutter eines Mittags, während sie in der Küche so heftig Pizzateig knetete, dass der Teigklumpen fast vom Tisch rutschte. »Die haben in der Bibliothek im letzten Jahr ein neues System gekriegt, ich weiß gar nicht, wie ich das in den wenigen Wochen alles lernen soll.«

Mittlerweile stand fest, dass sie ab Mai wieder voll arbeiten würde. (»Das hast du schlau gemacht«, war Papas Kommentar dazu. »Dann ist ja dein erster Arbeitstag gleich ein Feiertag!«)

»Macht doch nix«, bot Ljuba an. »Gehst du eben jeden Tag in Bibliothek und lernst. Sag mir, was ich soll kochen, und ich koche.«

»Ehrlich?« Mama war begeistert. »Traust du dir das

wirklich zu? Das wäre natürlich super, dann könnten die mir in aller Ruhe alles zeigen, und ich würde an meinem ersten Arbeitstag nicht wie ein Trottel dastehen.«

Sie einigten sich dann darauf, dass Ljuba dreimal und Mama viermal pro Woche kochen würde, weil Mama drei Vormittage wöchentlich in der Bibliothek reichten.

»Alex wird dir helfen«, bot sie noch großzügig an, aber das hatte ich kommen sehen und meinen Gegenzug vorbereitet.

»Ich habe doch meistens bis eins Schule. Wenn ihr um halb drei essen wollt, koch ich gern mal«, bot ich zuckersüß an.

»Oh, muss sie nicht, kann ich alles allein machen«, sagte Ljuba und warf mir einen Blick zu, der mich in einem Comic an die Wand genagelt hätte. »Brauche ich Alex nicht.«

Ich starrte sie entgeistert an. Warum war sie bloß so feindselig? Aber Mama hatte nichts gemerkt und bestimmte, dass ich nicht zu kochen brauchte. Stattdessen sollte ich das nachmittägliche Einkaufen übernehmen.

»Kann ich doch auch machen«, sagte Ljuba. »Kann Alex Schulaufgaben machen.«

»Das ist aber nett von dir«, meinte Mama lächelnd. »Nein, nein, Alex kann ruhig auch mal was tun.«

Ich glotzte fassungslos auf meinen Teller. War ich mittlerweile schon zu einer Randfigur geworden? Wollte Ljuba mich total rauskegeln?

Ich wollte einkaufen gehen, verdammt noch mal!

Ich wollte mit meinen Schwestern was unternehmen, verdammt noch mal!

Ich wollte von meiner Familie geliebt werden, verdammt noch mal!

Aber mir blieb für die Hausarbeit momentan wirklich wenig Zeit.

Die Mathearbeit hatte ich total verhauen und Martha und Laura war es genauso ergangen.

Ich hatte die Fünf zu Hause noch nicht gebeichtet und überlegte fieberhaft, wer mir helfen könnte.

Daniel?

Der war ganz gut in Mathe, aber er war ein schrecklich ungeduldiger Lehrer (das hatte ich schon vor zwei Jahren ausprobiert und seine »Nachhilfe« hatte überhaupt nichts gebracht, bloß Gebrüll und Zankerei.)

Jonas redete kaum noch mit mir und verfolgte jetzt Patrizia mit glühenden Blicken.

Laura hatte einen Nachbarn in ihrer Straße, der ihr mal Mathe-Nachhilfe angeboten hatte, aber sie glaubte, dass der das nur gemacht hatte, weil er ihr an die Wäsche wollte.

Schließlich hatte Martha eine total bekloppte Idee.

»Wir fragen den Uhu!«

»Du spinnst!«, sagte Laura entgeistert.

»Du hast sie ja nicht alle!«, stöhnte ich.

Der Uhu heißt eigentlich Euler (ist aber – leider, sagt er – mit dem berühmten Mathematiker nicht verwandt).

»Warum denn nicht? Der Typ kriegt sein Gehalt dafür, dass er uns Mathe beibringt, also soll er das auch tun!«

Laura und ich glotzten Martha verdattert an, aber irgendwie hatte sie recht.

»Wenn wir es zu dritt machen – und vielleicht machen ja noch ein paar aus dem Kurs mit –, dann muss er einsehen, dass es keine einzelne Doofheit ist, sondern ein allgemeines Nichtverstehen«, dozierte sie.

Deshalb hörten wir uns im Kurs um und fanden noch zwei Mädchen und einen Jungen, die bereit waren, den Bittgang zu unterstützen.

Der Uhu sah sehr eulenhaft drein und blinzelte hinter

seiner großen Brille, während wir ihm unser Anliegen vortrugen, und dann meinte er, wir hätten uns schon früher an ihn wenden sollen.

»Aber da bestand ja noch Hoffnung«, sagte Laura, und ich konnte sehen, wie sich der Uhu ein Grinsen verkneifen musste.

Er machte also für alle eine Wiederholungsstunde und dann gab er uns Extra-Aufgaben, an denen wir überprüfen sollten, ob wir jetzt mehr kapiert hatten.

Am Abend saß ich mit den Extraaufgaben an meinem Schreibtisch und versuchte, zuerst mit und dann ohne Abkucken die Aufgaben zu lösen.

Da klopfte es leise.

»Komm rein, Dani, aber mach schnell, ich bin beschäftigt.«

»Bin ich nicht Daniel, wollte ich nicht stören«, sagte Ljuba.

Das war das erste Mal, dass sie bei mir angeklopft hatte. Ich drehte mich um und fragte: »Kann ich dir irgendwie helfen?«

Sie kam näher und warf einen Blick auf mein aufgeschlagenes Heft. »Wollte ich nur fragen, ob du noch Wäsche hast. Waschmaschine noch nicht voll.«

Dann tippte sie auf die Zeichnung, die mir so viel Kopfzerbrechen bereitet hatte, und sagte ziemlich überheblich: »Musst du mit rechter Winkel probieren.«

»Danke«, sagte ich, halb dankbar und halb angesäuert, weil sie sich ungefragt eingemischt hatte. »Nee, ich hab nichts zu waschen.«

»Ist gut«, sagte sie und zog die Tür hinter sich zu.

Ich sah auf die Heftseite.

Ljuba hatte recht. Die 90° waren die Lösung!

Ich atmete tief durch und machte mich an die nächsten Dreiecke – und zu meiner großen Erleichterung klappte es jetzt zwar noch nicht problemlos, aber da war definitiv ein Silberstreifen am Horizont.

Das Blöde war nur, dass ich eigentlich Ljuba nicht zu Dank verpflichtet sein wollte. Aber warum das so war, konnte ich nicht genau sagen. Es war so eine Art Unwohlsein, so eine Art Flauheit im Magen.

Sie behandelte mich anders als die anderen in der Familie. Bei denen machte sie einen auf lustig, hilfsbereit, freundlich. Mir gegenüber war sie unfreundlich, kühl, abweisend – manchmal regelrecht verächtlich.

Aber ich hatte ihr doch gar nichts getan!

Sosehr ich auch meine Erinnerung durchforschte – mir fiel keine Situation ein, wo ich sie gedemütigt oder sonst wie fies behandelt hätte.

Ich fühlte mich hilflos.

Sie machte sich in unserer Familie breit und drückte mich dabei an die Wand.

Warum? Was hatte ich ihr getan?

Ich klappte das Heft zu und kuschelte mich auf dem Bett in meine Flickendecke. Schon den ganzen Tag hatte ich mich auf *High Noon* gefreut – jetzt konnte es losgehen.

Tante Henny fand das auch und schmiegte sich an mich.

Doch noch während Gary Cooper nach Mitkämpfern suchte und einsam die Straße in dem Westerndorf entlangging, fielen mir die Augen zu.

Mathe macht müde.

Irgendwann in der Nacht wachte ich auf, weil mir so war, als hätte jemand meine Zimmertür geöffnet.

War da eine Gestalt neben meinem Bett? Beugte sich jemand über mich?

Ich lag in der fast absoluten Dunkelheit starr vor Angst unter meiner Decke und klammerte mich daran fest.

War das ein Luftzug? War jetzt die Klinke mit einem leisen Klick wieder eingerastet?

Ich war mir nicht sicher, ob ich das geträumt hatte oder nicht, aber nun war ich ganz wach und merkte, dass ich noch meine Klamotten anhatte.

Ich zog mir schnell meinen Schlafanzug an und huschte über den dunklen Flur ins Bad und drückte auf den Lichtschalter.

Nichts. Das Licht ging nicht an.

Ich ging zurück und knipste das Flurlicht an.

Ich putzte mir mechanisch die Zähne und erst beim Ausspucken sah ich in den Spiegel und fuhr entsetzt zurück.

Jemand hatte mit roter Farbe rote Kleckse daraufgemalt. Sie sahen wie riesige Blutstropfen aus.

In dem trüben Funzellicht, das vom Flur hereindrang, sah ich mein fahles Gesicht mit den entsetzt aufgerissenen Augen zwischen den roten Farbflecken – und schnappte nach Luft.

Gänsehaut kroch mir über den ganzen Körper und ich flüchtete zurück in mein Zimmer, schloss die Tür von innen ab und legte mich zitternd ins Bett.

Als ich am nächsten Morgen aufwachte, war mir, als hätte ich einen Albtraum gehabt.

Aber meine Zimmertür war verschlossen – das hatte ich also nicht geträumt. Vorsichtig schlich ich in den Flur und ins Bad. Mein Herz hämmerte. Ich drückte auf den Schalter – das Licht brannte wie immer und der Spiegel war blitzblank.

Ich wusch mir den Schlaf aus den Augen und wusste nicht, ob ich an Halluzinationen litt oder ob das alles letzte Nacht wirklich passiert war.

Eins wusste ich aber genau: Ich konnte niemandem davon erzählen, denn alle würden nur mitleidig den Kopf schütteln und mich für durchgeknallt halten.

5

Ein paar Wochen nachdem Ljuba bei uns eingezogen war, fiel mir auf, dass sie die Zwillinge nicht mehr Tina und Rina nannte, sondern Kathi und Kris.

Den beiden schien das zu gefallen, denn sie nannten sich nach ein paar Tagen ebenfalls so.

»Komm, Kris, wir gehen rüber zu Paul«, sagte Rina.

»Okay, Kathi«, antwortete Tina dann.

Anfänglich hielten wir das für einen Gag oder ein Spiel, aber dann kam der Tag, an dem Tina nicht mehr auf »Tina« reagierte und Rina nicht mehr auf »Rina«.

»Ich heiße Kathi«, krähte Rina.

»Und ich Kris!« Tina blickte trotzig hoch.

»Ach, und warum das auf einmal?«, erkundigte sich Mama.

»Damit du uns besser unterscheiden kannst«, sagte Tina wichtig.

Es hörte sich ein bisschen an wie Rotkäppchens Großmutter: *»Damit ich dich besser hören kann …«*

Mama sah ihre Jüngsten etwas irritiert an, aber da setzte Rina noch einen drauf: »Auch ein Zwilling ist selber jemand. Ich will nicht mit Ti-, äh, mit Kris verwechselt werden. Tina und Rina – das ist doch total ähnlich.«

»Genau!«, sagte Tina. »Kathi hört sich cool an.«

»So, so«, brummte Mama. »Dann sollen wir euch wohl ab sofort Kathi und Kris nennen, ja?«

»Genau!« Alle beide strahlten und glichen sich wie ein Ei dem andern.

Abends wurde das Papa mitgeteilt.

Er runzelte die Stirn, überlegte und meinte dann: »Gar keine schlechte Idee. Das unterstützt die Individualität. Warum sind wir nicht schon früher darauf gekommen?«

»Weil Tina und Rina zwei süße Namen sind«, sagte Mama spitz. »Deshalb vielleicht. Ich könnte ebenso gut dabei bleiben.«

»Aber Kathi und Kris gefallen mir auch«, sagte Papa, ganz der Friedensstifter. »Das sollen die beiden am besten selbst entscheiden. Na, ihr Mäuse, wie wollt ihr heißen?«

»Katharina oder Kathi«, sagte Rina.

»Kristina oder Kris«, sagte Tina.

Daniel schüttelte den Kopf. »Eindeutig ein Fall von Selbstbestimmung. War ich in dem Alter auch schon so klar im Kopf?«

Mama schüttelte den Kopf. »Nein, aber du hattest auch keinen Zwilling.«

Während der gesamten Unterhaltung hatte ich mich zurückgehalten, weil ich mich, ehrlich gesagt, auch nicht so richtig entscheiden konnte. Und weil es echt um die Wünsche der Zwillinge ging.

Deshalb sah ich vielleicht als Einzige aus unserer Runde, wie Ljuba kurz sehr zufrieden lächelte. Aber wirklich nur so kurz, dass ich fast dachte, ich hätte es mir eingebildet.

Hatte ich aber nicht.

Ljuba gefiel es offensichtlich sehr, dass ihre neue Namensgebung bei den Zwillingen so gut angekommen war und sich nun alle in der Familie danach richten mussten.

Und nicht nur hier sah man ihren Einfluss: Mir fiel auf, dass die Zwillinge sich jetzt auch immer öfter unterschiedlich anzogen.

Am Anfang bekam ich das nicht so richtig mit, aber dann sah ich eines Tages, dass Kris – es fiel mir immer noch schwer, nicht Tina zu sagen – Jeans anhatte und Kathi ein Kleid. Am nächsten Tag war es umgekehrt.

So was hatte es früher nie gegeben. Manchmal zog die eine jetzt Schuhe an und die andere Stiefel. Oder eine einen Anorak und die andere einen Mantel.

Sie waren so auch für Außenstehende viel leichter auseinanderzuhalten.

Ende April kam meine Mutter ins Wohnzimmer und stöhnte: »Ich hab ausgemistet. Die beiden Lütten sind wahnsinnig in die Höhe geschossen, die müssen zum Sommer völlig neu eingekleidet werden!«

»Au toll!«, brüllte Kris.

Kathi freute sich etwas leiser. »Wann denn?«

»Morgen Nachmittag«, verkündete die Zwillingsmutter und sah mich an. »Kommst du mit?«

Einkaufen mit den Minis war wie Flöhe hüten, die rannten hierhin und dahin und wollten alles anprobieren, was auf Bügeln hing.

»Klar«, sagte ich großzügig.

Vielleicht fiel ja auch was für mich dabei ab.

Mama grinste, als ob sie meine Gedanken erraten hätte. »Danke, mein Schatz. Es soll auch nicht umsonst sein.«

Beim Essen abends redeten die Zwillinge nur von den Klamottenbergen, die sie am nächsten Tag in Tüten nach Hause schleppen wollten, und mein Vater verdrehte die Augen und knurrte was von »bloß nicht zu viel Geld rausschmeißen«.

»Alex kommt ja mit«, sagte Mama. »Die passt schon auf mich auf.«

Zufällig schaute ich bei ihren Worten zu Ljuba rüber und sah zu meinem Erstaunen den Ausdruck von blankem Neid auf ihrem Gesicht. Aber bevor ich das richtig registriert hatte, lächelte sie schon wieder und tat so, als würde sie sich mit den Zwillingen freuen.

Ich war mir aber ganz sicher, dass ich mich nicht getäuscht hatte und dass sie mich höllisch beneidete.

Warum bloß?

Wollte sie gern bei dem Einkaufsbummel mitmachen?

Wollte *sie* die große Schwester mimen?

Wollte sie mich von meinem Platz schubsen?

Ich war völlig ratlos und hatte keine Ahnung, wie ich das deuten sollte, was ich da eine flüchtige Sekunde lang gesehen hatte. Oder hatte ich es mir doch nur eingebildet?

Nein.

Ich hatte es genau gesehen.

Und es verursachte mir großes Unbehagen.

Der Einkaufstrip wurde ein voller Erfolg und Mama und ich kamen aus dem Staunen gar nicht mehr heraus. Statt wie früher von allem zwei Ausgaben zu kaufen, war von Anfang an klar, dass wir es diesmal mit zwei total verschiedenen Geschmäckern zu tun hatten.

Kathi war mehr für Röcke und Kleider und gestattete nur eine obligatorische Jeans (»mit Röcken kann man nicht so gut die Rutsche runterrutschen«), während Kris eigentlich nur Jeans wollte und bloß ein Kleid duldete (»damit machst du Oma an ihrem Geburtstag eine Freude«). Während Kathi eher Pastellfarben bevorzugte, wollte Kris alles in schrillem Pink, Lila und Rosa.

»Das ist ja völlig durchgeknallt«, sagte Mama kopfschüttelnd, als sie ein quietschrosa Sweatshirt bezahlte. »Normalerweise sind es doch die *Barbie*-Fans, die immer Pink wollen. Jetzt sieh dir bloß das an. Alles total gegen die Regel.«

»Die haben sich halt neu erfunden«, sagte ich und lachte. »Wie Madonna.«

»So ein Quatsch«, widersprach Mama. »Die hat sich noch nie ›neu erfunden‹, die ist bloß eine gewiefte Werbestrategin. Wo war denn bei der jemals was Neues?«

Ich verkniff mir die Antwort, weil Mama von Madonna so viel Ahnung hat wie ein Schwein vom Stricken und weil manche Diskussionen mit Müttern über so was eh nichts bringen. Da ist jeder Zug längst abgefahren. Außerdem steh ich auch nicht so besonders auf Madonna. Zu viel Show und zu wenig Stimme, wenn man mich fragt.

Leider tut das keiner.

Trotz der unterschiedlichen Vorlieben der beiden kleinen Models hatten wir nach etwa drei Stunden die Liste abgearbeitet und ich hatte einen neuen Pulli und zwei spitzenmäßige T-Shirts abgestaubt.

Erschöpft, aber zufrieden saßen wir abends bei Erbsensuppe mit Würstchen und erzählten von den Einkäufen.

»Hab ich das richtig verstanden?«, fragte mein Vater. »Es gibt kein doppeltes Lottchen mehr?«

»Leider nein.« Meine Mutter seufzte. »Momentan entwickeln sie sich in ganz unterschiedliche Richtungen.«

»Jawohl«, sagte Ljuba und legte den Löffel hin. »Möchte ich mal etwas sagen, bitte.«

Mama sah sie neugierig an, während alle weiteraßen. »Ja? Was ist denn?«

»Ist wegen Zwillingen.« Ljuba sah nacheinander ihre Tischnachbarinnen an.

»Jaaa?«, sagte Mama jetzt schon etwas ungeduldiger.

»Ist wegen Ähnlichkeit«, sagte Ljuba.

»Es sind eineiige Zwillinge«, mischte sich Daniel ein. »Die sehen sich nun mal ähnlich.«

Er sah grinsend in die Runde, als hätte er einen Superwitz gemacht.

»Ja klar«, sagte Ljuba geduldig. »Das ist Natur. Aber sollte man vielleicht nicht so ... wie sagt man? Betonen. Vielleicht sollten Kathi und Kris jede für sich aussehen. Verstehst du?«

»Jaaa«, sagte Mama. »Klar versteh ich das. Und theoretisch unterstütz ich das auch. Aber ich fand unser doppeltes Lottchen immer so süß. Ich muss mich erst umgewöhnen.«

»Geht schon, Mama.« Kathi tätschelte Mamas Hand. »Das lernst du bestimmt schnell. So wie wir.«

Mama lächelte etwas gezwungen zurück und bedachte Ljuba mit einem nachdenklichen Blick. Wahrscheinlich fragte sie sich gerade, was die wohl als Nächstes plante, um das friedliche Leben der Familie Koopmann etwas aufzumischen.

Ehrlich gesagt (und es fiel mir schwer, das zuzugeben) war ich, was die Zwillinge anging, mittlerweile ganz ihrer Meinung. So ein doppeltes Lottchen sah zwar süß aus, aber es war bestimmt besser, wenn die beiden nicht mehr verwechselt wurden und wenn jede von ihnen ihre eigene kleine Persönlichkeit zeigte.

Aber das wollte ich nicht laut sagen.

Erstens wusste ich inzwischen, dass Ljuba auf Anerkennung von mir keinen Wert legte, sondern ganz im Gegenteil meine Bemerkungen meistens ignorierte.

Zum andern fand ich es abstoßend, wie sie unsere Familie gewissermaßen aus dem Hinterhalt manipulierte.

Und Dani und meine Eltern merkten das noch nicht mal!

6

Im Mai trat meine Mutter wieder ihre alte Stelle an, die Zwillinge wurden nachmittags von Ljuba betreut und alles andere lief so weiter wie immer.

Oder nicht?

Winzige Kleinigkeiten schienen plötzlich anders. Immer öfter bestimmte Ljuba, was gegessen wurde. Sie sprach sich zwar mit meiner Mutter ab, aber wenn sie auf dem Markt oder bei einem Sonderangebot etwas entdeckte, das sie gut fand, schmiss sie den Plan einfach um. Dann gab es gekochte Rote Bete oder Weißkohl oder eingelegte Pilze, und das schmeckte zwar nicht schlecht, wirklich nicht, aber es war doch etwas Fremdes und – was ich schlimmer fand – ein Beweis für ihre Eigenmächtigkeit, weil sie sich nicht an Abmachungen hielt und einfach tat, was sie wollte.

Doch Mama war so erleichtert, weil im Haushalt alles flutschte, dass sie nie Einspruch erhob. Und mein Vater aß ja meistens nur abends zu Hause, und da achtete Ljuba sehr darauf, dass es oft seine Lieblingsessen gab, die hatte sie sich schnell gemerkt.

Damit wir auch mal unsere Lieblingsessen wie Milchreis mit Zimt und Zucker oder Pfannkuchen mit Apfelmus bekamen, musste ich immer vorher anmelden: »Morgen koche ich.«

Sie lächelte dann zwar, aber ich spürte ganz genau, dass ihr das nicht recht war.

Sie wollte ... sie wollte sich unentbehrlich machen.

Sie wollte unbedingt alles bestimmen. Das war es.

Als mir das so richtig aufging, wurde ich von einer Welle der Hilflosigkeit und der Wut überrollt.

Sie war nur das Au-pair-Mädchen, verdammt noch mal, und nicht die Mutter oder die große Schwester von den Zwillingen. Aber sie benahm sich wie eine Kombination aus beidem.

Meine Mutter merkte es nicht oder wollte es nicht bemerken, und solange mein Vater das bekam, was er mochte, machte er sich wahrscheinlich null Gedanken darüber.

Und ich wusste nicht, was ich dagegen unternehmen konnte.

Da hatte ich aber noch nicht gemerkt, dass ich mittlerweile einen Verbündeten in unserer Familie hatte. Denn je mehr Ljuba das Regiment im Haus übernahm, desto unausstehlicher benahm sich Daniel ihr gegenüber.

Wenn unsere Eltern nicht dabei waren, kritisierte er ihr Essen und schob angewidert den Teller weg, er machte sich über ihre übertriebene (wie er es nannte) Fürsorge für die Zwillinge lustig, und er beklagte sich, dass die Klamotten, die er anziehen wollte, immer im Wäschekorb steckten – obwohl er sie da gar nicht reingetan hätte. Es fehlte nur noch, dass er Russenwitze gemacht hätte. (So in dem Stil: Fahren Sie nach Moskau. Ihr Auto ist schon dort.) Was Ljuba auch tat, er hatte daran was zu meckern. Er trieb es so arg, dass er sogar mir auf den Zeiger ging – und da dämmerte mir plötzlich, dass er mein Verbündeter war.

Einmal hing er in einem Sessel und las die Zeitung. Ljuba kam mit dem Staubsauger herein, schaltete ihn ein und wedelte mit dem Staubsaugerfuß vor seinem Gesicht herum, damit er die Füße hochnahm.

Er sah sie gar nicht an, sondern knurrte nur: »Is was?«

Sie machte den Staubsauger aus und sagte: »Bitte Füße hoch, damit ich kann saugen«, woraufhin Daniel die Füße auf den Tisch legte, was bei uns eigentlich nicht üblich ist.

Ich stand im Durchgang zum Esszimmer und staunte.

Ljuba saugte ungerührt weiter, stupste dann seine Füße an, und als er sie vom Tisch runternahm, saugte sie auch den Tisch ab, dann verschwand sie mitsamt dem Staubsauger.

Ich musste lachen. »Sag mal, Dani, hast du sie nicht mehr alle?«

»Kümmer dich um deinen eigenen Kram!«, tönte es hinter der Zeitung hervor.

»Ich steh nicht auf Paschas«, blaffte ich ihn an. »Also benimm dich nicht wie einer.«

»Sie kriegt doch Geld dafür, oder?«, blaffte er zurück.

»Na und? Das ist noch lange kein Grund, sich so bescheuert aufzuführen!« Jetzt war er wirklich zu weit gegangen. »Lass dich bei so einem Benehmen bloß nicht von Mama oder Papa erwischen! Könnte gut sein, dass die auch was dagegen haben!«

»Das lass mal meine Sorge sein«, knötterte er.

Ich zeigte ihm einen Vogel, was er leider hinter seiner blöden Zeitung nicht sah, und machte dann auf dem Absatz kehrt.

Am Tag darauf platzte dann meiner Mutter der Kragen.

Wir saßen beim Abendbrot, und mein Vater sagte: »Dani, hol doch noch den anderen Käse, ja?«

Dani blieb sitzen und wies mit einem Kopfnicken auf Ljuba. »Kann sie doch machen.«

»Sag mal, spinnst du?«, fuhr meine Mutter ihn an, während Papa seinen Ältesten verblüfft musterte. »Ljuba ist uns eine Hilfe, aber nicht deine Dienerin!«

»Die sitzt doch viel näher bei der Tür«, maulte Daniel,

doch Ljuba war längst aufgestanden und kam schon mit dem Käse zurück.

»Bitte schön«, sagte sie, stellte den Käse vor meinen Vater hin und vor Dani die Pfeffermühle. Als Dani sie fragend ansah, sagte sie: »Hilft bei lahme Füße.«

Da mussten wir alle lachen, sogar die Zwillinge, obwohl die wahrscheinlich Ljubas intelligente Retourkutsche gar nicht kapiert hatten.

Trotzdem war mir Daniels Benehmen ein Rätsel. Am nächsten Abend stieg ich hoch in den zweiten Stock und klopfte an seine Tür.

»Kein Zwilling!«, brüllte er.

Ich machte die Tür auf. »Dann kann ich ja reinkommen.«

Er stand in seiner *Martial-Arts*-Ecke und boxte gegen einen unsichtbaren Gegner. Mir fiel zum ersten Mal auf, dass er richtige Muskeln gekriegt hatte – wahrscheinlich irgendwann im letzten Jahr, als ich nicht hingekuckt hatte.

Er drehte sich zur Wand um und machte mit seinen Übungen weiter, während ich mich in seinen Ohrensessel setzte und ihn schweigend beobachtete.

Als er fertig war, machte er noch Dehnübungen, und dann setzte er sich aufs Bett.

»Na, Schwester, was ist los?«

»Das wollte ich dich fragen.«

»Hä?«

»Na ja, ich wüsste gern, warum du dich Ljuba gegenüber so seltsam benimmst.«

»Ich?«

»Ja, du.« (Jungs sind manchmal echt schwer von Begriff.)

»Tu ich doch gar nicht.«

Ich seufzte. »Tust du wohl. Du benimmst dich wie ein Pascha. Was ist los? Kannst du sie nicht leiden?«

»Ich?«

Ich schnaubte. »Hör auf mit dem Scheiß. Ich will wissen, was du gegen sie hast!«

»Ich hab nichts gegen sie.«

»Es wirkt aber irgendwie ganz anders!«

»Na ja, ich hab auch nicht viel für sie. Mir gefällt nicht, wie sie sich bei allen einschleimt. Bei dir hat sie es ja offensichtlich auch geschafft.«

»Eingeschleimt?« Ich schüttelte verwirrt den Kopf. »Bei mir?«

»Na, hilft sie dir nicht in Mathe?«

»Ein Mal! Da hatte ich sie nicht drum gebeten, aber es war ein guter Tipp.«

»Das hat sie aber Papa neulich ganz anders erzählt.«

»Wie bitte?«

»Oh ja. Sie hat ihm gesagt, dass sie dir geholfen hat, von einer Fünf runterzukommen.«

Ich war total entgeistert.

So was erzählte sie hinter meinem Rücken?

»Dani, da hat sie gelogen, echt! Wir haben in der Schule jetzt eine Nachhilfegruppe organisiert und kriegen vom Uhu Extra-Aufgaben – und bloß deshalb bin ich momentan von der Fünf runter.«

»Ach! Und warum erzählt sie dann so was?«

»Weiß ich auch nicht.« Ich sah ihn ratlos an.

»Weil sie sich bei Papa einschleimen will – darum!«

Ich nickte langsam. »Da könnte was dran sein. Wenn man es so sieht.«

»Ich seh's so«, sagte er knapp. »Bei Mama hat sie sich ja auch eingeschleimt. Die wird ihr demnächst auf Knien danken, dass sie ihr so viel Hausarbeit abnimmt. Das ist ja nicht mehr auszuhalten, wie sie Ljuba dauernd lobt und lobt und lobt!«

»Und was können wir dagegen tun?«

Er zuckte mit den Achseln. »Ich weiß es nicht. Ich grüble schon die ganze Zeit darüber nach, aber mir fällt nichts ein. Was können wir ihr vorwerfen? Dass sie tüchtig ist? Dass sie auf die Minis einen guten Einfluss hat? Dass Mama ohne schlechtes Gewissen ihren Job machen kann?«

»Nein«, sagte ich niedergeschlagen. »Das können wir nicht. Außerdem – mal ganz ehrlich: Willst du das Kochen und Einkaufen und Staubsaugen übernehmen?«

Er schüttelte den Kopf. »Nee.«

»Siehste.«

Bedröppelt saßen wir da und wussten nicht weiter.

»Das Blöde ist ...«, fing ich nach einer Weile an.

»Ja?«

»Das Blöde ist, dass man ihr nichts vorwerfen kann, dass man aber trotzdem ein ungutes Gefühl bei ihr hat. An der Oberfläche ist alles paletti, aber darunter rumort es. Oder müffelt. Ich weiß auch nicht.«

Daniel boxte mich sanft auf den Oberarm. »Bloß nicht den Kopf hängen lassen, Alex. Wir beobachten sie und irgendwann werden wir was finden. Bestimmt. Oder das verdammmte Au-pair-Jahr ist rum – dann sind wir sie ja eh wieder los.«

»Hmmm. Aber ich versteh es nicht. Sie war doch echt nett, am Anfang. Da hab ich gedacht, ich könnte sie richtig gut leiden.«

»Ging mir auch so.« Er wurde ein bisschen rot. »Ich fand sie sogar mal mehr als nett.«

»Ich weiß.«

»Was? Hat man das gemerkt?« Er sah mich entsetzt an.

»Nein, nur Eingeweihte.« Ich grinste ihn an. »Okay, Bruderherz. Wachsam und misstrauisch sein heißt die Parole!«

»Genau!«

7

In den nächsten Tagen und Wochen lief dann alles so wie bisher. Also so, wie Ljuba wollte.

Unbemerkt von unseren ELtern hatte sie jetzt voll die Zügel in die Hand genommen.

Die Zwillinge beteten Ljuba an, für die war sie die Größte, denn sie organisierte die Besuche von und bei ihren Freundinnen und Freunden, sie ging mit ihnen auf den Spielplatz, brachte sie zur Turnstunde und holte sie wieder ab und ging sogar mit ihnen in den Tierpark.

Ich war eifersüchtig, aber ich musste wahnsinnig aufpassen, um mir bei den Zwillingen keine Zurückweisung einzufangen, zum Beispiel: »Das macht Ljuba viel besser« oder »Ich will aber lieber, dass Ljuba mitgeht«.

Noch konnte ich punkten, wenn ich einen Bastelnachmittag oder Vorlesen ankündigte. Doch mit *Barbies* zu spielen brachte ich echt nicht über mich.

Ich passte auf wie ein Luchs, dass ich bei Kris und Kathi noch die liebe große Schwester war und Ljuba mich nicht völlig an die Wand drückte.

Aber in anderer Hinsicht machte ich eine noch viel schlimmere Beobachtung.

Ljuba war dabei, meine Mutter bei meinem Vater rauszukegeln.

Als ich die ersten Anzeichen dafür bemerkte, wurde mir ganz schlecht vor Angst.

Wenn mein Vater Ljuba dankbar anlächelte, weil sie

ihm zum Frühstück Spiegeleier gebraten hatte (natürlich nicht für uns!), wenn sie ihm vor dem Verlassen des Hauses noch den Regenschirm hinterhertrug, weil der Wetterbericht eine hohe Regenwahrscheinlichkeit vorausgesagt hatte, wenn sie seinen Anzug aus der Reinigung geholt hatte, wenn sie seine Hemden bügelte, statt sie in die Mangelei zu bringen.

Und wenn er dann strahlte und sagte: »Ach, ich wüsste gar nicht, wie ich ohne dich klarkäme, Ljuba!« oder »Wie hat das denn früher bloß ohne dich geklappt?«, überlief es mich kalt und heiß und mir wurde ganz schlecht.

Ich versuchte, mit meiner Mutter darüber zu reden, aber die wimmelte mich sofort ab.

»Nein, nein, Alex, du missverstehst das völlig. Das gehört doch zu ihren Pflichten. Überhaupt finde ich, dass du dich Ljuba gegenüber nicht besonders freundlich verhältst. Was hast du denn bloß gegen sie? Dieses Mädchen ist ein wahrer Segen für unsere Familie.«

Der »wahre Segen für unsere Familie« verfolgte weiterhin seine Strategie, sich unentbehrlich zu machen. Es hätte nur noch gefehlt, dass sie Papa die Aktentasche hinterhertrug.

Sie kochte ihm seine Lieblingsessen.

Sie kümmerte sich um seine Klamotten.

Sie putzte sogar seine Schuhe.

Sie räumte seine Werkstatt im Keller auf.

Sie sortierte seine Fachzeitschriften, steckte sie in Ordner und stapelte sie säuberlich auf dem Regal in seinem Arbeitszimmer.

Als er das sah, war er total begeistert. »Also, Ljuba, wie bist du denn bloß darauf gekommen? Das schiebe ich schon seit Monaten vor mir her!«

»Hab ich rumliegen sehen und wollte Gefallen tun, das ist alles.«

»Das war ein Riesengefallen! Vielen, vielen Dank!«, sagte er und strahlte. Es hätte nicht viel gefehlt, und er hätte sie liebevoll getätschelt.

Genau da sah ich, wie meine Mutter zum ersten Mal kurz die Augen zusammenkniff. Wie sie ganz sacht den Kopf schüttelte, als könne sie nicht ganz begreifen, was sich da abspielte.

Wie sie Ljuba dann mit einem langen, aufmerksamen Blick maß.

Ich konnte förmlich sehen, wie die Rädchen in ihrem Kopf im Overdrive ratterten und ihr Botschaften zukommen ließen.

Ich wich Mamas Blick aus, weil ich nicht wie die Besserwisserin aussehen wollte – denn als ich sie auf diese Sich-Papa-unentbehrlich-machen-Strategie hingewiesen hatte, hatte sie mich ja abblitzen lassen.

Am nächsten Morgen war meine Mutter als Erste in der Küche und bereitete das Frühstück vor. Als Ljuba dazukam und ihr anbot zu helfen, lehnte sie das freundlich, aber bestimmt ab.

»Nein, nein, Ljuba. Du machst schon so viel für uns. Lass dich mal zur Abwechslung von uns verwöhnen.«

Und dann machte sie ihr Spezialrührei für alle. Die Zwillinge jubelten, und Papa sagte: »Schatz, keiner kann das so wie du!«

Ich sah schnell zu Ljuba rüber, aber ihr Gesichtsausdruck verriet nichts. Ob sie merkte, dass man sie ganz sanft ausgebootet hatte?

Noch am gleichen Tag besorgte meine Mutter Konzertkarten (sie ist eigentlich eher ein Filmfan wie ich, aber Papa liebt klassische Musik) und Papa war begeistert.

»Endlich gehen wir mal wieder zusammen aus!«, sagte er. »Du weißt ja gar nicht, wie sehr ich das vermisst habe.

Und dann auch noch Dvorak! Nein, also wirklich: wunderbar!«

Prompt revanchierte er sich ein paar Tage später mit Theaterkarten. Selten habe ich so gern den Babysitter gemacht wie an diesem Abend, denn auch ein Blinder konnte sehen, wie glücklich sie waren.

»Ihr könnt ruhig hinterher noch ein Glas Wein trinken gehen«, bot ich an. »Ich pass schon auf, dass das Haus nicht abbrennt.«

Zumindest was meinen Vater anging, gewann meine Mutter wieder Oberwasser. Doch was die Zwillinge und den Haushalt anging, war sie nur zu gern bereit, alles Ljuba zu überlassen.

Ich knirschte unhörbar mit den Zähnen. Eigentlich hatte ich nämlich darauf gehofft, dass sie nicht nur Papa, sondern die gesamte Familie wieder managen wollte. Ich wäre sogar bereit gewesen, beim Putzen mitzumachen, obwohl ich Wischen und Saugen und Fensterputzen aus tiefster Seele hasse.

Aber glücklicherweise kam dann Sina wieder zurück, unsere Putzhilfe. Ihre Mutter hatte den Platz im Pflegeheim früher bekommen, und sie musste sie jetzt nicht mehr voll pflegen, sondern nur noch ein paar Mal die Woche besuchen.

Ljuba überließ Sina großzügig die Putzerei, nur ein Veto legte sie ein.

»Aber putze ich mein Zimmer selbst«, sagte sie. »Wie Alex.«

Das hörte ich jetzt immer häufiger.

»Habe ich Jeans gekauft – gleiche wie Alex.«

Oder: »Gehe ich in Kino mit Freundin – wie Alex.«

Wie bitte?

Das war doch ziemlich seltsam.

Einerseits vermied sie jedes schwesterähnliche Zusammensein mit mir (kein gemeinsames Teetrinken, Musikhören, Kinogehen, Klönen), andererseits nutzte sie aber jede Gelegenheit, um sich mit mir auf eine Stufe zu stellen, unsere Gemeinsamkeiten hervorzukehren (die wir gar nicht hatten) und so zu tun, als wären wir ein Herz und eine Seele.

Ich beobachtete sie voller Misstrauen. Was wollte dieses Mädchen?

Was hatte sie von Papa gewollt? Warum hatte sie sich so bei ihm eingeschleimt und auf lieb Kind gemacht?

Warum war sie den Zwillingen so zugetan, aber Daniel und mir gegenüber so kalt und ablehnend?

Zu uns war sie nur nett, wenn unsere Eltern in Hörweite waren. Aber wenn sie mit uns allein war, nahm sie von uns kaum Notiz. Unsere anfänglichen Versuche, mit ihr eine Art freundschaftliches oder gar geschwisterliches Verhältnis einzugehen, waren von ihr in aller Deutlichkeit abgebügelt worden. Als Daniel seinerzeit in sie verknallt war, hatte sie ihn abblitzen lassen hoch drei. Und meine schüchternen Angebote (»Möchtest du diese Zeitschrift lesen?«, »Willst du auch einen Tee?«) hatte sie eisern lächelnd abgelehnt, obwohl ihr doch kein Zacken aus der Krone gebrochen wäre, wenn sie mal mit mir allein geredet hätte.

Aber ich hätte mich bei niemandem offen beschweren können, weil man nirgendwo den Finger drauflegen konnte. Es war eben nur so ein Gefühl bei mir, das im Laufe der Tage und Wochen und schließlich Monate zur Gewissheit wurde: Sie mochte mich nicht.

Und Daniel auch nicht.

Aber sie wollte irgendwas.

Bloß was?

Je rätselhafter ich ihr Verhalten fand, desto größer

wurde mein Misstrauen und desto mehr war ich auf der Hut.

Wie hatten Daniel und ich damals gesagt: Wachsam und misstrauisch?

Ich war wachsam.

Und nur deshalb erwischte ich sie.

8

Das versteh ich nicht«, sagte Sina eines Nachmittags, als ich allein mit ihr zu Hause war. Ljuba war mit den Zwillingen auf dem Spielplatz und Daniel mit *Werder*-Fans unterwegs.

Sina stand in meinem Zimmer und schüttelte den Kopf.

»Was denn?«, fragte ich pflichtschuldig, aber eigentlich wollte ich meinen Krimi weiterlesen.

»Ich hab doch strenge Anweisung vom Richter, dass ich bei ihm im Büro nur den Boden putzen darf und sonst gar nichts.«

»Ja.« Ich verkniff mir ein Lachen. Meine Mutter hatte ihr schon x-mal gesagt, dass mein Vater Staatsanwalt ist, aber für Sina blieb er der Richter, Punktum. »Das hat er gesagt, nachdem Sie damals seine Papiere in Unordnung gebracht haben.«

»Pffft!« Sina stand an den Türrahmen gelehnt, sie ist klein und rund, färbt sich die Haare strohblond und hat einen Schmollmund wie seinerzeit Brigitte Bardot, den sie mit hellrosa Lippenstift noch besonders betont. Abgesehen davon, dass sie wie die Imitation einer Leinwandschönheit aus den Fünfzigern wirkt, ist sie ein Schatz. »Das hat er sich damals nur eingebildet, ich würde doch nie seine kostbaren Akten anfassen. Nee, nee, da war wer anderer drin, in seinem Zimmer. Garantiert.«

»Und woher wissen Sie das so genau?« Ich klappte mein Buch zu, denn es war klar, dass sie was loswerden wollte.

Sie lächelte pfiffig. »Alex, ich bin nicht blöd. Natürlich rühr ich seine Papiere nicht an, aber ich wisch immer Staub, das lass ich mir doch nicht verbieten. Schließlich bin ich verantwortlich dafür, wie es hier aussieht!«

Ich grinste. Sina ließ sich das Putzen nicht verbieten, ganz klar.

»Na ja, ich hab in dem einen Pokal ein Staubtuch versteckt, damit ich deshalb nicht immer runter in die Küche muss, du weißt schon, in einem von den Pokalen, die er beim Billardspielen gewonnen hat.«

»Ja?«

»Tja, es ist nämlich so: Ich hab das Staubtuch immer in den Pokal von den Vereinsmeisterschaften gesteckt, weil ich den am schönsten finde.«

»Und?«

»Da war es nicht mehr drin. Es war in dem Pokal von den Bezirkssiegern.«

»Ach?«

»Also hat es jemand von dem einen Pokal in den anderen getan«, folgerte sie messerscharf. »Und das versteh ich nicht. Der Richter würde nie ein Staubtuch anfassen, deine Mutter geht da nie zum Putzen rein, weil das bloß Ärger bringt, und du garantiert auch nicht.«

Sie schnaufte.

»Das Rätsel heißt also: Wer hat das Staubtuch von A nach B gebracht?«, fragte ich.

Sie nickte. »Ich kann's mir einfach nicht erklären.«

Ich schon.

Jemand hatte in Papas Arbeitszimmer herumgeschnüffelt. Und zwar bestimmt nicht die Zwillinge oder Daniel.

Blieb nur eine übrig: Ljuba.

Was hatte sie in Papas Arbeitszimmer zu suchen? Und warum hatte sie das blöde Staubtuch angefasst?

Ich kapierte gar nichts.

Am liebsten hätte ich sie sofort überwacht, aber ich musste ja vormittags in die Schule, genau wie meine Geschwister. Und unsere Eltern waren dann auch immer weg.

Vormittags hatte Ljuba das Haus ganz für sich allein, ausgenommen dienstags und freitags, wenn Sina da war.

Hm. Ich überlegte. Und dann schmiedete ich einen Plan. Ich wollte sie heimlich beobachten.

Dieses unbestimmte Misstrauen machte mich schon ganz krank. Ich wollte entweder einen richtigen Grund dafür wissen oder mich davon verabschieden.

Vielleicht spürte Ljuba ja meine Vorbehalte ihr gegenüber und ihr abweisendes Benehmen war ihre Reaktion darauf?

Ich beschloss also, den Dingen auf den Grund zu gehen.

Am nächsten Tag hatten wir Chemie, Sport und Deutsch.

Da konnte ich fehlen, ohne dass das böse Folgen haben würde.

Ich rief Martha an und sagte ihr, sie sollte mich wegen Krankheit entschuldigen. Natürlich wollte sie wissen, was los war, aber ich simulierte einen Riesenhustenanfall und das genügte.

Am nächsten Tag verließ ich mit Daniel gleich nach den Zwillingen das Haus.

Ich erzählte ihm von Sinas Verdacht und meinem Plan, und er war ziemlich neidisch, weil er gern selber Detektiv spielen wollte. Aber er sah ein, dass einer von uns genügte.

»Okay, Schwesterchen, dann erzähl mir heute Mittag, ob es was gebracht hat«, sagte er und rannte los, weil die Straßenbahn schon zu sehen war.

Ich bog in die Nibelungenstraße, unsere Parallelstraße, ein und lief zu unserem Haus zurück.

Dann kam der schwierigste Teil. Ich musste ungesehen wieder ins Haus kommen. Weil ich im Souterrain wohne, hab ich auch einen Schlüssel zu der unteren Haustür.

Leise, ganz leise schloss ich sie auf. Sie hat ein Supersicherheitsschloss (Staatsanwälte wissen schließlich, wie schlau Einbrecher sein können), und drei Riegel glitten nur ganz sacht knirschend einer nach dem anderen zurück. Ich wunderte mich, dass das Schloss so leicht aufging – offensichtlich hatte mein Vater es mal geölt. Dann drückte ich noch mal – und die Tür öffnete sich mit einem leisen Knacks. Leise huschte ich ins Haus und schob die Tür fast lautlos wieder zu – das Abschließen verschob ich auf später.

Jetzt kam der entscheidende Augenblick.

Wo war Ljuba?

Ich blieb stehen und lauschte.

Nichts.

Doch, da war was. Wasser plätscherte.

War Ljuba in unserem Bad am Ende des Kellerflurs?

Eher nicht, denn das Plätschern war ganz leise.

Das kam aus der Küche!

Erleichtert lief ich auf Zehenspitzen weiter. Sie hatte mich also nicht gehört. Und so sollte es auch bleiben.

Ich huschte in mein Zimmer und ließ die Tür einen Spalt offen, um mitzukriegen, was sie machte.

Die Treppe knarrte. Die Kellertreppe. Sie kam also runter.

Sie ging an meinem Zimmer vorbei zu ihrem Zimmer. Dann vergingen ein paar Minuten und sie kam wieder heraus und ging ins Bad.

Wieder ein Plätschern, diesmal wesentlich lauter – aha, die Dusche.

Es dauerte etwa zehn Minuten, bis sie wieder aus dem Bad kam.

Zehn Minuten können verdammt lange sein!

Auf dem Weg zurück in ihr Zimmer erschreckte sie mich bis ins Knochenmark. Ihr war wohl der Türspalt aufgefallen – ruck, zuck hatte sie meine Tür zugezogen.

Ich dachte, mir springt vor Schreck das Herz aus der Brust, ich schnappte nach Luft und ließ mich auf mein Bett fallen.

Und wenn sie in mein Zimmer geschaut und mich entdeckt hätte?

Aber vielleicht hatte sie mein Zimmer längst durchsucht, wenn ich morgens in der Schule war. Doch wonach hätte sie bei mir suchen können? Ich hatte (leider) keine Geheimnisse und ein Tagebuch führte ich, nach einigen halbherzigen Versuchen, auch schon lange nicht mehr.

Da hätte sie sonst möglicherweise von meinem Verdacht lesen können!

Mir lief es eiskalt über den Rücken. Dieses Detektivspielen war irgendwie überhaupt nicht mein Ding. Mein Herz hämmerte immer noch wie verrückt und meine Hände waren ganz kalt.

Ich setzte mich auf meine Hände, um sie zu wärmen und damit das blöde Zittern aufhörte.

Angestrengt versuchte ich mitzubekommen, was sich draußen tat.

Knarrte die Treppe wieder?

Nein.

Doch.

War das eine Tür?

So ein Mist!

Ganz leise öffnete ich meine Zimmertür wieder und lauschte angestrengt.

Nichts.

Doch, Musik. Irgendwo im Haus spielte Musik.

Im Wohnzimmer?

Es half nichts. Ich musste hochgehen.

Falls sie mich sah, würde ich sagen, dass mir in der Schule schlecht geworden war und ich deshalb gleich wieder nach Hause gegangen war.

Das hier war schließlich mein Zuhause, und da brauchte ich mich doch nicht zu rechtfertigen, wenn ich mich hier aufhielt, das wäre ja noch schöner.

Wieso hatte ich eigentlich diese saublöde Angst, entdeckt zu werden?

Allmählich hatte sich mein Pulsschlag wieder beruhigt und ich atmete regelmäßig.

Leise stieg ich die Treppe hoch.

Die Küchentür stand offen. Da war niemand.

Plötzlich hörte die Musik auf.

Mit einem superleisen Katzensprung war ich in die Küche gehüpft und hörte, wie Ljuba die Treppe in den ersten Stock hochstieg. Tante Henny lag auf der Fensterbank und sah mich aus ihren grünen Augen neugierig an. Wahrscheinlich fragte sie sich genau wie ich, was denn dieses seltsame Benehmen sollte.

Dann ging eine Tür. Im ersten Stock waren das Arbeitszimmer meines Vaters, das Elternschlafzimmer, das Elternbad und ein Schrankzimmer.

Tja, und jetzt die Preisfrage: Wo war sie?

Jedenfalls war sie nicht in den zweiten Stock gegangen, denn die Treppe nach ganz oben ächzte immer, als wäre sie kurz vor dem Einstürzen.

Ich trat in den Flur und linste nach oben. Aber von hier aus sah man nur die Wand, vor der die Treppe abbog.

Dann hörte ich ein Rumoren, als würde jemand Schranktüren öffnen. Das war gut, denn das übertönte das Geräusch meiner Schritte, als ich die Treppe hochschlich.

Die Tür zu Papas Zimmer war nur angelehnt.

Aha. Bestimmt war Ljuba da drin.

Ich huschte zur Tür, stellte mich seitlich davor und schob sie ganz sacht mit den Fingerspitzen etwas weiter auf.

Ich sah Papas Schreibtisch und daneben die Fenster und ein Stück vom Regal.

Dann tauchte über der Schreibtischplatte Ljubas Kopf auf.

Ich hielt die Luft an, aber sie hatte den Blick gesenkt und betrachtete die Papiere, die sie in der Hand hielt. Offensichtlich hatte sie die aus Papas Schreibtisch geholt.

Ich merkte, wie ich vor Spannung (und vor Empörung!) einen ganz trockenen Mund bekam, und musste krampfhaft schlucken. Ich dachte schon, das müsste man doch hören. Aber Ljuba bückte sich wieder, und ich hörte es leise rascheln, als sie zwischen Papas Papieren herumsuchte.

Verdammt – was machte sie da?

Hatte mein Vater irgendwelche Geheimpapiere dort versteckt?

So ein Blödsinn!, schimpfte ich mit mir, jetzt ging offenbar die Fantasie mit mir durch. Ich fantasierte mir ja einen wahren Agententhriller zusammen.

Ljuba eine russische Spionin?

Dann hatte ich eine Idee. Ich sauste leise die Treppe runter (wir Kinder wissen, wie das geht: Man muss sich an den Sprossen entlanghangeln und vermeiden, auf die Stufen zu treten. Nur so haben Daniel und ich früher an den Sonntagen fernsehen können), holte meine Jacke und meinen Rucksack aus meinem Zimmer und flitzte wieder hoch, riss die Haustür auf und knallte sie zu.

Als Ljuba oben an der Treppe auftauchte, hängte ich gerade meine Jacke an den Garderobenhaken.

»Was machst du da?«, fragte sie mich. Sie wirkte ziemlich erschrocken, obwohl sie sich alle Mühe gab, die Fassung zu wahren.

»Warum?«, fragte ich zurück. »Was machst du denn da oben? Da hast du doch gar nichts zu suchen!« Während ich das sagte, stieg ich die Treppe hoch.

Sie wich zurück in Papas Zimmer.

»Ich wollte nur aufräumen!«

»Quatsch! Du weißt genau, dass mein Vater nicht will, dass man da aufräumt!«

Ich rückte ihr auf den Pelz. Jetzt standen wir beide im Arbeitszimmer und ich schaute zum Schreibtisch hinüber. Die Papiere, die ich eben noch darauf liegen gesehen hatte, waren verschwunden.

»Doch!«, entgegnete sie heftig. »Hat sich gefreut, als ich Ordnung gemacht mit seine Zeitungen!«

»Seinen Zeitungen«, korrigierte ich sie.

Darum hatte sie uns zwar gebeten, aber in diesem Augenblick war es ihr wohl gar nicht recht. Jedenfalls sah sie mich aus schmalen Augenschlitzen an.

Ich ging um den Schreibtisch herum, und mir fiel auf, dass die eine Tür aufstand.

»Du warst am Schreibtisch meines Vaters!«, sagte ich.

»Nein, war ich nicht.«

»Jetzt lügst du auch noch!«

»Nein, ich nicht ...« Sie brach ab und senkte den Kopf.

»Sag mal ganz ehrlich, Ljuba, was hast du hier gesucht?«

Sie holte tief Luft. Dann schaute sie mich wieder an, und ich sah fasziniert, wie zwei Tränchen rechts und links über ihre Wangen liefen. »Ehrlich, Alex, hab ich nur Gefallen tun wollen! Musst du mir glauben!«

»Das kannst du meinem Vater ja selbst erzählen«, sagte ich zuckersüß. »Vielleicht glaubt er dir das!«

»Du willst ihm sagen?«, fragte sie tonlos und starrte mich an.

»Na klar. Er muss doch erfahren, dass du in seinem Schreibtisch herumkramst! Er wird garantiert begeistert sein«, setzte ich noch hinzu (das war zugegebenermaßen etwas boshaft).

Sie ließ sich in den Sessel vor dem Regal fallen. »Bitte! Wollte ich doch nur Staub wischen.«

»Ach? Und wo ist das Staubtuch?«

»Äh – ist ...« Sie stand auf und ging zum Regal, wo die Billardpokale standen. »Ist hier drin.«

Ich schickte in Gedanken ein dickes Lob an Sina, die diesen Stein durch ihre aufmerksame Beobachtung ins Rollen gebracht hatte.

»Hm. Hast du das hier versteckt?«

Sie lächelte jetzt zaghaft. Wahrscheinlich dachte sie, sie hätte mich eingewickelt. »Ja, hab ich gemacht. Wollte ich schön polieren, dass kein Staub liegt und so.«

»Ach so.« Ich schaute ihr ins lächelnde Gesicht und dachte: Du Schlange. Du lügst wie gedruckt. Dann zuckte ich die Achseln und drehte mich um. »Ich muss wieder in die Schule. Ich hatte bloß was vergessen.«

Dann rannte ich runter in mein Zimmer, schnappte mir ein völlig überflüssiges Reclam-Heft (*Der zerbrochene Krug*), steckte es in meinen Rucksack, zog die Jacke wieder an und öffnete die Haustür. Dann drehte ich mich noch einmal um.

Ljuba war die Treppe zur Hälfte heruntergekommen, stand jetzt da und sah mich forschend an. War das ein erleichtertes oder ein höhnisches Grinsen auf ihrem Gesicht?

»Rumspionieren ist ganz mies«, sagte ich und knallte die Tür hinter mir zu, während sie noch etwas protestierend hinter mir herrief.

Auf dem Weg zur Straßenbahnhaltestelle überlegte ich, was ich tun sollte.

Wenn ich es Papa erzählte?

Dann würde Ljuba mit der blöden Staubwischerei kommen, und im Gegensatz zu Sinas Sauberkeitsaktivitäten wäre er bei Ljuba vielleicht gerührt davon und würde bloß sagen, dass sie es in Zukunft bleiben lassen sollte.

Und wenn ich es Mama sagte?

Mama fühlte sich durch Ljuba erleichtert, genoss den Wiedereinstieg in ihren geliebten Beruf und würde sich gegen alles wehren, was diese Situation bedrohen könnte.

Ljuba würde sich irgendwie rausreden und das Blaue vom Himmel lügen, aber letzten Endes würden beide ihr glauben (weil sie ihr nämlich glauben wollten).

So ein Mist. Mit dem Ergebnis meiner Beobachtungen konnte ich also nicht landen.

Aber so ganz ohne Wert waren sie nun auch wieder nicht.

Daniel und ich hatten jetzt den Beweis, dass Ljuba irgendwas im Schilde führte.

Ich hatte mir meine flauen Gefühle nicht eingebildet, ich hatte den richtigen Riecher gehabt.

Nur konnten wir leider jetzt noch gar nichts gegen sie unternehmen.

Am Nachmittag tagte unsere Mathenachhilfegruppe, und deshalb kam ich erst kurz vor dem Abendessen nach Hause.

Als ich die Jacke an der Garderobe aufhängte, rief meine Mutter aus dem Wohnzimmer: »Alex, bist du das?«

»Ja.«

»Komm doch eben mal rein.«

Ich trat ins Wohnzimmer.

Meine Mutter saß in eine Wolldecke gewickelt auf der Couch, hatte die Füße angezogen und blies auf ihren Tee, weil der wohl noch zu heiß zum Trinken war.

»Ich glaub, ich hab mir eine Erkältung eingefangen.« Sie seufzte und trank schlürfend einen Schluck. »Kannst du dich heute mal um das Abendbrot kümmern?«

»Klar«, sagte ich und wollte gehen.

»Du ... bleib noch eine Sekunde. Ljuba hat mir da was Merkwürdiges erzählt. Du hättest ihr vorgeworfen, sie würde spionieren?«

Respekt, dachte ich. Die hat ja schnell reagiert. Angriff ist immer die beste Verteidigung.

»Sie hat in Papas Schreibtisch rumgewühlt«, sagte ich.

»Ja, das hättest du ihr vorgeworfen. Aber sie sagt, sie hätte nur Staub wischen wollen. Sie ist ziemlich geknickt, weil du so schlecht von ihr denkst.«

Was war das denn? Ich fasste es nicht! War ich jetzt die Böse?

Ich sah meine Mutter an.

Sie seufzte und trank wieder. »Schätzchen, ich verstehe ja, dass du möglicherweise ein bisschen eifersüchtig bist, aber du solltest dich nicht zu solchen Verdächtigungen hinreißen lassen. Sieh mal, ich wüsste echt nicht, was ich ohne sie tun sollte. Bist du so lieb und entschuldigst dich bei ihr? Das wäre nur fair!«

Ich hatte plötzlich einen Frosch im Hals. »Ich ... ich soll mich bei ihr entschuldigen? Weil sie in Papas Sachen herumsucht?«

Meine Mutter stellte die Tasse auf dem Tisch ab und sah mich an. »Schluss mit diesen Behauptungen! Dann muss ich eben deutlicher werden. Ich wünsche, dass du dich sofort bei Ljuba entschuldigst! Das sind schwerwiegende Unterstellungen, so kann man nicht ...«

Ich unterbrach sie. »Angenommen – nur mal angenommen, ich habe recht mit meinen Beobachtungen, und sie hat da oben herumspioniert, was dann?«

Mama stieß ein Lachen aus, es klang aber nicht sehr fröhlich. »Du liebe Güte, merkst du denn gar nicht, wie lächerlich du dich machst? Papa hat weder wichtige Akten noch sonst irgendwelche staatstragenden Dokumente da oben – da gibt es nichts von Interesse für irgendeinen ... Spion!«

Sie lehnte sich erschöpft zurück. »Geh jetzt und bring das wieder in Ordnung. Du hast es wahrscheinlich gut gemeint, aber du bist übers Ziel hinausgeschossen.«

Ich drehte mich auf dem Absatz um und ging runter, klopfte an Ljubas Zimmertür, und als sie »Herein!« rief, öffnete ich die Tür.

Sie saß an ihrem Tisch und schrieb irgendwas in ein Heft. Ein aufgeschlagenes Buch lag daneben. Sah nach Schularbeiten aus.

»Meine Mutter möchte, dass ich mich bei dir entschuldige, weil ich dich Spionin genannt habe.«

Unsere Blicke trafen sich. Sie schüttelte ihre Locken zurück und lächelte. »Ist schon gut. Entschuldigung angenommen.«

Ich schloss die Tür wieder und grinste. Ich hatte mich gar nicht entschuldigt. Ich hatte nur gesagt, dass Mama das wollte. Aber entweder konnte sie noch nicht so gut Deutsch ... oder ... oder meine Entschuldigung war ihr ganz egal, sie hatte nur meine Mutter auf ihre Seite kriegen wollen.

Ich holte tief Luft und ballte die Fäuste.

Mist.

Diese Runde ging eindeutig an sie.

Das meinte Daniel auch, als ich ihm abends alles erzählte. Ich hatte ihn in der Schule nicht zu fassen gekriegt, weil die Schüler der Sekundarstufe II andere Pausenzeiten haben als wir.

»Schlaues Aas«, sagte er.

»Fehlt nur noch, dass du sie bewunderst«, knötterte ich.

»Nein, aber sie hat gezeigt, dass sie gegen dich antritt.« Er fixierte mit seinem Blick den PC-Bildschirm. »Was wissen wir eigentlich über sie? Ich müsste sie mal googeln.«

»Gute Idee. Ljuba Sacharow aus ...?« Ich sah ihn ratlos an.

»Aus einem Vorort von Moskau«, beendete er den Satz.

»Und wie heißt dieser Vorort?«

Er hob die Schultern und ließ sie wieder fallen. »Keine Ahnung.«

»Dann müssen wir sie mal danach fragen.«

»Dir wird sie momentan kaum über irgendwas Auskunft geben.«

»Dann versuch du es doch!«, fauchte ich ihn an.

Leider hatte er recht, aber man kann auch auf Rechthaber wütend sein.

Daniel ließ sich allerdings nicht provozieren.

»Ich denk mir was aus«, sagte er. »Morgen beim Abendessen. Papa und Mama müssen dabei sein, damit sie sich nicht rauswinden kann.«

Aber am nächsten Abend war nur mein Vater da. Mama hatte eine Veranstaltung in der Bibliothek, irgendeine Autorenlesung, bei der sie dabei sein musste. Doch Daniel meinte, Papas Anwesenheit würde genügen.

Nachdem wir uns alle Kartoffelbrei und Sauerkraut aufgetan hatten und ich nun die Würstchen auf den Tisch stellte, wandte sich Daniel an Ljuba und sagte: »Ich hab ganz vergessen, aus welchem Stadtteil von Moskau du kommst. Wie hieß der noch mal?«

Ljuba winkte lächelnd ab. »Ist nicht wichtig. Ist nicht sehr schön. Moskau ist schöne Stadt, große Stadt, gibt es große, schöne Straßen ...«

»Hm. Aber mich würde interessieren, wo du wohnst. Einfach so.« Er warf den Zwillingen einen auffordernden Blick zu.

»Au ja«, sagte Kris. »Sagst du es uns, Ljuba?«

»Bitte, bitte«, sekundierte Kathi.

Ljuba lächelte nach links und nach rechts. »Erzähl ich euch von Moskau, ja? Habe ich ganzes Leben dort gelebt. Moskau ist tolle Stadt. Hat Kreml. Im Kreml sitzt die Regierung.«

»Aber warum willst du uns denn nicht deine Adresse verraten?« Daniel blieb standhaft.

»Warum ist so interessant?«, fragte Ljuba. »Ist doch gar nicht wichtig. Denke ich nicht dran.«

»Weißt du etwa nicht, woher du kommst?« Daniel mimte Entrüstung. »Das glaube ich einfach nicht.«

Ljuba war jetzt sichtlich genervt, aber sie lächelte immer noch, wenn auch etwas starr.

»Lass das doch, Daniel«, mischte sich jetzt Papa ein. »Offensichtlich möchte Ljuba nicht darüber sprechen.«

»Danke«, hauchte Ljuba.

»Na, dann eben nicht«, sagte Daniel wütend und zermalmte seine Bratwurst.

»Aus irgendeinem Grund will sie nicht sagen, woher sie kommt«, sagte er später nachdenklich, als wir beide auf seinem Bett saßen und Chips aßen (quasi unser Nachtisch). »Mach keine Krümel, ich will nicht, dass heute Nacht mein Kissen knistert.«

Manchmal geht mir Daniel mit seiner Großer-Bruder-Nummer ganz schön auf den Wecker, aber jetzt war nicht der richtige Zeitpunkt, um ihn deshalb anzumaulen.

Ich überlegte. »Also ... entweder sie hat irgendeinen Dreck am Stecken, der was mit ihrer Stadt zu tun hat, oder ...«

»... oder sie befürchtet, wir kennen den Namen und ziehen daraus irgendwelche Schlüsse ...«

»Hä?« Ich kapierte nicht, was er damit meinte.

Er kratzte sich nachdenklich am Kopf. »Ich begreif es auch nicht. Wir haben hier die perfekte Au-pair-Hilfe – und statt dass wir uns freuen, suchen wir bei ihr nach irgendwelchen dunklen Geheimnissen. Wir sind doch echt blöd und vermiesen uns und ihr mit albernen Verdächtigungen das Leben. Schluss damit!«

»Gestern hast du noch was ganz anderes gesagt!«

»Stimmt«, gab er kleinlaut zu. »Aber was wir hier machen, bringt schlechte Stimmung in die Familie, und wenn du ehrlich bist, kannst du ihr außer übertriebener Fürsorge für Papa und die Zwillinge, na ja, und auch für Mama, nichts vorwerfen. Und das ist eigentlich kein Verbrechen.«

»Wohl gesprochen, edler Ritter«, sagte ich spöttisch und stand mit der Tüte auf. »Dann sattle dein Ross und rette die Jungfrau, ich geh derweil ins Bett.«

War da ein Geräusch gewesen?

Blitzschnell war ich an der Tür und riss sie auf. War da unten an der Treppe eben jemand um die Ecke gehuscht, oder bildete ich mir mittlerweile die beklopptesten Sachen ein?

»Gute Nacht«, sagte Daniel. »Mach die Tür bitte leise zu, ja?«

Während ich ins Souterrain runterging, schüttelte ich den Kopf, als könnte ich damit Ordnung in mein Gefühlsdurcheinander bringen.

Bildete ich mir das wirklich alles nur ein?

Machte ich aus Mücken Elefanten?

War es meine Abneigung gegenüber Ljuba, die mir diese Verdächtigungen einflüsterte?

Ich war völlig durcheinander.

Was hatte ich eben wirklich gesehen?

Was hatte ich mir nur eingebildet?

War ich schrecklich ungerecht zu einer jungen Frau, die weit weg von ihrem Zuhause eine fremde Sprache lernen wollte?

Ich griff mir an den Kopf, als könnte ich dadurch meine wirren Gedanken bündeln und in eine vernünftige Richtung lenken.

Als ich die Tür zu meinem Zimmer öffnen wollte, ging die Badezimmertür auf und Ljuba kam im Bademantel heraus.

So hatte sie bestimmt nicht vor Daniels Tür herumgelungert! Ljuba ließ sich in den oberen Stockwerken nie im Bademantel blicken.

Doch als sie an mir vorbeiging, sah ich etwas Schwarzes im Ausschnitt aufblitzen. Trug sie ein schwarzes Nachthemd?

Heute Abend hatte sie einen schwarzen Pulli angehabt. Hatte sie den Bademantel über ihre normalen Klamotten angezogen?

Schluss jetzt!, ermahnte ich mich mit allem Nachdruck. Ich sehe ja schon hinter jeder Ecke Gespenster.

Das waren doch lauter Anzeichen von einem klassischen Verfolgungswahn!

9

Litt ich wirklich an Wahnvorstellungen? War ich eine Bekloppte? Würde ich demnächst in der Klapsmühle landen?

Aber verdammt – ich war doch ganz klar im Kopf.

Ich konnte mittlerweile sogar verzwickte geometrische Aufgaben lösen. Unsere kleine Mathetruppe hatte in den letzten Wochen richtig gut gearbeitet. Heute hatten wir den letzten Mathetest zurückbekommen, alle hatten Dreien und Vieren geschrieben und keine der Vieren war wacklig. Ich hatte eine Drei minus geschafft und war selig.

Aber ich hatte noch einen anderen Grund für Seligkeit.

In der zweiten großen Pause hatte mich Marlon angesprochen.

Einfach so.

Wenn ich einen Kaugummi im Mund gehabt hätte, wäre er mir vor lauter Überraschung rausgefallen.

Es war auf dem Flur gewesen, ich wollte gerade zum Klo gehen, wo Martha und Laura zur Feier des Mathetests am offenen Fenster eine rauchten. Ich mach mir nichts aus Qualmen (außerdem hat Papa uns einen Tausender versprochen, wenn wir bis zum zweiundzwanzigsten Geburtstag Nichtraucher bleiben, denn angeblich sind die Jahre vorher diejenigen, die einen zum Süchtigen machen), aber ich wollte unbedingt beim Tratschen dabei sein. Als ich also zum Klo flitzte, kam mir Marlon entgegen.

Er blieb stehen und sagte: »Alex?«

Da musste ich auch stehen bleiben, aber ich konnte kaum glauben, dass er mich angesprochen hatte.

»Ja?«, sagte ich so eloquent wie selten.

»Ich hab das mit eurer Nachhilfegruppe mitgekriegt, das hat wohl ganz gut funktioniert.«

»Funktioniert immer noch«, sagte ich. »Wir treffen uns immer noch zweimal die Woche.«

Du lieber Himmel – wer will das denn wissen? Das ist MARLON, du dumme Nuss, lass dir mal was Schlaueres einfallen! Aber da kam nichts – ich schnappte nach Luft wie ein Fisch auf dem Trockenen ... megapeinlich!

»Tja – das hat mich auf eine Idee gebracht.« Er legte den Kopf etwas schief und lächelte. Dieses Lächeln brachte mein Herz urplötzlich zum Wummern und mir wurde etwas schwindlig. »Könntest du mit mir so eine Gruppe für Deutsch machen?«

Ich klimperte mit den Lidern, weil ich nicht glauben konnte, was ich da hörte.

»Aber du b-b-bist doch gut in D-d-deutsch«, stammelte ich ungeheuer elegant.

»Nein, nicht gut genug.« Er schüttelte den Kopf. »Diese Interpretationen machen mich ganz verrückt, da weiß ich nie die richtigen Wörter. Außerdem gibt es doch da so ein Schema, nach dem wir vorgehen sollen, das kapier ich noch nicht. Und diesen Krimi, den wir da in der Mangel haben, finde ich ziemlich öde. Könntest du mir das beibringen?« Er grinste. »Ich bring dir dann was anderes bei.«

»Äh – was?« Du hast keine Ahnung, was ich gern von dir lernen würde ...

»Na, Chemie oder Physik oder so. Ich bin ja nicht überall blöd.«

»Quatsch. Du bist nicht blöd. Klar können wir eine

Deutsch-Minigruppe machen, kein Problem. Bei dir oder bei mir? Und wann?«

»Am besten gleich heute. Am Freitag schreiben wir den Test und heute ist schon Dienstag. Meinst du, ich krieg das bis dahin auf die Reihe?«

Ich nickte etwas benommen.

Ist schon seltsam, wenn Träume plötzlich wahr werden. Man ist fix und alle. Man rafft es nicht. Ich stand weiterhin neben mir und sah mir zu, wie ich mich trottelig benahm.

Er lächelte. »Gut, dann heute Nachmittag bei mir? So um vier?«

Ich nickte. »Geht in Ordnung. Äh – wo wohnst du eigentlich?«

Er sah mich verblüfft an. »Bei euch um die Ecke. Ilsestraße 14. Weißt du das nicht?«

»Nö.« (Zehn Punkte Abzug, Alexa Koopmann. Wie kann man nur so doof sein! Der weiß, wo ich wohne, und ich habe keine Ahnung!)

Er lachte. »Dann bis heute Nachmittag. Und schon mal vielen Dank im Voraus!«

Damit ging er weiter und ich schleppte mich ins Mädchenklo und fiel meinen Freundinnen um den Hals.

»Wenn ihr mich jetzt vor lauter Eifersucht ab sofort tierisch hasst, dann kann ich das auch nicht ändern«, verkündete ich etwas heiser. Ich war immer noch total von den Socken. »Marlon hat mich eben gefragt, ob ich ihm in Deutsch Nachhilfe geben will.«

»Und du hast natürlich Nein gesagt und ihn an mich verwiesen«, sagte Laura und griente.

»Nee, an mich!«, sagte Martha und boxte mich auf den Arm.

»Glückspilz!«, meinte Laura. »Aber wir lassen dich nur unter einer Bedingung am Leben ...« Sie hob den Zeigefinger. »Du musst uns alles, alles ganz haarklein erzählen.«

»Alles ja«, sagte ich. »Aber nicht alles alles.«

Total beschwingt ging ich nach der Pause zurück in unseren Klassenraum.

So muss sich ein Schwips anfühlen, dachte ich. Kann man mal sehen: Dazu braucht es gar keinen Alkohol!

Die neugierig-neidischen Blicke meiner besten Freundinnen ignorierte ich einfach.

Er hatte mich gefragt – mich. Und nicht Laura und nicht Martha.

Diese Kröte mussten sie nun leider schlucken.

Ich fand es gut, dass wir uns bei Marlon verabredet hatten, denn es war mir lieber, wenn meine Familie nicht mitkriegte, dass ich dem schönsten Knaben unserer Schule Deutsch-Nachhilfestunden gab.

Auf das blöde Grinsen und die bescheuerten Anspielungen – besonders von Daniel –, die das zur Folge gehabt hätte, hatte ich keine Lust.

Ich wartete, bis Ljuba mit den Zwillingen weggegangen war, und machte mich dann auf den Weg.

Ilsestraße 14 war ein Reihenhaus älteren Datums, wahrscheinlich wie unseres zu Anfang des letzten Jahrhunderts gebaut. Ich ging die kleine Treppe zur Haustür hoch und klingelte.

Nichts.

Mir sackte das Herz in die Schuhe. Langsam zählte ich bis zehn, wie Mama uns das beigebracht hatte, damit wir uns nicht zu drängelig aufführten. Dann klingelte ich noch einmal.

Nichts.

Sollte ich noch mal ...

Nein. Ich hatte auch meinen Stolz.

Dann eben nicht. Ich drehte mich um und ging total enttäuscht und verunsichert die Treppe wieder runter. Unten öffnete sich die Souterraintür und da stand Marlon.

»Oh, tut mir leid, ich hab vergessen, dir zu sagen, dass du besser unten klingeln sollst ...«, sagte er und lächelte mich an und alle Enttäuschung war im Nu verpufft.

»Wohnst du auch im Untergrund?«, fragte ich, während ich ihm ins Haus folgte.

»Wieso ›auch‹?«

»Weil ich auch eine Kellerassel bin.«

Wir lachten und auf einmal war ich auch gar nicht mehr verlegen.

Sein Zimmer sah natürlich ganz anders aus als meins, und auch nicht so wie Daniels. Neugierig sah ich mich um. Eine Wand war ganz mit *Werder*-Plakaten vollgepinnt – aha, noch ein bekennender *Werder*-Fan.

Rechts und links neben seinem – äh – Bett standen riesige Boxen, also ein Musikfan. Im Regal massenhaft CDs, aber nur wenige Bücher.

Hm. Ein Lesemuffel.

Tja. Man kann nicht alles haben.

Und keine DVD. Keine einzige. Wahrscheinlich kannte er noch nicht mal die Namen von Katherine Hepburn oder Gary Cooper.

Er bot mir einen Platz auf seinem ordentlich von einer bunten Tagesdecke verhüllten Bett an und setzte sich davor auf den Fußboden.

»Na, gefällt es dir?«, fragte er.

»Was?«

»Das Bett.« Er grinste provozierend.

»Ich finde die Decke sehr schön.« So leicht ließ ich mich nicht einschüchtern.

»Das ist ein Ikat-Muster«, dozierte er. »Das ist eine Färbetechnik auf Bali.«

»Warst du schon mal dort?«

»Nein, leider nicht. Nur meine Eltern. Die Decke haben sie mitgebracht und irgendwann ist sie bei mir gelandet.«

»Hübsch.« Ich strich mit der Hand drüber. »Das ist ja Seide.«

»Klar, und zwar reine.« Er grinste. »Setz dich doch da drauf, ich hab ja nicht viel an Sitzgelegenheiten zu bieten.« Während ich mich setzte, beugte er sich vor. »Fangen wir an?«

»Und wie willst du dir Notizen machen?«, fragte ich.

Er grinste, zeigte auf ein Minitonbandgerät und drückte auf Start.

»Nein.« Ich schüttelte den Kopf. »Den Test musst du schreiben und nicht sprechen. Außerdem kann ich dann sehen, was du geschrieben hast.«

Er verzog den Mund. »Mann, bist du streng«, maulte er.

»Frau«, korrigierte ich knapp.

»Frau, bist du streng«, wiederholte er und lachte.

Sein Lachen war ansteckend und ich lachte mit.

Aber dann rief ich mich zur Ordnung. »Hör mal, wenn du wirklich was lernen willst, dann geb ich die Gangart an, okay? Wenn ich alles und jedes erst mühsam durchsetzen muss, nervt das total.«

Er nickte. »Gut.«

Dann stand er auf und holte sich ein Heft und einen Kuli.

Ich legte die Fotokopie des Kurzkrimis, die ich mitgebracht hatte, vor ihn auf die Erde.

»Das ist aber nicht der, den wir im Unterricht durchgenommen haben«, protestierte er. »Das war doch *Der Hund von Baskerville*.«

Ich verdrehte die Augen. »Geht das schon wieder los? Ich will dir doch das Prinzip beibringen und das kann man an fast jedem Text. Lies dir den hier also erst mal durch und dann interpretieren wir ihn.«

Während er Conan Doyles *Skandal in Böhmen* las, sah ich mich unauffällig weiter in seinem Zimmer um.

Erleichtert registrierte ich, dass nichts auf eine Freundin hinwies, wie etwa ein neckisches Kissen oder ein Foto oder eine baumelnde Halskette an einem Haken oder so. Ich gab mir auch alle Mühe, Marlon nicht dauernd anzustarren – aber so aus der Nähe war er einfach zum Dahinschmelzen. Immer wenn ihm was nicht sofort aufging, schüttelte er seine langen schwarzen Haare und grummelte in sich rein.

Es war nicht nur zum Dahinschmelzen, es war einfach unglaublich. Ich zwickte mich unauffällig in den Arm und war erleichtert, als es wehtat.

Ich träumte also nicht.

Geduldig wartete ich, bis er aufseufzend die Blätter hinlegte. »Okay, und jetzt?«

Ich hatte mich gut vorbereitet und erklärte ihm das mit der »Deduktion«, die Conan Doyle seinem Sherlock angedichtet hat: wie der berühmte Detektiv aus dem Allgemeinen das Besondere ableitet und die Detailinformationen miteinander verknüpft.

»Verknüpft?« Marlon sah mich ratsuchend an.

»Verbindet.«

»Ach so.«

»Sieh mal, in jeder Interpretation einer seiner Geschichten muss man dieses Prinzip erkennen, weil das erklärt, wie der Superdetektiv gestrickt war, wie er gearbeitet hat. Das ist das Besondere an der Art, wie er seine Fälle löst, und deshalb gehört es unbedingt in eine Interpretation rein.«

»Hm.«

Alles in allem wurden es zwei ziemlich produktive

Nachhilfestunden, was wohl einerseits an mir, aber ganz klar auch an Marlon lag.

Schließlich legte er Heft und Kuli beiseite und holte tief Luft.

»Okay, ich hab so einiges begriffen. Jetzt hab ich keinen Schiss mehr vor dem Test.«

Ach, dachte ich enttäuscht, der Mohr hat seine Schuldigkeit getan, der Mohr kann gehen?

Aber da fuhr er fort: »Du, könnten wir das jetzt alles auch noch mal mit dem *Hund von Baskerville* machen?«

Ich atmete innerlich auf.

Fortsetzung folgt!, jubelte ich innerlich.

Aber nach außen hin zuckte ich nur lässig mit den Schultern. »Von mir aus. Wann denn?«

»Morgen?«

Ich versuchte mit aller Kraft, mir meinen inneren Jubel nicht anmerken zu lassen.

»Könnte klappen«, sagte ich und sammelte meine Blätter wieder ein.

»Du musst doch noch nicht gehen?«, fragte er. »Mann, was bin ich für ein mieser Gastgeber. Willst du lieber Tee oder Cola?«

»Tee«, sagte ich.

Es ging also nicht NUR um Nachhilfe!

Er sprang auf, rannte aus dem Zimmer und kam kurz darauf mit einem Tablett zurück.

»Hab ich ganz vergessen, tut mir leid. Ich krieg eben selten Besuch.« Er lächelte und schlug seine unverschämt langen schwarzen Wimpern nieder. »Und schon gar keinen weiblichen.«

Täterätä!, trompetete es triumphierend in meinem Kopf. Das waren ja höchst willkommene Informationen.

Beim Abendbrot sagte meine Mutter plötzlich: »Ist was, Alex? Du bist ja so still?«

Ich merkte, dass ich einen roten Kopf bekam, und weil ich mich darüber ärgerte, wurde er gleich noch röter.

»Ach, ich hab nur an den Deutschtest nächsten Freitag gedacht«, sagte ich. Und das war nicht mal gelogen.

10

Marlon und ich sahen uns in dieser Woche fast an jedem Nachmittag.

Aber auch nachdem der Test geschrieben war (Inhaltsangabe, Spannungsverlauf, Personenbeschreibung, Erläuterung des Holmes'schen Lieblingsbegriffs »Deduktion«), wollte Marlon an unseren Treffen festhalten.

Na, und ich sowieso.

Bei unserer nächsten Verabredung sagte er: »Meine Mutter möchte dich gern kennenlernen.«

»Ach, und dein Vater nicht?«

Er winkte ab. »Der ist doch nur alle paar Wochen hier. Momentan kann ich nur mit meiner Mutter dienen.«

Ich folgte ihm zögernd die Kellertreppe hoch. Alles war wie in unserem Haus, nur seitenverkehrt. Was wollte seine Mutter von mir? War sie nett? Wollte sie vielleicht nicht, dass ihr Sohn sich regelmäßig mit einem Mädchen traf?

Mit etwas Herzklopfen folgte ich ihm ins Wohnzimmer, das – anders als bei uns – total modern möbliert war.

Alle Möbel waren weiß und streng rechteckig – im ganzen Raum gab es nichts Rundes –, außer den Stereoboxen mit ihren runden Lautsprechern.

Ein schneeweißes Bücherregal war bis auf den letzten Millimeter mit bunten Buchrücken vollgestellt, und an den Wänden hingen seltsam abstrakte Bilder – neben den Büchern die einzigen Farbflecke. (Es gab in diesem Haus also doch Leser!) Die Frau, die auf dem schneeweißen Sofa saß, wirkte inmitten dieser Schneelandschaft wie ein bunter Ball. Sie war winzig und trug einen knallrosa Pulli zu einem knallblauen Rock – und das sah toll aus!

Ich ging auf sie zu und gab ihr die Hand. »Guten Tag. Ich heiße Alexandra Koopmann.«

Sie lächelte spitzbübisch. »Ich heiße Irma. Wir können uns gern duzen, wenn du möchtest. Im Englischen ist das ohnehin üblich.«

Ich war erleichtert. Das war ja gar nicht so schlimm!

»Gern. Wenn es schnell gehen soll, heiß ich Alex.«

Sie klackte missbilligend mit der Zunge. »Alexandra ist so ein schöner Name. Aber – na ja, Alex ist auch hübsch.« Dann wandte sie sich an ihren Sohn. »In der Küche steht ein Tablett für euch. Was zu knabbern und so.«

Wir traten den Rückzug an, Marlon holte das Tablett und wir verschwanden nach unten.

»Mannomann«, sagte ich, als wir es uns auf der Ikat-Decke gemütlich machten. »So klein und so eindrucksvoll.«

Marlon seufzte, dann grinste er. »Du sagst es. Hundertfünfundfünfzig Zentimeter geballte Energie.«

Mittlerweile hatte meine Familie auch etwas gemerkt und ich wurde mit wahnsinnig witzigen Bemerkungen bedacht wie »Könntest du das heute erledigen, falls du nicht schon vergeben bist?« oder »Lassen deine rosaroten Träume zu, dass du dich heute um die Zwillinge kümmerst?«

Aber ich hatte auch gar nicht mehr die Absicht, meine Freundschaft mit Marlon zu verheimlichen.

Ganz im Gegenteil.

Und nachdem ich die Zwillinge zu einem Treffen mit ihm hatte mitnehmen müssen, war die Katze aus dem Sack.

»Alex hat ’nen Freund«, krähte Kris zu Hause.

»Wen denn?«, fragte meine Mama neugierig.

»Einen aus meiner Klasse«, sagte ich ganz cool. »Ich helfe ihm in Deutsch.«

Daniel prustete laut raus. »Nachhilfe? Doch nicht bloß in Deutsch, möchte ich wetten!«

Aber alles in allem regten sie sich schnell ab, und ich konnte mich jetzt auch ganz offiziell abmelden: »Ich bin heute Nachmittag bei Marlon, okay?«

»Bring ihn doch mal mit«, sagte Mama. »Ich möchte ihn auch gern kennenlernen.«

»Ich kenn ihn schon«, erklärte Kathi wichtigtuerisch.

»Ich auch!«, kam es sofort von Kris. »Ich kenn ihn noch viel besser!«

»Das wissen wir ja, ihr Schätze«, sagte Papa, bevor sie sich zankten, »aber wir würden ihn eben auch gern mal kennenlernen.«

»Genau«, sagte Ljuba strahlend und ich warf ihr einen misstrauischen Blick zu. Was ging es sie an, mit wem ich befreundet war? Überhaupt nichts, ganz und gar nichts!

»Also dann«, sagte Papa. »Wie wär’s mit morgen Abend? Lad ihn zum Essen ein.«

Also schleppte ich Marlon zu uns nach Hause und er ließ sich tapfer von meiner Familie begaffen.

Natürlich kam das Gespräch sofort auf Fußball, und Daniel, mein Vater und er beurteilten lang und fettig *Werders* Chancen in der Bundesliga.

Ich löffelte stumm meine Gulaschsuppe und wusste nicht, ob ich mich freuen oder ärgern sollte.

Einerseits war es gut, dass sie ihn sympathisch fanden, andererseits fand ich es ziemlich demütigend, wie schnell ich abgemeldet war.

Aber alles in allem war dieser erste Abend in unserer

Hütte ein voller Erfolg, zumindest was die Fachsimpelei der Männer betraf.

Ich brachte Marlon zur Tür, aber als ich zurück ins Esszimmer kam, hörte ich gerade noch meinen Vater sagen: »... ein Riese ist er ja nicht gerade.«

»Tja, die Filipinos sind eben nicht die größten.« Daniel.

Ich hätte ihn auf der Stelle erwürgen können, doch Mama lachte und sagte: »Aber immer noch ein bisschen größer als Alex. Und außerdem sind solche Kategorien wie ›der Mann muss größer oder älter sein‹ doch Schnee von gestern.«

»Du hast dich aber dran gehalten«, frotzelte Papa. »Ich bin größer und älter als du.«

»Ist ja auch in Ordnung, aber andersrum geht's eben auch«, sagte Mama energisch. »Und jetzt will ich keine diskriminierenden Bemerkungen mehr hören, sonst erzähle ich allen Leuten, dass Daniel Schweißfüße hat.«

»Hab ich doch gar nicht«, jaulte er auf.

»Das wissen die aber nicht«, sagte Mama fröhlich. »Die machen dann einen Bogen um dich und werden die Wahrheit nie erfahren.«

»Lass das bloß bleiben«, sagte Daniel. Dann drehte er sich zu mir um: »Ich übernehme heute deinen Küchendienst wegen dummer Bemerkung, ja?«

Ich nickte und verkniff mir ein Grinsen.

»Darf Frau älter sein als Mann?«, fragte da Ljuba.

Mama sah sie überrascht an. »Wie meinst du das? Als Freundin? Als Ehefrau? In jedem Fall heißt die Antwort JA.«

»Sieh dir doch Madonna an«, sagte Daniel. »Oder Ashton Kutcher. Junge Männer mit älteren Frauen. Das ist irgendwie fast ein Trend. Bei Stars geht das.«

»Aber in Deutschland nicht üblich?«

Mein Vater kratzte den letzten Puddingrest aus der

Schüssel. »So kann man das nicht sagen. Das hat es schon immer mal gegeben, aber die Norm war wohl anders.«

»Ach so«, sagte Ljuba. »Wollte ich gern wissen.«

Ich wunderte mich. Hatte sie vielleicht einen Kerl kennengelernt, der jünger war als sie, und wollte deshalb wissen, ob das allgemein toleriert wurde?

Ich sah zu Daniel hin, aber der stapelte Teller aufeinander.

Dann brachten wir die Kombüse in Ordnung, wie meine Mutter das immer nannte (ich hatte großzügigerweise Daniels Angebot bezüglich der Küchenarbeit abgelehnt), und ich dachte nicht mehr an Ljubas Frage und was wohl dahinterstecken mochte.

Als ich ihr unten im Flur begegnete – sie ging zu ihrem Kurs und ich in mein Zimmer –, sagte sie sogar »Tschüs«.

»Tschüs«, sagte ich verblüfft, und eine Zehntelsekunde lang dachte ich, vielleicht ist sie ja doch ganz nett und ich liege mit meinem Argwohn ganz falsch.

Irrtum.

Denn am nächsten Tag hörte ich sie telefonieren.

Auf Russisch. Zumindest hielt ich es für Russisch, es hätte natürlich auch Moldawisch oder Grusinisch oder sonst was sein können. Es hörte sich jedenfalls sehr östlich-fremd an.

Ich hatte erst später Schule, weil wir momentan verstärkt unter Lehrerausfall litten, und war nach dem Frühstück wieder runtergegangen und das hatte sie wohl nicht mitgekriegt.

Jedenfalls ging ich hoch in die Küche, um mir noch einen Tee zu kochen, als ich sie plötzlich brüllen hörte.

Nicht sprechen. Brüllen.

Ich stand wie angenagelt im Flur.

Sie telefonierte im Wohnzimmer.

Na toll, dachte ich. Bis nach Russland wird das ja ein

schönes Sümmchen kosten. Wenn Papa die Rechnung kriegt, merkt er doch bestimmt, dass da jemand ein teures Gespräch geführt hat, oder? Als würde man in Japan die Auskunft anrufen und zehn Minuten lang zuhören.

Ljuba redete jetzt laut und wütend, dann war Pause und dann schrie sie wieder los.

Ich verzichtete auf den Tee und huschte wieder nach unten, weil ich nicht als Lauscher an der Wand ertappt werden wollte. Mein Versuch, sie auf das Durchwühlen von Papas Schreibtisch festzunageln, war derart in die Hose gegangen, dass ich auf diese Nummer gut verzichten konnte. Wer weiß, was sie mir diesmal angehängt hätte.

Unten setzte ich mich auf mein ungemachtes Bett und dachte nach.

Wir kannten Ljuba immer nur überfreundlich und höflich und sehr bemüht. Deshalb war mir diese entfesselte Frau im Wohnzimmer unheimlich.

Genauso unheimlich wie die Schreibtischdurchwühlerin.

Ich stand auf, machte mein Bett und stampfte die Treppe hoch.

Ljuba stand in der Küche und hantierte herum.

»Du bist noch da?« Sie wischte sich eine Haarsträhne aus dem Gesicht.

War ihr Gesicht röter als sonst?

»Ja«, sagte ich betont gleichmütig. »Die ersten beiden Stunden sind ausgefallen.«

»Warum hast du nicht gesagt?«

Ich sah ihr direkt in die Augen. »Ich habe es gesagt. Meiner Mutter habe ich es gesagt. Ich hab nicht gewusst, dass ich dir Rechenschaft schuldig bin.«

»Rechenschaft?«, fragte sie misstrauisch. »Was ist das? Wieso schuldig? Ich bin nicht schuldig.«

Ich musste ein bisschen grinsen. Ljuba konnte so gut Deutsch, dass man manchmal vergaß, dass sie selten benutzte Wörter nicht kannte.

»Das bedeutet, dass ich dir nicht sagen muss, wann ich komme und gehe«, sagte ich langsam. »Du bist nicht meine Mutter.«

Ihr Blick rutschte zur Seite. Dann lächelte sie ein bisschen. Aber es wirkte verkrampft.

»Nein, musst du nicht. Klar. Wäre aber nett, wenn ich weiß, wer ist da.«

»Warum?« Ich sah sie mit aller Wut an, die sich in den letzten Wochen in mir aufgestaut hatte. »Damit du ungestört wühlen kannst? Meinen Eltern hast du was vormachen können, aber mir nicht. Ich weiß nicht, was du im Schilde führst, aber ich trau dir einiges zu.«

So, nun lagen die Karten offen auf dem Tisch.

»Schilde?«, hakte sie nach. »Ich habe keine Schilder!«

»Etwas im Schilde führen heißt etwas vorhaben«, sagte ich ganz ruhig. »Ich weiß nicht, was du vorhast, aber ich traue dir nicht.«

Ihr Gesicht war ganz starr, kein Muskel regte sich darin, auch ihr verdammtes Lächeln war verschwunden.

»Alex, du siehst alles falsch«, sagte sie langsam.

»Ach ja? Höre ich auch alles falsch? War das vorhin Russisch? Warum bringst du deine russischen Freunde nicht mal mit hierher?«, fragte ich spöttisch.

»Was ...«, fing sie an.

»Du hast vorhin am Telefon auf Russisch rumgeschrien«, sagte ich. »Ich hab nicht gelauscht, das war überall zu hören. Papa wird sich freuen, wenn er die Telefonrechnung kriegt.«

Sie verzog verächtlich das Gesicht und fasste in die Tasche von ihrer Strickjacke. Sie hielt mir ein Handy hin.

»Muss Bernhard nichts bezahlen. Bezahl ich Telefon ganz allein.«

Dann drehte sie sich um und ging nach unten.

Ich schulterte meinen Rucksack und machte mich auf den Weg zur Straßenbahnhaltestelle.

Unterwegs hatte ich reichlich Stoff zum Nachdenken.

Ljuba besaß ein Handy.

Seit wann? Wir hatten es nie gesehen.

Andererseits war das ihr gutes Recht.

Aber warum hatte sie im Wohnzimmer telefoniert und nicht in ihrem Zimmer?

Klar, wegen dem miesen Empfang im Souterrain. Da spinnen Handys.

Und mit wem hatte sie gesprochen? Bestimmt hatte sie nicht bis nach Russland telefoniert.

Aber welche Russinnen oder Russen kannte sie hier in Bremen?

Wenn das bloß Leute waren, die mit ihr in den Sprachkurs gingen, hätte sie wohl keinen Grund gehabt, so wütend rumzuschreien.

Also waren es keine Mitschüler.

Aber wer dann?

11

Inzwischen verbrachte ich die Nachmittage meistens bei Marlon oder bei Laura oder Martha – nach Hause kam ich fast nur noch zum Abendbrot und zum Schlafen.

Ich fühlte mich dort einfach nicht mehr wohl.

Ich konnte mich nicht mehr frei äußern – jede Bemerkung, so schien es mir, wurde von unseren Eltern auf die Goldwaage gelegt: War ich auch nett genug zu Ljuba, unterstellte ich ihr wieder was, ließ ich mich von meiner Antipathie oder meinen Vorurteilen leiten ...

Ich war Ljuba gegenüber immer noch misstrauisch, dieses Misstrauen war in der letzten Zeit eher gewachsen als geschwunden. Aber ich konnte mich zu diesem Gefühl nicht äußern, ich musste so tun, als wäre alles in Ordnung. Sonst hätte Mama mit mir wieder »ein Gespräch geführt« oder mir sonst wie ein schlechtes Gewissen gemacht.

Ich fühlte mich nicht ernst genommen und falsch verstanden.

Unsere Eltern behandelten Ljuba wie ein Familienmitglied, die Zwillinge liebten sie, und sogar Daniel hatte sich von ihr wieder ziemlich einwickeln lassen und glotzte sie mit Dackelblick an, wenn er dachte, niemand würde was merken.

Von wegen »wachsam und misstrauisch«!

Langsam begann ich an mir zu zweifeln.

Hatte ich einen Knall? War ich vor lauter Eifersucht nicht mehr ganz klar in meinen Wahrnehmungen?

Ich biss die Zähne zusammen, verduftete immer so schnell wie möglich nach der Schule, behauptete, ich würde woanders was zu essen kriegen – was auch oft genug stimmte –, und redete abends bei den Familienmahlzeiten kaum noch was.

Manchmal warfen sich meine Eltern beunruhigte Blicke zu, wenn ich nur einsilbige Antworten auf ihre Fragen gab, aber was sollte ich tun?

Sie hatten bei der Schreibtischdurchsuchungs-Geschichte Ljuba geglaubt und nicht mir.

Diese Kränkung hatte ich immer noch nicht ganz weggesteckt.

Aber ich sah keine Möglichkeit, über meine unguten Gefühle zu reden, denn mittlerweile fühlte ich mich wie der Hase im *Märchen vom Hasen und dem Igel*: Immer wenn ich in der Familie was ankündigen wollte, war Ljuba mir schon zuvorgekommen.

Als ich verkündete: »Wenn das Wetter morgen auch so schön ist, wollte ich mit Kathi und Kris ins Stadionbad gehen«, hieß es: »Das haben wir schon mit Ljuba verabredet!«

Als ich meiner Mutter anbot, das Tafelsilber zu putzen, entgegnete sie strahlend: »Stell dir bloß vor, das hat Ljuba schon gemacht, ist sie nicht super?«

Als ich den Müll rausbringen wollte, stand der gelbe Sack schon zugebunden neben der Papiertonne.

Als ich verkündete, ich müsste meinen Blazer in die Reinigung bringen und ob jemand noch was hätte, das ich mitnehmen könnte, fegte Ljuba das vom Tisch: »Gehe ich nachher sowieso, kann ich deins hinbringen.«

Wie hätte ich dagestanden, wenn ich abgelehnt hätte? Wie eine undankbare Pissnelke.

Ich war total gefrustet.

Okay, es hatte in der Vergangenheit zwischen meiner

Mutter und mir ab und zu mal Zoff gegeben, weil ich Hausarbeiten öde finde oder weil ich nicht den allzeit verfügbaren Babysitter spielen wollte, aber ich hatte doch immer (wenn auch manchmal zähneknirschend) meinen Teil dazu beigetragen, dass alles rund lief.

Jetzt fühlte ich mich auch bei den blöden kleinen Hausarbeiten oder Familienpflichten an die Wand gedrückt, ich war überflüssig, denn Ljuba hatte das bereits erledigt oder versprochen oder geplant.

So ein Elend.

Vor allen Dingen bei den Minis bekam ich das zu spüren. Früher waren sie bei jedem meiner Spielangebote in Begeisterungsgeheul ausgebrochen – wenn ich jetzt mal was vorschlug, suchten ihre Blicke erst Ljuba, ob die nichts dagegen hatte.

Mir war oft zum Heulen.

Ich war die Tochter und Schwester – aber das hatten die anderen Koopmanns wohl vergessen.

Bei Laura und Martha spielte ich die Sorglose, die sich über die Extra-Freizeit freute, weil ich kein Mitleid wollte.

Ich tat so, als wäre ich über diese perfekte Au-pair-Hilfe total happy, weil ich kaum noch was zu Hause zu machen brauchte.

Tja. Wär ich doch bloß mal ehrlich gewesen. Dieses Vortäuschen falscher Gefühle sollte sich noch bitter rächen.

Nur Marlon erzählte ich von meinen miesen echten Gefühlen.

Wir trafen uns immer noch mindestens dreimal die Woche zum Lernen, aber die »Nachhilfe« war auf das Erledigen der Hausaufgaben zusammengeschrumpft.

Marlon meldete sich inzwischen öfter im Deutschunterricht, denn er fühlte sich sicherer. Die Brandtner, die auch unsere Klassenlehrerin ist, lobte ihn vor versammelter Mannschaft.

»Du hast ja einen richtigen Lernschub gehabt«, sagte sie. »Toll, was ein bisschen mehr Einsatz für Resultate bringen kann.«

Ich hielt mir den Mund zu und verkroch mich unter meinem Tisch, weil ich vor Lachen fast geplatzt wäre.

»Oh, was für ein toller Einsatz«, frotzelte ich ihn später, als wir auf seinem Bett hockten und Nüsse aßen.

Das brachte mir den ersten Kuss meines Lebens ein.

Na ja, nicht wirklich den allerersten. Aber den ersten richtigen.

Ich hatte schon mal auf so einer beknackten Geburtstagsparty beim Flaschendrehen mit Björn Fischer knutschen müssen, und Mike Großmann hatte mich auch schon mal vollgesabbert, nachdem er mich nach dem Freimarkt nach Hause begleitet hatte und dann meinte, damit hätte er sich das Recht auf einen Kuss verdient.

Also hatte ich in diesen Dingen keine besonderen Erfahrungen vorzuweisen und hatte auch – ehrlich gesagt – für diese ganze Schmatzerei nicht viel übrig, sondern ihre Wichtigkeit für ziemlich übertrieben gehalten.

Aber das änderte sich an diesem Nachmittag.

Eben war ich noch am Lästern und auf einmal spürte ich zwei warme, trockene Lippen auf meinen.

Vor lauter Schreck machte ich die Augen zu und hielt still.

Langsam verstärkte sich der Druck auf meinen Lippen und ich öffnete sie leicht – oh, WOW! Das war der Anfang von einem solchen Gefühlssturm, wie ich ihn noch nie erlebt hatte.

Mitten im Küssen kippten wir beide um, glücklicherweise saßen wir ja weich, und küssten im Liegen weiter, ich auf dem Rücken, Marlon halb über mir.

Irgendwann kam er auf die Spitzenidee, dass wir vielleicht mal neue Luft brauchten: wegen akuten Sauerstoffmangels!

Ist natürlich Quatsch, weil wir wahrscheinlich durch die Nase geatmet hatten, aber trotzdem schnappten wir nach Luft wie Goldfische auf dem Trocknen.

»Oh, Mann«, sagte Marlon leise.

»Oh, Frau«, sagte ich und wir lachten.

Danach fing er an zu knabbern.

Er knabberte an meinen Ohrläppchen, an meinen Fingerspitzen, an meinem Hals und an meiner Nase.

Ich revanchierte mich, so gut ich konnte.

Lange redeten wir kein Wort, sondern benutzten nur diese Kuss- und Knabbersprache.

Dann glitt sein Mund wieder zu meinem Mund – und wieder hörte die Welt auf, sich zu drehen.

Jedenfalls kam es mir so vor. Nichts existierte mehr außer diesem unglaublich süßen, fiebrigen Gefühl, dieser Seligkeit, dieser Atemlosigkeit, diesem Rausch.

Als er sich mit der einen Hand langsam unter mein T-Shirt tastete, ging ich auf Abstand.

»He, nicht alles auf einmal«, sagte ich leise.

Er lag mit geschlossenen Augen da und lächelte auf eine Weise, dass ich erst mal schnell lauter Zwitscherküsse auf seinem Gesicht verteilte.

Dann setzte er sich hin, zwinkerte ein paar Mal und fragte: »Ganz ehrlich – machst du das öfter?«

Ich kicherte. »Ganz ehrlich – mit wem denn?«

Er zuckte die Achseln. »Hätte doch sein können, dass da mal was lief oder so. Schließlich bin ich erst letztes Jahr in eure Klasse gekommen.«

Ich fuhr mit der Zeigefingerspitze über seine Augenbrauen, seine Wangenknochen, seine Lippenränder, als ob ich ihre Konturen auswendig lernen wollte.

»Nein, da war noch niemand, außer ein paar sehr missglückten Versuchen, die mich eigentlich eher abgetörnt haben«, murmelte ich.

»So wie das hier?«, fragte er und biss sacht in meinen Finger.

Ich seufzte glücklich. »Das hier macht eher süchtig.« Und dann warf ich ihn um und mich auf ihn drauf und die Küsserei ging noch mal von vorn los. Seine Hände behielt er hübsch auf dem T-Shirt: Botschaft verstanden.

Später holte er was zu trinken und wir fragten uns aus.

Er erzählte von seinem Montagevater, der ständig auf Baustellen rund um die Welt arbeitete, und dass seine Mutter sich hier in Deutschland erst ziemlich unglücklich gefühlt hätte, dass sie jetzt aber als Empfangsdame in einer Gemeinschaftspraxis arbeitete und es ihr seither besser ginge.

»Und wieso heißt du Marlon? Wegen dem ollen Brando? Findet deine Mutter den so gut?«, fragte ich.

Er grinste. »Nein, die nicht. Meine Oma. Der Bruder meiner Mutter war der erste Marlon in der Familie. Der ist dann tödlich verunglückt und da hat meine Mutter mich nach ihm benannt.« Er seufzte. »Ist nicht der einfachste Name, weißt du. Alle vergleichen dich automatisch mit dem Paten.« Er hob die Schultern. »Na ja, gibt Schlimmeres. Und wie verstehst du dich so mit deinen Eltern?«

Ich erzählte ihm von unserer Familie und meinem Ärger mit unserem Au-pair.

»Is ja'n Ding«, sagte er, während er meinen Nacken kraulte. »Und du bist dir sicher, dass sie irgendwas Böses plant? Das bildest du dir nicht bloß ein?«

»Jetzt fang du auch noch damit an«, sagte ich wütend. »Das ist ja das Schlimme: Alle wollen mir einreden, dass ich mir was einbilde und der armen Ljuba Unrecht tue.

Aber ich weiß, dass sie irgendwas im Schilde führt, wirklich! Sie lügt, sie hat Geheimnisse und sie hasst mich!«

»Das ist natürlich unverzeihlich!« Marlon grinste. »Wie könnte man dich bloß hassen!«

Ich sah ihn nachdenklich an.

Das mit dem Umschmeißen würde jetzt nicht mehr klappen, weil ich ihn damit nicht mehr überraschen würde. Also biss ich ihn in den Arm. Nur ganz leicht, aber er quiekte wie ein angestochenes Schwein (obwohl ich noch nie eins gehört habe, aber so würde ich mir das vorstellen) und warf sich lachend auf mich, und schon rollten wir unter der Wucht seines Aufpralls auf den Fußboden. Dort war es zwar nicht so bequem wie auf dem Bett, aber als die Küsserei wieder losging, vergaß ich das sofort.

Als ich um halb sieben gehen musste, warf ich im Flur einen Blick in den Spiegel und bekam einen Riesenschreck.

Ich sah ziemlich verquollen aus. Besonders mein Mund war knallrot und die Lippen irgendwie dicker als sonst.

Ich flitzte in Marlons Bad, ließ mir kaltes Wasser über die Hände laufen und kühlte mein Gesicht. Immer und immer wieder. Dann trocknete ich mich ab und kontrollierte die Wirkung.

Minimal.

Marlon war mir gefolgt und sagte: »Hm. Ich sehe das Problem. Komm mal mit.«

Wir gingen hoch in die Küche und er holte eine Packung Tiefkühlerbsen aus dem Kühlschrank.

»Da, leg die drauf!«

Ich tat, was er sagte, und die nächsten fünf Minuten standen wir in der Küche und kicherten und alberten rum.

Ich hätte nie gedacht, dass Marlon so blödeln könnte – in der Schule hatte er immer ziemlich ernst und erwachsen gewirkt.

Ich wusste noch nicht, welcher Marlon mir besser gefiel: der reife oder der unreife – aber jedenfalls war es mit dem unreifen sehr lustig.

»Jetzt reicht's«, sagte er und packte den Erbsenbeutel wieder zurück ins Tiefkühlfach.

Ich schaute in den Flurspiegel.

Ein ziemlich blaues Gesicht glotzte mich an. »Das macht nichts«, sagte er. »Bei fünfundzwanzig Grad im Schatten vergeht draußen der Arktis-Look bestimmt ganz schnell.«

Als wir bei seiner Haustür standen, war ich plötzlich ziemlich verlegen.

Wie sollte ich mich verabschieden?

Ich reckte mich und gab ihm einen Kuss auf die Wange. »Als Anzahlung«, sagte ich. »Auf nächstes Mal.«

Er lachte und hielt den Daumen hoch. »Abgemacht. Tschüs, Alexandra.«

Auf dem Heimweg wäre ich vor lauter Glück am liebsten gehopst wie ein Kleinkind.

A-lex-an-dra!

Wie er das gesagt hatte! Mit halb geschlossenen Augen lauschte ich in meiner Erinnerung dem Klang seiner Stimme nach und wäre fast gegen eine Fußgängerampel gerannt.

»Augen aufmachen, Fräuleinchen«, sagte ein alter Mann und lächelte.

Ich lächelte zurück und versuchte, mich in meinem Überschwang zu bremsen.

Sie durften zu Hause nicht merken, was mit mir los war.

Ich wollte nicht, dass meine Eltern oder meine Geschwister mitkriegten, was mit mir heute Nachmittag passiert war.

Und Ljuba schon gar nicht.

Die ging das einen feuchten Kehricht an.

Aber ich hätte mir deshalb gar nicht so viele Gedanken machen müssen. Meine Eltern waren zu einer Party eingeladen und Ljubas Kurs feierte heute auch irgendwas.

Ich saß also mit Daniel und den Minis beim Abendbrot und hörte dem Geplapper der Zwillinge zu, die mit ihren Freundinnen heute Nachmittag ein Riesenpuppenfest im Garten gefeiert hatten.

»Ich geh gleich noch mal weg, ich treff mich mit meinen *Werder*-Kumpels«, sagte Daniel. »Heute spielt Bremen gegen den HSV, das wollen wir uns in der Kneipe ansehen. Machst du die Küche allein?«

Ich nickte. »Klar. Und die Minis bring ich auch ins Bett!«

»ALEX!« Zwei empörte Schreie aus zwei Kehlen.

»Das können wir längst allein«, sagte Kathi von oben herab, obwohl sie zu mir hochsehen musste.

»Aber du darfst uns eine Geschichte vorlesen«, teilte Kris mir großzügig mit.

Daniel verschwand, ich räumte die Küche auf und las den Zwillingen die Geschichte vom *Biest des Monsieur Racine* vor. Das machte mir auch Spaß, denn ich fand das Buch selber immer noch toll.

Dann gab ich jeder ein Küsschen und stieg in meine Kemenate im Souterrain runter.

Ich hätte fernsehen oder die Bar plündern, endlos mit meinen Freundinnen telefonieren oder was weiß ich tun können, aber stattdessen ging ich direkt ins Bett und lag in dem sommerabendlichen Dämmerlicht und erlebte den heutigen Nachmittag noch einmal.

Das Kribbeln.

Die Aufregung.

Die Spannung.

Die atemlose Freude.

Das Glück.

Obwohl ich es noch lange, unendlich lange auskosten wollte, obwohl ich vor meinem inneren Auge Marlon sah und dann wieder berühmte Liebespaare von der Leinwand wie Clark Gable und Vivien Leigh oder Lauren Bacall und Humphrey Bogart, muss ich dann aber ratzfatz eingeschlafen sein.

12

Es war in den Tagen nach dem Beginn meiner – tja, wie sollte ich es nennen? Freundschaft? Verliebtheit? Beziehung? – mit Marlon, als ich durch den rosaroten Nebel meiner Gefühle für Marlon eine Veränderung in Ljubas Verhalten bemerkte.

Zuerst dachte ich, ich hätte mich geirrt, dass es vielleicht daran lag, dass ich momentan so glücklich war. Aber dann mehrten sich die Anzeichen, und ich stellte staunend fest, dass ich es mir nicht eingebildet hatte.

Ljuba war auf einmal nett zu mir.

Das, was ich mir damals bei ihrem Einzug so gewünscht hätte: eine Art große Schwester zum Klönen, Tratschen, Kichern und Kosmetik-Ausprobieren, das war plötzlich kein Problem mehr.

Früher hatte sie mich bei meinen zaghaften Versuchen, mit ihr ins Gespräch zu kommen, eiskalt abblitzen lassen, und jetzt suchte sie auf einmal meine Gesellschaft.

»Wie findest du Pulli?«, fragte sie mich zum Beispiel, als sie von einem Einkaufsbummel heimkam, und drehte sich vor mir um die eigene Achse. »Ist hübsch, ja?«

Ich sah sie total überrascht an.

»Doch, ist hübsch«, sagte ich dann und wunderte mich über ihr verändertes Verhalten.

Es war wirklich ein hübscher Pulli in einem Kupferrot, das gut zu ihren dunklen Haaren passte.

»Kannst du mir Nagellack leihen?«, fragte sie dann. »Hab ich gesehen im Bad, hast du einen genau in Farbe wie mein Pulli.«

Ich glotzte sie verdattert an.

Hallo-o? Was war denn plötzlich mit ihr los?

»Klar, kannst du nehmen«, sagte ich.

»Oh, danke, danke, soooo nett von dir!«, tönte sie und tänzelte die Treppe runter.

Völlig perplex starrte ich ihr nach. Ich raffte es nicht.

Am nächsten Abend gurrte sie vor der versammelten Familie: »Alex sooo nett, hat mir gegeben Nagellack.«

»He«, sagte ich. »Bloß geliehen. Nicht geschenkt.«

»Na klar.« Sie lachte. »Hab ich doch gemeint.«

Ich sah, wie Mama und Papa sich Blicke zuwarfen. Wahrscheinlich glaubten sie, die Eiszeit zwischen ihrem Au-pair und ihrer Tochter wäre jetzt zu Ende.

Aber ich traute dem Frieden nicht. Obwohl ich zugeben muss, dass Ljuba sich sehr ins Zeug legte.

»Kann ich machen«, bot sie mir am Sonntag nach dem Mittagessen an, als ich abräumen wollte. »Hab ich nix anderes vor. Du vielleicht?« Dabei sah sie mich unter gesenkten Wimpern an und grinste, als ob sie was Wichtiges wüsste.

Ich war total überrumpelt.

WAS wusste sie?

Ich hatte zu Hause noch nichts von Marlon und mir erzählt, außer dass ich mit ihm regelmäßig Deutschaufgaben machte, so wie ich mit Laura und Martha Mathe übte.

Also war der Grund für unsere Treffen die Schule, sonst nichts. Sie hatten ihn ja neulich kennengelernt und gemerkt, dass nichts zwischen uns lief. Damals jedenfalls noch nicht.

Wieso hatte Ljuba diese Andeutung gemacht? Oder war es gar keine? Hatte sie bloß einen Versuchsballon steigen lassen?

»Danke, aber ich hab nichts vor«, sagte ich. »Ich geh nachher rüber zu Martha, das ist alles.«

»Okay«, erwiderte sie. »War nur ein Angebot.«

Hm. Seit wann machte mir unsere russische Perle Angebote?

War ich rassistisch, wenn ich sie in Gedanken »russische Perle« nannte?

Ich tat es ja nicht laut, und mein Unbehagen ihr gegenüber war noch nicht verschwunden, im Gegenteil, durch ihre unerwartete Freundlichkeit war ich eher noch mehr als sonst auf der Hut.

Wie hatten wir mal gesagt? Misstrauisch und wachsam!

Inzwischen hatten wir Juni und es war für Bremer Verhältnisse ziemlich heiß. Wir saßen schlapp im Unterricht und stöhnten, wenn wir unseren Grips anstrengen sollten – jedenfalls das bisschen, das noch nicht in der Hitze weggeschmolzen war.

Zwischen Marlon und mir kribbelte es immer noch vom Allerfeinsten – aber wir hielten es geheim.

»Eigentlich finde ich das blöd«, sagte er eines Nachmittags, als wir mal gerade eine Pause beim Knutschen einlegten und nebeneinander auf seinem Bett lagen.

»Was?«

»Dass du so eine Geheimniskrämerin bist.«

»Ach ja? Wie hättest du es denn gern?«

»Ich würde gern mal während der Pause deine Hand halten. Von mir aus können alle sehen, dass wir …«

»Was?« Ich bekam keine Luft mehr und starrte ihn aus weit aufgerissenen Augen an.

»Na, dass wir zusammen sind.«

ER HATTE ES GESAGT!

Ich schloss die Augen und beugte mich vor.

»Sind wir das?«, murmelte ich in seine Halsgrube.

»Jedenfalls möchte ich das gern«, sagte er leise.

In mir brauste es vor Glück, als zerplatzten viele kleine rosarote Seifenblasen.

»Ich auch«, flüsterte ich.

»Dann können wir es doch auch zeigen.« Er grinste.

»Hmmm ... nein«, sagte ich. »Ich will das Gequatsche von den anderen nicht hören.«

»Warum? Schämst du dich wegen mir?«

»WAS? Du hast ja 'nen Knall! Warum soll ich mich denn schämen?« Ich war ziemlich fassungslos. Wie kam er denn auf so eine blöde Idee? »Ich finde dich umwerfend, ich bin total glücklich mit dir und ich will nie, nie, nie einen anderen küssen ...«

»Dann brauchen wir uns doch nicht zu verstecken!«

Ich schwieg.

Er hatte recht. Natürlich brauchten wir uns nicht zu verstecken.

Ich hatte nur dieses schreckliche Gefühl, wir müssten unsere, na ja, Freundschaft geheim halten, weil sie sonst gefährdet war. Weil man uns dann verletzen könnte. Weil die Außenwelt vielleicht auch eine Meinung zu uns hatte. Und plötzlich durchtrennte ein Gedanke wie eine Messerklinge meine Überlegungen: Ljuba durfte es nicht erfahren!

Ich hatte keinen konkreten Grund für meine Angst, ich wollte einfach auf gar keinen Fall, dass sie Bescheid wusste.

»Was ist denn?«, fragte er ganz leise an meinem Ohr. »Machst du mit?«

Ich holte tief Luft. Wenn ich ihm meine wahre Angst

gestand, würde er mich vielleicht für plemplem halten oder denken, ich litte an Verfolgungswahn. Und wenn ich es verklausulierte wie »Bei mir zu Hause sollen sie lieber erst mal nichts wissen«, dann dachte er womöglich, ich würde mich nicht trauen, ihn meinen Eltern als Freund vorzustellen, nicht nur als Lernkumpel.

Verdammt! Was für saublöde Gedanken! Er wollte doch nicht um meine Hand anhalten oder irgend so ein Schmus. Er wollte einfach mit mir Händchen halten, wenn ihm danach war.

Also?

»Ich will nicht, dass die anderen lästern«, sagte ich leise und küsste ihn. »Dass sie dich fragen, warum du dich mit so einer Schreckschraube wie mir abgibst!«

Er lachte schallend. »Spinnst du? Hast du sie nicht alle? Du bist die süßeste Schreckschraube, die ich kenne – da ist mir doch scheißegal, was die anderen sagen!«

Ich war geschmeichelt und gerührt von seiner Hartnäckigkeit und seufzte.

»In Ordnung«, sagte ich dann, hatte aber kein gutes Gefühl dabei. »Tu, was du nicht lassen kannst.«

Und dann tat er das, was wir beide nie lassen konnten, wenn wir zusammen waren: Wir küssten uns.

Und ich schloss die Augen und dachte: Bin ich bescheuert? Warum hab ich bloß solche Angst vor ihr?

Aber dann hörte ich wieder auf zu denken und kümmerte mich mehr ums Spüren.

Als wir uns an diesem Abend trennten, sagte Marlon: »Ab morgen?«

Ich sah in seine wunderschönen dunklen Augen und nickte.

»Ich muss ganz schön verknallt sein, dass ich dir so aus der Hand fresse«, knurrte ich.

»Bloß verknallt?«, fragte er.

Aber ich war zu einer genaueren Bekanntgabe meiner Gefühle weder in der Lage noch bereit.

»Ich werde mal drüber nachdenken«, sagte ich und lächelte ihn schief an. »Könntest du ja auch mal tun.«

13

Ziemlich verwirrt taperte ich nach Hause.

Einerseits freute ich mich, dass Marlon unsere Freundschaft – oder was immer das nun war – nicht länger geheim halten wollte, andererseits hatte ich Schiss.

Vor den Lästerzungen, vor den giftigen Bemerkungen, davor, lächerlich gemacht zu werden ...

Was würden Laura und Martha sagen? Denen gegenüber hatte ich meine sogenannte »Nachhilfe« oder »Deutsch-AG« immer runtergespielt und behauptet, Marlon und ich würden wirklich nur zusammen Hausaufgaben machen.

Sie hatten zwar manchmal neugierig nachgehakt, aber ich hatte dann nur mit den Achseln gezuckt und das Thema gewechselt.

Waren die beiden immer noch in Marlon verschossen, wie sie damals behauptet hatten?

Würden sie mir übel nehmen, dass ich ihn abgeschleppt hatte?

Aber wer hatte hier eigentlich wen abgeschleppt? Schließlich war es Marlons Idee gewesen, dreimal in der Woche ein paar Stunden zusammenzuhocken!

Er war die treibende Kraft gewesen. Ob er schon damals in mich ... verknallt war?

Das hatte er dann aber gut versteckt!

Ich wackelte im Gehen ein bisschen mit den Schultern,

als könnte ich dadurch diese ganzen Spekulationen abschütteln.

Was sollte schon groß passieren?

In unserer Klasse gab es zwei Paare, im Jahrgang noch viel mehr, und niemand würde etwas dabei finden, wenn wir uns als Paar zu erkennen gaben.

Das Lästern und die blöden Bemerkungen würden irgendwann aufhören.

Warum sträubte ich mich also?

Zu Hause wartete eine lächelnde Ljuba auf mich.

»Hab ich dir gekauft neuen Nagellack«, sagte sie und gab mir ein Tütchen.

Ich sah sie entgeistert an. »Das brauchtest du aber nicht«, sagte ich. »Du hast doch kaum welchen verbraucht.«

»Doch, doch«, gurrte sie. »Bist du nett zu mir, bin ich nett zu dir. Okeh?«

Hm. Auf einmal begriff ich.

Sie wollte was von mir. Sie wollte mich kaufen mit diesem dusseligen Nagellack und diesem ach so freundlichen Getue.

Ich ging in die Küche und goss mir ein Glas Mineralwasser ein. Küssen macht durstig, das wusste ich inzwischen.

»Und wie kann ich nett zu dir sein?«, fragte ich kühn.

Aber sie lachte nur. »Weiß ich noch nicht. Sag ich dir, wenn ich weiß, ja?«

Dann brüllte ein Zwilling nach ihr und sie rannte nach oben.

»Danke übrigens«, schrie ich hinter ihr her.

Langsam drehte ich das leere Glas in der Hand hin und her.

Was wollte sie von mir?

Ich nahm nicht an, dass sie mich urplötzlich leiden konnte. Bestimmt konnte sie mich immer noch genauso wenig ab wie ich sie.

Also hatte sie etwas vor, wozu sie meine Hilfe brauchte. Oder mein Schweigen.

Sie hatte bereits dafür gesorgt, dass meine Eltern und Daniel ihr mittlerweile eher glaubten als mir. Sie hielten mich für eifersüchtig und missgünstig und beleidigt.

Mir zog sich die Kehle zusammen und es lief mir eiskalt über den Rücken. Falls ich Ljuba bei irgendwas Üblem erwischte, würde mir keiner glauben, sondern alle würden denken, ich wollte sie ausbooten.

Ich war ratlos.

Was hatte sie vor?

Beim Abendbrot beobachtete ich sie unauffällig.

Klar, sie war ausgesprochen hübsch.

Irgendwie hatte sie es in den vergangenen Wochen geschafft, sich eine makellose Sonnenbräune zuzulegen. Die schwarzen Locken waren länger geworden und jetzt band sie die Haare oft zu einem lockeren Knoten auf dem Hinterkopf zusammen. Dann ringelten sich nur noch kurze Löckchen um ihr Gesicht. Ihre Lippen waren sehr rot, auch ganz ohne Lippenstift, und ihre Wimpern waren so, wie sie es in der Mascara-Reklame zwar immer versprechen, wie es aber nie klappt.

Beneidenswert.

Zugegeben – sie war nicht die Allerdünnste. Sie hatte Kurven. Aber sie war überhaupt nicht dick oder pummelig, sie war nur ... weiblich. So ein Typ wie Laura. Wahrscheinlich war es das, was Daniel so an ihr gefiel.

Ich schloss kurz die Augen und freute mich, dass Marlon nicht den gleichen Geschmack hatte. Der fand meine Nicht-Kurven attraktiv.

Jedenfalls hatte er das gesagt, und so wie er mich streichelte und an mir rumknabberte, konnte ich ihm das auch beruhigt glauben.

Am nächsten Tag machte Marlon in der ersten großen Pause seine Ankündigung wahr.

Er ergriff meine Hand und schlenderte dann mit mir zu der Hofecke, wo unsere Klasse immer abhängt. Wir stellten uns zu den anderen, als wäre das das Normalste der Welt, obwohl ich innerlich total durcheinander war. Aber er ließ einfach nicht locker, sondern hielt meine Hand unbeirrt fest.

Ich kam mir vor wie Ingrid Bergman mit Cary Grant.

Oder doch mehr wie Mickeymaus mit Minniemaus.

Die anderen übersahen das Händchenhalten oder taten zumindest so. Wahrscheinlich weil es sich keiner mit Marlon verderben wollte, denn er war ziemlich beliebt.

Ich kam zwar mit den meisten ganz gut aus, aber ich weiß, dass die Jungs mich eher übersehen. Wahrscheinlich weil ich so flach bin.

Laura und Martha kamen auch in unsere Ecke und glotzten erst auf meine Hand in Marlons und dann auf mich.

Ich zuckte nur ganz kurz die Achseln.

Ist eben so, sollte das signalisieren.

Laura verzog den Mund, und ich ahnte, dass sie mir bei unserem nächsten Treffen vorwerfen würde, dass ich ihnen nicht alles erzählt hätte.

Aber manche Sachen sind eben nicht zum Erzählen.

Die erzählt man nicht mal den besten Freundinnen.

Weil sie so kostbar sind, dass man sie erst mal ganz allein für sich behalten möchte.

Natürlich wusste Daniel mittags auch schon Bescheid.

Wir hatten wegen der Hitze nur einen italienischen Salat geschnippelt, und während ich die Eier abschreckte und er den Käse raffelte, fragte er: »Sag mal, stimmt das?«

»Stimmt was?«, fragte ich zurück, weil ich eigentlich keine Lust auf dieses Gespräch hatte.

»Was soll stimmen?«, mischte sich Mama ein, die den geschleuderten Salat in die große Schüssel kippte.

»Alex hat einen Freund«, verkündete Daniel und grinste frech.

»Ach, wirklich?« Mama grinste auch. »Kennen wir ihn?«

»Nein, noch nicht.« Ich zerteilte die Eier mit dem Eierschneider und tat sehr beschäftigt.

Aber kaum saßen wir am Tisch, hakte sie nach. »Nun sag schon – wer ist es denn?«

»Der tollste Typ aus ihrer Klasse«, sagte Daniel mit vollem Mund.

»So'n Quatsch«, widersprach ich, obwohl ich ihm im Geheimen recht gab.

Ljuba kicherte.

Mama ließ den Blick von Daniel zu mir wandern. »Aha, verstehe. Alles noch total geheim, ja?«

»Hmmm.« Ich merkte, wie ich rot wurde.

Dieses Verhör war megapeinlich.

»Natürlich kennt ihr ihn«, erklärte Dani. »Es ist Marlon, der war doch neulich hier.«

»Ach, der?« Meine Mutter lachte. »Hätte ich mir ja denken können. So ein netter Kerl!«

»Danke«, sagte ich trocken.

»Wann hat sich das denn von einer Deutsch-AG zu einem – äh – Flirt entwickelt?«, hakte sie nach.

»Mama!« Ich wurde langsam echt sauer. »Soll ich dir Datum und Uhrzeit nennen?«

»Nein, nein«, sie winkte ab. »Natürlich nicht. Aber dass das jetzt schon losgeht ...« Sie blickte an mir vorbei an die Esszimmerwand und seufzte leise. »Ach, ja.«

Zum Glück wollten dann die Zwillinge unbedingt was loswerden, was heute bei ihnen in der Schule passiert war, und ich wurde nicht weiter gelöchert.

Aber beim Abendbrot trompetete Kris: »Papa, weißt du schon? Alex hat einen Freund!«

»Ach nee?«, sagte Papa verblüfft. »Ist es schon so weit?«

Mama lachte. »Irgendwann geht es mal los.«

»Bei Dani nicht«, sagte ich wütend. »Der ist Spätentwickler.«

Ljuba lachte laut, und Daniel sah nicht sie, sondern mich böse an.

»Es gibt auch andere wichtige Dinge!«

»Ja, klar, Fußball und Chemieexperimente und Fußball und Karate und Fußball und Musik und ...«

»Hör auf!« Daniel war echt sauer. »Es gibt kein Gesetz, dass man mit siebzehn eine Freundin haben muss!«

»Nee! Und es gibt auch kein Gesetz, dass man veralbert wird, wenn man mit fünfzehn einen Freund hat!«, gab ich hitzig zurück.

»Stimmt«, sagte Papa. »Hört auf zu zanken, das ist doch total überflüssig. Aber ...«

»Ja?«, fragte ich.

»Du könntest doch deinen Freund mal zum Essen einladen, wie wär's?«

Meine Mutter lachte laut auf. »Bernhard! So was von Papaklischee! Soll er am besten gleich einen Einkommensbescheid mitbringen und seinen Stammbaum der letzten zehn Generationen?«

Mein Vater lachte jetzt auch, aber es wirkte etwas gezwungen. »Blödsinn. Ich bin einfach neugierig, das ist alles!«

»Du kennst ihn doch schon, mein Schatz«, klärte Mama

ihn grinsend auf. »Er wurde uns bereits ordnungsgemäß vorgestellt.«

Papa sah mich verblüfft an. »Ach dieser Martin oder wie hieß er doch gleich?«

»Papa!« Ich fand das überhaupt nicht komisch. »Er heißt Marlon und das weißt du auch genau!«

»Stimmt«, sagte Papa friedlich. »Und könnte ich jetzt bitte noch Salat haben?« Dann fügte er noch hinzu: »Aber mitbringen kannst du ihn gern mal wieder.«

14

So kam es, dass ein paar Abende später Marlon wieder bei Koopmanns am Esstisch saß und mit uns Pellkartoffeln und Kräuterquark aß.

Zu meiner großen Erleichterung verzichtete mein Vater auf ein Verhör dritten Grades, und die Unterhaltung plätscherte so dahin. Es ging um Schule und um *Werder Bremen* und das Wetter und andere Wichtigkeiten.

Dann sagte Marlon plötzlich: »So was habe ich noch nie gegessen!«

»Was? Kartoffeln?«, fragte mein Mutter.

»Nein, so einen Quark. Schmeckt aber gut.«

»Ach ja?« Mama beugte sich interessiert vor. »Was isst du denn normalerweise?«

Marlon grinste. »Sieht man das nicht? Asiatisch. Es gibt in Bremen gute Asien-Läden, da kauft meine Mutter meistens ein. Wir sind ja erst letztes Jahr nach Deutschland gekommen.«

»Und wo habt ihr vorher gelebt?«

»Die letzten vier Jahre in Singapur. Da bin ich auf die Deutsche Schule gegangen. Vorher konnte ich nicht viel Deutsch, denn mein Vater und meine Mutter sprechen Englisch miteinander.«

»Na, dann hast du ja was mit Ljuba gemeinsam. Die lernt auch gerade Deutsch«, sagte Daniel.

Marlon sah Ljuba direkt an. »Gefällt dir die Sprache? Ich konnte sie zuerst nicht ausstehen.«

»He …«, sagte ich.

»Das hat sich inzwischen geändert. Aber am Anfang bin ich fast verzweifelt. Filipino ist viel einfacher. Und meistens habe ich Englisch gesprochen, das finde ich auch leichter als Deutsch. Bloß ein Artikel!«

»Ja – leichter für dich!«, verkündete Kathi und alle lachten.

»Sag mal was auf Filipino«, forderte Kris ihn auf.

Marlon gehorchte, aber das waren völlig fremde Laute und wir sahen uns alle verdutzt an. Marlon hätte uns die schlimmsten Schimpfnamen an den Kopf werfen können – und wir hätten es nicht mitgekriegt.

»Jetzt sag du mal was auf Russisch!«, sagte Kris zu Ljuba.

Ljuba presste kurz die Lippen zusammen, dann lächelte sie und sagte etwas auf Russisch.

»Gut, dass wir kein Russisch können«, sagte Daniel. »Wahrscheinlich hast du uns eben alle verflucht!«

Wir lachten wieder, aber Ljuba lachte nicht mit.

»Das war nicht nett!«, stieß sie hervor, sprang von ihrem Stuhl auf und verließ fluchtartig das Esszimmer.

Wir sahen uns betreten an, aber da kam sie auch schon wieder herein.

»Entschuldigung«, sagte sie und lächelte. »Muss jetzt zum Kurs. Tschüs, ja?«

Wir sagten alle »Tschüs«, aber alle hatte der seltsame Auftritt eben verwirrt, und nicht nur ich grübelte darüber nach, was auf einmal in sie gefahren war.

Wahrscheinlich hatte Daniel mit seiner Vermutung recht gehabt und sie hatte uns wirklich verflucht! Oder sie hatte irgendwas wenig Schmeichelhaftes gesagt wie: Ihr seid lauter Fieslinge oder Schnarchsäcke oder Idioten oder so was Ähnliches.

Mit halbem Ohr bekam ich mit, dass die Zwillinge

Marlon nach Singapur und asiatischem Essen ausfragten, und ich fand es nett, wie er auf sie einging.

Dann stand mein Vater auf und ging ins Wohnzimmer zu seiner Zeitung, Mama und Daniel begannen mit dem Abräumen und ich brachte Marlon an die Tür.

»Tschüs«, sagte ich und gab ihm einen Kuss auf die Wange.

»Wow, du bist aber mutig«, stichelte er mit einem vielsagenden Blick in Richtung Küche.

Dann gab er mir schnell einen Kuss auf den Mund und ging. Am Zaun drehte er sich noch einmal um, winkte kurz und grinste.

Ich schloss die Tür und hörte noch, wie Daniel »... immer noch nicht viel größer« sagte.

»Immerhin ist er groß genug, dass Alex hohe Absätze tragen kann, ohne dass er als Zwerg neben ihr hergeht«, gab meine Mutter zurück.

»... tragen könnte«, sagte ich. »Ich hab keine Schuhe mit hohen Absätzen, du warst bisher immer dagegen, und ich hab keinen großen Wert darauf gelegt.«

»Tja, das kann sich ja jetzt ändern«, meinte Mama und verschwand ebenfalls im Wohnzimmer.

»Sag mal, was ist denn vorhin in Ljuba gefahren?«, fragte Daniel und sah mich kopfschüttelnd an.

»Keine Ahnung«, sagte ich. »Und was immer ich auch für eine Meinung hätte – du würdest mir ja doch vorwerfen, dass ich ihr unrecht tue. Also hab ich lieber keine Meinung.«

»Fffffft!«, machte Daniel und warf ein Geschirrtuch nach mir.

Ich revanchierte mich mit dem Spüllappen und schon befanden wir uns mitten in einer Küchenschlacht.

»Das Geschirr lasst aber heil!«, brüllte Papa aus dem Wohnzimmer, als die Zwillinge begeistert reinstürmten und mitmachen wollten. »Und Kris und Kathi – ab ins Bett!«

Die Wände bei uns sind ziemlich dünn.

Unsere Eltern kriegen immer alles mit.

Na ja, nicht alles. Das ist ja das Problem.

Manche Dinge bekomme hier nur ich mit – und keiner will was davon hören.

Ich hatte nämlich einen konkreten Verdacht, aber ich konnte mit keinem hier darüber reden.

Jemand war in meinem Zimmer gewesen und hatte meine Sachen durchsucht.

Nicht durchwühlt – nur durchsucht. Ganz unauffällig.

Ich habe es auch nur durch einen Zufall gemerkt.

Ich bin nämlich nicht paranoid, sondern ich habe ein gutes Gedächtnis. Auch für Kleinigkeiten.

Jemand war an meinem Schreibtisch gewesen.

Ich bin eigentlich kein besonders ordentlicher Mensch, aber in ein paar Dingen bin ich sehr akkurat.

Zum Beispiel bei meiner Postkartensammlung. Ich kaufe mir in Museen oder in fremden Städten immer Postkarten und die stecken genau sortiert in einem bunten Karton in meinem Schreibtisch.

Ich wollte für Marlon eine Karte von Peter Gaymann raussuchen, von dem gibt es eine schier unendliche Serie mit Hühnern, die ich klasse fand. Damit hatte meine Sammelei angefangen.

Und die Hühner steckten hinter den Haderer-Postkarten.

G kommt aber vor H, und meine Karten sind alphabetisch geordnet, was der Postkartenschnüffler offensichtlich nicht gemerkt hatte. Ich saß an meinem Schreibtisch, der kleine Karton stand vor mir auf dem Tisch und ich grübelte.

Daniel hätte null Interesse an meinen Karten gehabt.

Unsere Eltern betreten Danis und mein Zimmer nur nach Ankündigung, und ganz bestimmt würden sie nicht an unsere Schreibtische gehen.

Wenn die Zwillinge hier drin gehaust hätten, sähe es bestimmt anders aus. Außerdem interessierten sie sich nicht für meine Karten, die wären an mein Schmuckkästchen gegangen oder hätten meine Klamotten anprobiert. (Haben sie auch schon gemacht.)

Blieb also nur noch eine übrig.

Ljuba.

Die hatte hier was gesucht. Aber was? Oder war sie bloß neugierig gewesen?

Eher nicht – sie konnte mich nicht besonders gut leiden und wollte mich bestimmt nicht durch so eine Aktion besser kennenlernen.

Aber was hatte sie gewollt?

Mich fröstelte. Es ist ein Scheißgefühl, wenn man sich in seinen eigenen vier Wänden nicht mehr sicher fühlen kann.

Was sollte ich tun? Sie zur Rede stellen?

Witzlos, sie würde alles abstreiten und man würde ihr glauben und mich für total durchgedreht halten.

Sie könnte jederzeit wieder meinen Schreibtisch durchsuchen.

Aber da gab es doch nur Stifte und Briefpapier und Klebeband und Bastelzeug und Büroklammern und Klarsichthüllen.

Und meine Schachtel mit den Postkarten.

Verdammt! Ich wollte nicht, dass sie hier reinspazierte und sich meine Sachen anschaute.

Aber ich war vormittags immer in der Schule – alle außer Ljuba waren weg, und sie konnte hier tun und lassen, was ihr gefiel.

Was mir nicht gefiel.

Ich überlegte, ob es einen Trick gab, wie ich sie beim nächsten Mal erwischen konnte.

In einem uralten Bond-Film (einem Klassiker mit Sean Connery) klemmt Bond ein Haar in seine Schublade, und als er zurückkommt und es auf dem Boden liegt, kombiniert er knallhart: Da war jemand dran gewesen!

Sollte ich auch ein Haar reinklemmen?

Quatsch.

Dass sie hier drin gewesen war, wusste ich ja jetzt.

Beim Herumschnüffeln erwischen konnte ich sie nicht, denn ich konnte nicht tagelang Schule schwänzen und hier Lauerposten beziehen, ohne dass es auffiel.

Außerdem – ich blickte mich um – war nichts weggekommen.

Es ging also nicht um Klauen.

Sie suchte irgendwas.

Mich fröstelte wieder, trotz sommerlicher Temperatur.

Ich hatte damals den richtigen Riecher, das weiß ich heute.

Aber ich hatte nicht die leiseste Ahnung, was es war, wonach sie suchte.

Das konnte damals keiner von uns ahnen.

15

Ich würde mich gern für die Einladung neulich revanchieren«, sagte Marlon am nächsten Nachmittag.

»Ach ja? Und wie?«, meinte ich geistesabwesend, weil ich mal zur Abwechslung mit ihm Mathe machte und über einer Aufgabe schier verzweifelte.

»Ich könnte was kochen.«

»Was? Pellkartoffeln und Quark?«

Er lachte und boxte mich sanft auf den Arm. »Dussel. Nein, was Indonesisches. Glaubst du, deine Familie würde das mögen?«

Jetzt wandte ich ihm meine volle Aufmerksamkeit zu. Essen ist wichtig. Und gut essen ist äußerst wichtig.

»Wir gehen manchmal ins China-Restaurant. Das Essen da mögen wir alle sehr.« Ich grinste. »Leider viel zu selten, weil es für eine Familie ziemlich teuer ist.«

Er kräuselte nachdenklich die Lippen. Gebannt sah ich auf seinen Mund und dachte auf einmal an was ganz anderes als Essen oder Mathe.

»Dann müsstet ihr Indonesisch auch mögen. In den deutschen China-Restaurants stehen oft indonesische Gerichte auf der Karte.«

»Woher kannst du denn kochen?«

»Hat mir unsere Köchin in Singapur beigebracht. Und jetzt helf ich manchmal meiner Mutter.«

»Köchin?« Ich war beeindruckt.

Er spreizte die Finger. »Das ist dort nichts Ungewöhnliches. Köchinnen verdienen nur wenig mehr als Putzfrauen, deshalb können sich viele Leute so eine Hilfe leisten.«

»Hm. Und was würdest du kochen?«

Er legte den Kopf schief. »Ich bräuchte natürlich zuallererst eine Küchenhilfe.«

»Kannst du kriegen. Du hast die Wahl: Kris oder Kathi.«

Er lachte. »Ich hatte eher an eine etwas reifere Person gedacht.«

»Daniel? Ach, der isst zwar gern, aber ich glaube nicht, dass er sich von dir anstellen lässt.«

Er zwinkerte mir zu und ich glotzte fasziniert auf das winzige Grübchen in seiner rechten Wange. »Tja, dann bleibst ja nur noch du übrig.«

Ich seufzte. »Okay, ich bin bereit. Was muss ich denn machen?«

»Das sag ich dir dann schon. Wir müssen aber vorher einkaufen, ich glaube nicht, dass ihr alles habt, was ich brauche.«

»Und was wäre das?«

»Zum Beispiel Erdnussbutter für Sateh. Und Currypaste. Und Basmati-Reis. Und Kokosmilch.«

»Klingt spannend. Au ja, das machen wir. Ich spreche mit Mama und wir machen einen Termin fest, ja?«

»Super. Und dann planen wir die Einzelheiten.«

Aber während ich mit Marlon ein indonesisches Menü plante, probten meine Freundinnen den Aufstand.

Sie hatten die Nachricht, dass wir jetzt offiziell zusammen waren, ganz gut weggesteckt, aber ich merkte schon, dass sie ein bisschen sauer auf mich waren.

»Dass du dich überhaupt noch zu uns herablässt«, sagte Martha bei unserem nächsten Treffen.

»Tja, rührend, nicht? Wo sie doch jetzt immer mit

viel angenehmeren Dingen beschäftigt ist«, lästerte Laura.

Ich saß da, hatte rote Ohren und wartete darauf, dass wir uns einem anderen Thema zuwandten.

Irgendwann war das mit Marlon und mir dann abgearbeitet, und meine lieben Freundinnen waren bereit, über was anderes zu reden.

»Sagt mal, was haltet ihr von einer Radtour nächsten Samstag?«, schlug ich vor.

»Oh – du hast wirklich Zeit für uns?«, hauchte Martha und verdrehte die Augen.

»Nun ist es gut, mach mal Pause«, meinte Laura versöhnlich. »Also, ich finde, das ist eine Superidee – vorausgesetzt das Wetter hält.«

»Googeln wir einfach mal, wie es wird«, sagte Martha und klapperte auf den Tasten ihres Laptops rum. »Na, was sag ich denn? Sonnenschein, Regenwahrscheinlichkeit zehn Prozent – also ziemlich unwahrscheinlich. Dann geht das klar, ja?«

»Super«, sagte ich und war erleichtert, dass mein Vorschlag so gut angekommen war.

Dann verabredeten wir das Picknick – wer was mitbringen sollte und wohin wir fahren wollten. Bald stand das fest:

Auf dem Wümmedeich an der Wümme entlang bis zu einem schönen Plätzchen an der Böschung, wo wir es uns dann gemütlich machen wollten.

»Tja, dann sollten wir uns jetzt um die Matheaufgaben kümmern«, sagte Laura abschließend. »Ehrlich, ich find es langsam richtig gut, dass wir so einen Durchblick haben. Früher hätte ich oft gar nicht gewusst, was ich fragen sollte – aber jetzt weiß ich meistens, wo es hakt.«

»Geht mir genauso«, sagte ich.

Wir erledigten gemeinsam die Hausaufgaben, tranken dabei Eistee und verdrückten jede Menge Kekse.

»He, Mädels, nur noch vier Tage«, brüllte uns Martha zum Abschied hinterher, als wir davonradelten.

16

In vier Tagen kann sich aber eine Menge ereignen.

Ich hatte ein bisschen Stress mit Marlon, weil er am Samstag mit mir was hatte unternehmen wollen, aber ich erklärte ihm, dass es nicht gut ankam, wenn man lebenslange Freundinnen plötzlich vernachlässigte.

Da fiel ihm ein, dass er am Samstag ja mit seinen Kumpels kicken könnte, und so war auch dieses Problemchen aus der Welt geschafft.

Uff! Es war gar nicht leicht, es allen recht zu machen.

Als Nächste kam meine Mutter an und wollte, dass ich am Samstag mit den Zwillingen ins Freibad ging, weil sie Ljuba nicht auch noch an den Wochenenden einspannen wollte. Au-pairs hätten nämlich auch ein Recht auf Freizeit.

»Das geht nicht«, sagte ich genervt. »Ich bin mit Martha und Laura verabredet, zum ersten Mal seit tausend Jahren wollen wir wieder eine Radtour machen. Das kann ich unmöglich wieder absagen.«

»Verstehe.« Mama nagte an der Unterlippe. »Wir sind von Papas Kollegen zu einem Grillfest eingeladen worden, und das findet – soweit mir bekannt ist – ohne Kinder statt. Ich weiß echt nicht, was ich mit den beiden tun soll.«

»Und Daniel? Ich hab mal gehört, auch Jungs können mit Kindern ins Freibad gehen«, sagte ich etwas giftig. Es war doch wieder typisch, dass solche Jobs immer an mir hängen blieben.

Mama lächelte. »Stimmt. Fahr du ruhig an die Wümme, ich werde mir was einfallen lassen.«

Ljuba bot an, auf ihren freien Samstag zu verzichten, aber davon wollte Mama nichts hören.

»Notfalls nehme ich sie eben doch mit«, erklärte sie.

Bloß gut, dass die Minis das nicht hören konnten, die hätten sich bestimmt mächtig aufgeregt, dass man sie wie sperrige Gepäckstücke behandelte.

Am Freitag hatte ich beim Betreten meines Zimmers wieder so ein Gefühl, als ob jemand drin gewesen wäre. Irgendein Unbefugter oder wie man das nennt. Ich bin nun mal untypisch ordentlich – jedenfalls lobt Mama mich deshalb immer, und Martha und Laura finden mich ein bisschen krank, weil es bei ihnen ganz anders aussieht.

Ich überprüfte alles – die Fotoschachtel schien unangetastet, aber meine Fotoalben waren weniger verstaubt als die anderen großen Bildbände, bei denen sie unten im Regal standen.

Es war eindeutig: Während auf dem alten Atlas und den dicken Schwarten Staub am Finger hängen blieb, waren die Fotoalben staubfrei.

Ich saß vor dem Regal auf dem Teppich und grübelte.

Wer war an meinen Alben gewesen?

Mama hatte für uns alle Fotoalben gemacht. Vorn waren ein paar Kinder- und Jugendbilder von unseren Großeltern und Eltern inklusive ihrer Hochzeitsfotos, und dann begann unsere Familiengeschichte mit Daniel auf der Flickendecke, die jetzt auf meinem Bett lag. Danach kamen hauptsächlich Fotos von mir, von meinen Geburtstagen, die Klassenfotos von der Grundschule, von der ersten Party, aus den Ferien und so weiter.

Wieso waren die für irgendwen interessant?

Für – Ljuba? (Aber wer sonst würde in diesem Haus ohne zu fragen an meine Sachen gehen?)

Ich schüttelte ratlos den Kopf und stellte die drei Alben wieder zurück.

Dann überlegte ich, was ich zum Picknick beisteuern wollte.

Frikadellen! Erstens esse ich die selber gern, und zweitens gehören sie zu den wenigen Dingen, die ich ohne Mamas Anleitung selber machen kann.

Nach dem Samstagsfrühstück war das Haus auf einmal leer.

Daniel war tatsächlich mit den Zwillingen ins Bad gefahren, unsere Eltern waren zu ihrem Grillfest verduftet und Ljuba hatte nur »Tschüs« gerufen und war irgendwohin verschwunden. Vielleicht traf sie sich mit einem Schönling aus ihrem Sprachkurs … Jedenfalls hatte ich keine Ahnung, dass sie noch unten im Keller war …

Während meine Fleischklößchen dann am Samstagvormittag in der Pfanne brutzelten, machte ich noch einen Gurkensalat, füllte ihn in eine Plastikdose und schmierte ein paar Käsestullen. Dann legte ich ein rotweiß-kariertes Geschirrtuch in meinen Fahrradkorb und packte die Dosen mit den Frikadellen und dem Salat und den Stullen rein. Dann noch Besteck und ein in Küchenkrepp eingewickeltes Glas und als Sahnehäubchen eine Tafel Schokolade als Nachtisch.

Ich war gespannt, was die anderen mitbringen würden, denn wir hatten beschlossen, dass wir uns überraschen wollten.

Da es erst Viertel vor elf war und wir um elf starten wollten, schnappte ich mir ein Buch und setzte mich hinterm Haus in die uralte Hollywoodschaukel, die so schrecklich quietscht, dass wir uns möglichst wenig drin bewegen.

Um elf wurde ich unruhig.

Wieso kamen sie nicht?

Martha sollte Laura abholen und dann beide mich.

Aber so aufmerksam ich auch in Richtung Haustür lauschte – nichts.

Ich schlug mein Buch zu und setzte mich mit dem Korb auf die unterste Treppenstufe vor der Haustür.

Jede Menge Leute radelten durch unsere Straße, bestens gelaunt und voller Vorfreude auf einen sonnigen Samstag – aber keine Martha und keine Laura weit und breit.

Um Viertel nach elf hatte ich die Faxen dicke und ging wieder rein. Nichts auf dem Anrufbeantworter.

Ich machte mein Handy an und wählte Lauras Nummer.

Laura ging nicht dran. Aber wenn sie gerade Rad fuhr, konnte es doch gut sein, dass sie ihr Handy nicht hörte, oder?

Ich wählte Marthas Nummer.

Der Teilnehmer ruft zurück.

Ich starrte ratlos mein Handy an und hätte am liebsten losgeplärrt wie ein Wickelkind.

Warum kamen sie nicht? Warum ließen sie mich hier sitzen?

Sollte ich einfach an die Wümme fahren?

Und wenn ich die Mädels nicht fand – sollte ich dann ein einsames Picknick veranstalten?

Ich stieg auf und flitzte los.

Zuerst quer durch die Stadt in Richtung Borgfeld, das dauerte seine Zeit.

Zwischendurch versuchte ich noch zweimal, Martha und Laura zu erreichen, aber die gingen nicht an ihre Handys oder hatten sie gar nicht dabei.

Ich war schrecklich enttäuscht, weil ich mich auf den

Ausflug so gefreut hatte, andererseits war wirklich ein Spitzenwetter und der Fahrtwind rauschte mir durch die Haare.

Nach endloser Strampelei erreichte ich den Wümmedeich und schöpfte neue Hoffnung. Hier mussten sie irgendwo sein.

Wie ein Falke spähte ich vom Deich hinunter bis zum Ufer und ein paar Mal dachte ich schon, ich hätte sie gefunden. Aber das waren dann irgendwelche Pärchen und ganz bestimmt nicht meine beiden Freundinnen.

Irgendwann war ich total mutlos, stieg ab, nahm meinen Korb und setzte mich in den Schatten einer Weide.

Mittlerweile war ich stinksauer auf Martha und Laura und dachte mir jede Menge Schimpfwörter und Vorwürfe aus, von denen »ihr treulosen Tomaten« das allerharmloseste war.

Ich breitete meine Jeansjacke auf der Erde aus und öffnete die Plastikdosen. Schließlich brauchte ich ja nicht vor lauter Wut mein Essen vergammeln zu lassen.

Während ich die dritte Frikadelle verschlang, kribbelte es mich unter dem Po.

Ameisen!, dachte ich entsetzt und sprang auf. Es war aber mein Handy gewesen, das ich aus irgendeinem blöden Grund auf lautlos gestellt hatte.

»Alex?«, kreischte Martha.

»Ja? Wo seid ihr? Ich warte hier seit ...«

»Wir warten hier seit Stunden«, brüllte Martha. »Was ist bloß in dich gefahren? Erst schmeißt du alles über den Haufen und dann lässt du dich nicht mal blicken ...«

»Hä? Spinnst du? Ich sitz hier am Wümmedeich, mutterseelenallein, und bin sauer auf euch, weil ihr nicht gekommen seid!«

»Was? Aber wir waren doch bei dir!«

»Unmöglich! Ich hab doch die ganze Zeit auf euch gewartet!«

»Gib mal her«, kam jetzt Lauras Stimme. Offensichtlich hatte sie Martha das Handy weggenommen. »Ich kapier überhaupt nichts mehr. Wir wollten gerade klingeln, da kam euer Au-pair-Mädchen raus und sagte, du wärst an die Hamme gefahren.«

»Ich doch nicht!«, schrie ich. »Was für ein Blödsinn! Ich sitze hier an der Wümme, wie wir das verabredet hatten. Als ihr nicht gekommen seid und ich euch nicht auf dem Handy erreichen konnte, bin ich losgefahren, weil ich dachte, ich hätte was missverstanden und wir würden uns an der Wümme treffen.«

»Oh, Mann!«, stieß Laura hervor. »Das ist doch total bekloppt. Wart mal – wie wär's, wenn du hierherkommst ... es ist ja erst drei Uhr ...«

»Ja, aber bis ich bei euch bin, ist es halb fünf, und dann können wir uns schon gleich wieder auf den Heimweg machen.« Ich seufzte. »Das war echt ein toller Picknicktag. Na warte, wenn ich diese falsche Schlange zu fassen kriege! Was genau hat sie denn gesagt?«

»Äh ... was hat sie gesagt, Martha?«, fragte Laura. »So genau weiß ich das auch nicht mehr. Irgendwas von Hamme und dass du schon los wärst.«

»Und dass ihr hinterherkommen sollt?«

»Nee, das haben wir uns dann selber zusammengereimt.«

Ich knirschte mit den Zähnen. »Mist. Dann kann ich ihr nichts beweisen. Die redet sich dann einfach damit raus, dass ihr sie missverstanden habt.«

»Aber vielleicht haben wir das auch. Eigentlich war sie sehr nett zu uns. Gar nicht so, wie du sie immer geschildert hast, richtig freundlich und witzig.«

»Na, der Witz ging ja wohl eher gegen mich«, knurrte

ich. »Okay, meine Lieben – dann machen wir uns also demnächst auf den Heimweg – ihr dort und ich hier. Wie sieht's aus – können wir morgen noch einen Versuch starten?«

»Geht nicht«, sagte Laura. »Da bin ich schon verabredet.«

»Ich auch«, sagte Martha von weiter weg.

»Na, dann viel Spaß«, sagte ich etwas giftig, denn ich fühlte mich plötzlich ziemlich allein und im Stich gelassen.

Nachdenklich und enttäuscht fuhr ich nach Hause.

Niemand war da. Bestimmt amüsierten sich alle ganz königlich, bloß bei mir war alles schiefgelaufen.

Hatte Ljuba das absichtlich gemacht? Hatte sie mir den Ausflug mit meinen Freundinnen verderben wollen?

Warum? Was hatte ich ihr getan? Warum gönnte sie mir das Picknick nicht?

Oder hatte sie wirklich etwas missverstanden?

Ich holte mir wieder mein Buch und setzte mich hinters Haus.

Daniel und die Zwillinge kamen erst zwei Stunden später. Kathi und Kris schrien durcheinander, wie toll es gewesen wäre, und jede versuchte die andere bei der Schilderung der Planschereien und Wasserkämpfe zu übertönen.

Daniel grinste müde auf sie runter und sagte: »Es war echt witzig mit den beiden. Aber das nächste Mal bist du dran, klar?«

Ich zuckte nur die Schultern und holte meine Frikadellen aus dem Korb.

»Seht mal, was ich uns für ein tolles Abendessen gemacht habe«, sagte ich.

Das stimmte zwar nicht so ganz, aber es war auch eins von ihren Lieblingsessen.

»Lecker«, sagte Kris gleichgültig und ging aus dem Zimmer.

»Keinen Hunger«, sagte Kathi uninteressiert und folgte ihr.

Ich stand da wie ein belämmerter Hund im Regen und sah Daniel an.

Der verzog den Mund. »Wir haben eben noch im Eiscafé eine Riesenportion Eis geschlemmt. Wir sind echt pappsatt. Mama hatte mir Geld gegeben. Schade!« Er warf einen bedauernden Blick auf die Fleischklößchen und verschwand ebenfalls.

Zum zweiten Mal an diesem Tag hätte ich heulen können.

Wieder war ich ganz allein.

Jedenfalls hatte ich noch Marlon.

Aber wenn der kickte, hatte er kein Handy im Strumpf dabei – den konnte ich also auch nicht erreichen.

Ich legte mich auf mein Bett und betrachtete die Zimmerdecke. Sonst fantasiere ich mir da oben immer Bilder oder ganze Geschichten zusammen, aber heute war ich zu müde und zu enttäuscht dafür.

Albern. Als wäre ich ein kleines Kind, das jammert: »Keiner hat mich lieb!«, bloß weil eine Verabredung in die Binsen gegangen ist und weil meine Geschwister ohne mich Eis essen waren.

Davon geht die Welt doch nicht unter.

Schließlich holte ich mir meinen Laptop und schob *Das doppelte Lottchen* rein. Jetzt mussten mich eben Lotte und Luise Palfy trösten.

Das schaffen sie immer.

Als ich Ljuba am nächsten Tag beim Frühstück fragte, warum sie meine Freundinnen an die Hamme geschickt hätte, reagierte sie genau so, wie ich erwartet hatte.

Sie sah mich aus weit aufgerissenen Augen an. »Habe ich nicht geschickt. Habe ich gesagt: Viel Spaß an der Hamme.«

»Wir wollten aber an der Wümme picknicken.«

»Wümme? Gibt es auch Wümme?«

Sie stellte sich dumm, aber sie tat es ziemlich überzeugend. Fast war ich schon bereit, zuzugeben, dass ich mich geirrt hatte, aber glücklicherweise gab es ja noch Martha und Laura, die ich fragen konnte.

»Ach Alex, was für eine Pleite, dass du gestern nicht dabei warst! Wir haben dann noch eine unheimlich nette Truppe getroffen und sind mit denen später in eine Kneipe gegangen. Das war ein Tischtennisclub und die haben irgendeinen Sieg gefeiert und Cola floss in Strömen ... und gelacht haben wir – es war echt megatoll!«

»Wie schön für euch. Aber jetzt mal ehrlich: Waren wir an der Wümme oder an der Hamme verabredet?«

Die beiden sahen erst sich und dann mich an.

Dann zuckte Martha die Schulter. »Ehrlich gesagt, ich weiß es selber nicht mehr ganz genau. Ist ja auch egal – war jedenfalls ein toller Tag!«

»Ja, für euch vielleicht«, sagte ich finster, aber da ging Laura auf mich los.

»Ach ja? Aber du hast doch einen Kerl und hängst dauernd mit dem ab, und wenn wir mal mit netten Leuten Spaß haben, dann nimmst du uns das übel! Komm, Alex, jetzt gönn uns auch mal was! Sei nicht so egoistisch!«

Ich sah sie fassungslos an. Ich – egoistisch? Wieso das denn?

»Da hatte euer Au-pair echt nicht ganz unrecht«, sagte Martha. »Du denkst wirklich, alles muss sich immer nur um dich drehen.«

»Das hat sie gesagt?« Ich fasste es nicht.

»Na ja, nicht mit diesen Worten, sondern sehr nett –

eben dass du so ein bisschen eine Prinzessin wärst oder so – nein, Prinzessin hat sie nicht gesagt, aber das konnte man sich daraus zusammenreimen.«

Aha. Ich warf den beiden einen hoffentlich vernichtenden Blick zu, drehte mich auf dem Absatz um und ging.

Was zum Teufel war hier los?

Was hatte Ljuba meinen Freundinnen eingeredet?

Und wieso glaubten die ihr das?

Hatte Ljuba am Ende recht? War ich zu häufig mit Marlon zusammen gewesen und hatte die Primadonna rausgekehrt?

Das stimmte doch gar nicht! Die Idee zu dem Picknick war von mir gekommen!

Ich setzte mich auf ein Mäuerchen in der Nähe der Turnhalle, starrte auf die Erde und fühlte mich hilflos.

War ich wirklich eine miese Freundin?

Als Marlon mich dort aufstöberte, war ich kurz vor dem Losheulen. Er erkannte gleich, dass ich mich beschissen fühlte, und legte schweigend den Arm um meine Schultern.

»Ich kapier es einfach nicht«, sagte ich leise. »Ich hatte mich mit Laura und Martha bei uns verabredet, um an die Wümme zu radeln, aber als sie kamen, hat Ljuba sie an die Hamme geschickt. Wir haben uns volle Kanne verpasst, und jetzt wissen sie auf einmal nicht mehr, wer was wann gesagt hat – bloß dass ich alles falsch gemacht habe.« Nun flossen tatsächlich Tränen, aber ich war viel zu deprimiert, um mich zu schämen. Ich schniefte und suchte nach einem Taschentuch, fand aber keins.

Da zog Marlon sein T-Shirt aus dem Hosenbund und hielt mir den unteren Rand hin.

Ich musste grinsen und wischte mir das Gesicht ab.

»Danke.«

»Da nicht für«, sagte er. »Shit happens.«

»Schon. Aber mir passiert in letzter Zeit einfach zu viel Scheiß, weißt du?«

Ich spürte, wie er sich versteifte.

»Mit Ausnahme von dir, natürlich, von … uns. Das ist das Beste, was mir in letzter Zeit passiert ist.«

Er gab mir einen Kuss auf die Wange.

»Seh ich genauso«, sagte er und grinste jetzt auch.

16

Vielleicht musste ich mir mit meinen Freundinnen mehr Mühe geben.

Ich würde mir etwas einfallen lassen.

Ich beriet mich mit meiner Mutter und zu zweit dachten wir uns etwas Schönes aus. Mama war ganz begeistert von unserer Idee und meinte, sie würde am liebsten mitmachen.

Zu unserer nächsten Mini-Mathe-AG kam ich mit zwei Briefumschlägen, einen gab ich Martha, den anderen Laura.

»Für uns? Was ist es denn?«

Sie kicherten und öffneten die Kuverts und zogen die Zettel heraus, die drinsteckten.

EINLADUNG ZUM SCHOKOLADENFONDUE

Wann?
Am Donnerstag, dem 7. 6., um 18.00 Uhr
Wo?
In der Kemenate von Alexandra Koopmann
Adresse?
Bekannt
Kleidung?
Festlich

»Super«, sagte Martha, bedachte mich mit einem wütenden Blick und strich sich über den gertenschlanken Bauch. »Genau was ich brauche.«

»Na, und ich erst!« Laura zerrte genervt an ihrer Jeans. »Willst du aus uns fette Weiber machen oder was?«

Ich sah die beiden entsetzt an. »Wie könnt ihr bloß so was denken! Das Fondue sind doch Obststückchen, die man in eine Schokosoße taucht – und zwar in eine aus schwarzer Schokolade. Die erlauben sogar Diätpäpste!«

»Ach? Denkst du, wir haben eine Diät nötig?«, zischte Laura.

Ich schüttelte heftig den Kopf. »Nein! Überhaupt nicht! Aber ihr habt eben so geredet, als ob ich euch mästen wollte.«

»So sah die Einladung ja auf den ersten Blick auch aus«, sagte sie. »Aber jetzt hört sich das doch schon ganz anders an.«

Ich atmete erleichtert aus. »Okay, alles bloß ein blödes Missverständnis, ja? Ihr kommt?«

»Ich schon«, sagte Martha.

»Ich lass euch doch nicht damit allein«, protestierte Laura. »Klar bin ich dabei.«

Mannomann – das war knapp gewesen! Was war bloß in meine beiden besten Freundinnen gefahren? Warum trauten die mir so was Fieses zu?

Mästen! Ich glaube, ich spinne.

Doch mein Freundschaftsfondue oder Wiedervereinigungsfondue, oder wie immer man das nennen wollte, verlief ganz anders als geplant.

Ich hatte mein Zimmer in eine Art orientalischen Harem verwandelt: Seidentücher und alte Gardinen von Mama hingen an den Wänden und massenhaft Kissen lagen im Kreis auf dem Fußboden rund um den brodelnden Fonduetopf und um die Schüsseln mit dem klein geschnittenen Obst: Bananenscheiben, Mandarinenschnitze, Erdbeeren und Kapstachelbeeren.

Außerdem die Teller und die Spieße.

»Wow!«, sagte Laura und auch Martha war beeindruckt.

»Bitte, macht es euch bequem!«, sagte ich und wies mit der Hand auf die Kissen.

Gerade hatten wir es uns gemütlich gemacht und die ersten Obstspieße in die Schokolade getunkt, da klopfte es.

»Ja?«, rief ich.

Ljuba kam herein und sah staunend auf unser Schmauselager.

»Oh, wie schön!«, sagte sie hingerissen. »Wollte ich nur mal sehen!«

»Willst du nicht mitessen?«, fragte Martha, die immer alle versorgen muss.

»Ljuba muss bestimmt auf die Zwillinge aufpassen«, sagte ich und lachte etwas verkrampft. »Und die möchte ich wirklich nicht hier dabeihaben.«

»Oh, Kathi und Kris sind bis sechs beim Turnen«, sagte Ljuba.

»Dann kann sie doch mitmachen, oder, Alex?«

Martha sah mich auffordernd an und Laura erhob leider keinen Einspruch.

»Na klar«, sagte ich deshalb, weil ich nicht wie eine überhebliche Gans dastehen wollte. »Klar kann sie das. Ich hol noch ein Gedeck.«

»Nein, nein, mach ich schon«, wehrte Ljuba ab. »Weiß ich, wo alles ist. Danke für schöne Einladung, danke, danke.«

Innerlich grollend saß ich da.

Was eigentlich meine Freundinnen und mich wieder hatte einander näherbringen sollen, wurde nun zu einer allgemeinen Info-Stunde zum Thema Au-pair und Russland.

Anstatt mit Laura und Martha die Leute aus der Klasse und die Lehrerinnen und Lehrer durchzuhecheln, hörte ich nun artig zu, wie Ljuba lebhaft und witzig von Moskau erzählte.

Laura und Martha hatten tausend Fragen, und keine von beiden schien zu merken, dass ich nichts mehr sagte.

Ich tunkte konzentriert ein Stück Obst nach dem anderen in die Schokosoße, ließ die Kuvertüre erstarren und steckte mir dann einen Bissen nach dem anderen in den Mund, ohne richtig was zu schmecken.

Ich war total enttäuscht.

Als sich dann Ljuba nach einer Ewigkeit erhob, bedankte sie sich herzlich bei meinen Freundinnen – mich ignorierte sie.

»War toll. Ich mache so viele schöne Erfahrungen in Deutschland. Habe ich solches Glück mit meiner Familie«, schmalzte sie.

Wenn ich übersinnliche Fähigkeiten besessen hätte, hätte ich sie vielleicht innerlich triumphieren hören können.

»Muss ich Kathi und Kris abholen«, fuhr sie fort. »War so schön mit euch, lerne ich Freundinnen von Alex so gern kennen.«

Ja, dachte ich. Meine Freundinnen vielleicht. Aber mich willst du gar nicht kennen.

Als sich die Tür hinter Ljuba geschlossen hatte, sagten Laura und Martha fast gleichzeitig:

»Och, ist die nett!« und »Mit der habt ihr aber ein Riesenglück gehabt!«

»Hmmm«, machte ich, weil ich den Mund voll hatte und weil ich auch nicht wusste, was ich zu diesen Lobestiraden sagen sollte.

»Warum bist du denn so unfreundlich zu ihr?«, fragte Martha. »Die ist ja ganz anders, als du sie immer geschildert hast. Gar nicht zickig oder abweisend.«

»Hmmm«, machte Laura nachdenklich. »Vielleicht hast du ihr keine echte Chance gegeben.«

»Ich? Keine Chance? Moment mal ...«, konterte ich. »Ihr wisst doch gar nicht, wie oft sie mich am Anfang abblitzen ließ! Wie sie sich zwischen meine Eltern und mich gestellt hat! Wie sie sich eingeschmeichelt hat! Wie sie sich bei allen lieb Kind gemacht hat!«

Langsam ging mir die Luft aus.

»Ich finde, du benimmst dich wahnsinnig eifersüchtig«, sagte Laura. »Gönn ihr doch mal, dass sie eine so nette Familie wie eure gefunden hat.«

Ich schwieg.

Die beiden hatten keine Ahnung.

Zugegeben, wenn man diesen Nachmittag ganz unbefangen betrachtete, war Ljuba eine nette Mitmacherin gewesen, sympathisch und witzig und richtig charmant.

Ich spürte, wie sich mir vor Wut die Kehle zusammenzog.

Dieses raffinierte Miststück!

Monatelang ignoriert sie mich, macht mich schlecht, lügt und durchsucht mein Zimmer – aber niemand würde mir das glauben.

Nicht mal meine Freundinnen. Nicht nach dieser Show, die Ljuba in den letzten beiden Stunden abgezogen hatte.

Also sagte ich nichts und tat so, als wäre der Nachmittag ein voller Erfolg gewesen.

Martha und Laura waren jedenfalls hochzufrieden, als sie sich verabschiedeten.

»Du solltest ein bisschen mehr auf sie zugehen«, flüsterte mir Martha noch schnell ins Ohr. »Stell dir doch bloß mal vor, du wärst allein in einem fremden Land! Da braucht man eine freundliche Ansprache!«

»Tschüs, Alex«, sagte Laura und nestelte an ihrem Jeansbund. »Eins schwör ich dir – wenn ich heute Nachmittag zugenommen habe, mach ich dich platt.« Sie seufzte. »Aber es hat göttlich geschmeckt.«

Ich brachte das Geschirr nach oben in die Küche und gab meinem Zimmer seinen gewohnten Look wieder.

Nix mehr mit Harem oder so.

Wieder mal grübelte ich über mein Dauerthema nach.

War ich wirklich so unfreundlich zu Ljuba? Hatte die insgeheim gezeigt, dass sie mich doch als Freundin wollte, und ich hatte es bloß nicht mitgekriegt?

Blödsinn. Ich dachte an den Vorfall mit Papas Schreibtisch, an die Halbwahrheiten und Lügen, an diese krumme Tour, mit der sie mir den Samstagsausflug verdorben hatte – sie konnte mich nicht leiden und wollte mich bei meiner Umwelt in Misskredit bringen, jawohl.

Das meldeten mir meine Antennen ganz unmissverständlich: Ljuba konnte mich nicht ausstehen.

Und ich hatte keine Ahnung, warum.

Ich war anfangs ganz freundlich und offen auf sie zugegangen, das wusste ich. Ich hatte sogar die bescheuerte Idee gehabt, wir könnten Freundinnen werden, aber sie ließ mich abfahren.

Und als ich mich mit dieser Situation arrangiert hatte – okay, dann eben nicht –, stellte sie sich zwischen meine Eltern und mich. In letzter Zeit versuchte sie auch wieder, Daniel auf ihre Seite zu bringen, und bald würde ich bei den Zwillingen auch verspielt haben, weil sie viel mehr Zeit mit denen verbrachte als ich.

17

Wir müssen uns jetzt aber mal ernsthaft an die Planung machen«, sagte Marlon zwei Nachmittage später, als wir zusammengekuschelt auf seinem Bett lagen.

»Hä?« Ich schreckte aus einem Tagtraum auf. »Was für eine Planung?«

Er krabbelte mit den Fingern an meinem Rückgrat hoch und ich schloss die Augen.

Weitermachen, bitte!

»Na, du stellst vielleicht Fragen! Ich wollte doch für euch kochen – weißt du nicht mehr?«

»Doch«, schnurrte ich.

Seine Hände glitten über meine Arme.

Weitermachen!

»Gut, dann müssen wir mal bestimmen, was es geben soll, damit ich einkaufen kann.«

»Ist doch klar«, sagte ich mit geschlossenen Augen. »Ratten, Skorpione, Zikaden, Haifischflossen, Schwalbennester, Hunde ...«

Er lachte. »Du hast ja einen Knall.«

»Doch«, murmelte ich. »Hab ich gelesen. Asiatische Delikatessen.«

Er rückte etwas ab und richtete sich auf.

Mist. Ich machte die Augen auf und seufzte. Na gut, dann machen wir also jetzt die Speisekarte.

»Mögt ihr scharf?«, fragte er.

Ich nickte. »Chili und Cayenne sind meiner Sippe durchaus bekannt.«

»Okay. Dann fangen wir mit einer scharfen Suppe an. Und danach ... Sateh oder Nasi Goreng? Oder Bami Goreng?«

Ich gab ihm einen Kuss auf das winzige Grübchen. Inzwischen wusste ich, dass es kein Grübchen, sondern eine Narbe war, die sich Baby Marlon bei einem Sturz geholt hatte. »Was du willst.«

»Komm schon, Alex, du musst doch wissen, was ihr gern esst!«

»Alles«, sagte ich. »Alles, was gut schmeckt.«

»Du bist doof!«

»Selber!«

Wir balgten uns und plötzlich umklammerten wir uns wieder, und das Küssen ging weiter. Seine Hand rutschte unter mein T-Shirt, aber ich sagte: »Hn-hn.«

Er seufzte und zog sie zurück. »Okay.«

Wir hatten nämlich ein Abkommen. Knutschen ja, aber mehr nicht.

Ich fand Küssen und Streicheln so aufregend, dass ich damit total zufrieden war und nichts überstürzen wollte. Und ehrlich gesagt – ich hatte auch Schiss vor dem Mehr. Das war alles noch so weit weg – so wie es war, war es schön. Mehr als schön. Es war unglaublich toll.

Ich glaube, insgeheim war Marlon über mein Veto ganz froh. Als echter Kerl hatte er vielleicht gedacht, er muss aufs Ganze gehen, aber eigentlich war er mit Schmusen auch ziemlich zufrieden.

Er hatte nämlich bisher noch keine Freundin gehabt – wahrscheinlich wegen des Umzugs von einem Kontinent auf einen anderen und weil er sich in einem neuen Land erst mal zurechtfinden musste.

Und ich hatte auch noch keinen Freund gehabt, das

fand ich gut. So gab es zum Beispiel keine Vergleichsmöglichkeiten. Wenn Marlon immer denken würde: Ja, aber bei der XYZ war das so und so und hat anders gekribbelt, wäre ich total verunsichert.

Ich knabberte an seinem Ohrläppchen und flüsterte: »Okay, scharfe Suppe und dann Sateh oder dieses Goreng. Ich mach bei allem mit.«

Er gluckste leise. »Tust du nicht. Nicht bei allem.«

»Stimmt. Aber wir reden ja vom Essen, oder?« Ich knabberte weiter.

»Okay, wir reden vom Essen. Mit Pausen und Unterbrechungen. Sehr nahrhaft.«

Als ich an diesem Abend beim Abendbrot von Marlons Plan erzählte, gab es ganz unterschiedliche Reaktionen.

»Kann er denn wirklich kochen?«, meinte meine Mutter zweifelnd.

»Oha, die neue Männergeneration! Find ich klasse. Aber nur, wenn ich dann zukünftig nicht selber an den Herd muss«, sagte Papa.

»Müssen wir dann was Ekliges essen?«, fragte Kris.

»Blödi«, sagte Kathi. »Denk doch mal ans Chinarestaurant!«

»Fänd ich klasse«, sagte Daniel. »Ich mag asiatisch.«

Nur Ljuba sagte nichts. Sie sah auf ihren Teller und war offensichtlich am Nachdenken. Dann hob sie den Kopf.

»Werde ich helfen«, sagte sie.

Oh nein!

»Nicht nötig«, sagte ich schnell. »Das schaffen wir schon allein!«

Meine Mutter sah mich tadelnd an.

»Aber vielen Dank für das Angebot«, setzte ich lahm hinzu. Das fehlte noch, dass Ljuba sich in Marlons Kocherei einmischte.

»Dann solltest du's auch annehmen«, sagte mein Vater. »Ist doch immer ganz nett, wenn einer das Dreckgeschirr abspült.«

Nicht auch noch du, Papa!, hätte ich am liebsten gebrüllt.

Stattdessen lächelte ich etwas verkrampft, weil die Muskeln nicht richtig mitmachen wollten.

»Viele Köche verderben den Brei«, trällerte ich. »Lasst euch mal von Marlon und mir überraschen.«

Danach ließ Ljuba das Thema ruhen, aber ich bekam sehr wohl den giftigen Blick mit, mit dem sie mich bedachte.

Irgendwas warnte mich, dass ich auf der Hut sein musste.

Vor wem?

Vor ihr?

Zwei Tage später fragte ich das nicht mehr.

18

Die Treppe hinunter in den Keller war etwas schmaler und kürzer als die anderen Treppen im Haus und machte unten eine Kurve.

Außerdem war sie nur oben richtig gut beleuchtet, unten musste man erst das Flurlicht anschalten, um alles ganz deutlich zu erkennen.

Ich war diese Treppe in meinem Leben schon viele tausend Mal runtergelaufen, -geschlichen, -gehüpft oder -gerannt – ich kannte die Stufen im Schlaf.

An jenem Abend war ich noch oben in der Küche, als ich mein Handy unten klingeln hörte. Mist, das hatte ich auf dem Bett liegen gelassen.

»Okay, ich bin weg«, sagte ich zu Dani und flitzte runter.

Auf der dritten oder vierten Stufen trat ich auf etwas Weiches, der Fuß glitt mir weg, ich stürzte, konnte mit den Armen meinen Kopf schützen, landete aber seitwärts auf dem Knöchel – und zwar mit voller Wucht.

Vor Schreck und Schmerz schrie ich laut auf, und Daniel kam heruntergepoltert, hinter ihm meine Mutter und danach die Zwillinge.

Ich saß auf dem Kellerflurboden im Dunkeln, hielt mir stöhnend den Knöchel und sah hoch. Was war das denn? War die Birne kaputt?

»Um Himmels willen – was ist denn passiert?«, rief Mama.

Ich konnte nur wimmern.

»Sie ist die Treppe runtergestürzt«, sagte Daniel und kauerte sich neben mich, nahm den Knöchel in die Hand und betastete ihn vorsichtig.

Trotzdem schrie ich auf – es tat gemein weh.

»Lass mich mal sehen«, sagte Mama, nahm ihm meinen lädierten Fuß weg und zog den Turnschuh runter. Mit angespanntem Gesicht betastete sie den Knöchel und drehte ihn vorsichtig hin und her.

Ich biss mir auf die Lippen, weil es wirklich scheußlich wehtat.

»Hmm, ich glaube, es ist nichts gerissen oder gebrochen. Da hast du ja noch mal Glück gehabt«, sagte sie. »Warum musst du auch immer so rasen? Das ist echt gefährlich, wie man sieht.«

»Besonders wenn man auf einem Stofffetzen ausrutscht«, sagte ich verbittert und holte tief Luft, um nicht loszuheulen. Wegen dem Schreck und den Schmerzen und überhaupt. »Und wenn die Lampe kaputt ist?«

Meine Mutter sahr zur Wandlampe hoch und runzelte die Stirn. »Was für ein Pech«, sagte sie mitfühlend. »Wohl wieder mal durchgebrannt.«

»Bist du hier drauf ausgerutscht?«, fragte Dani und hob etwas hoch. Es war mein T-Shirt mit den tanzenden Figuren von Keith Haring.

»Wie kommt das denn dahin?«, murmelte ich verwirrt.

»Na, wie wohl?«, sagte Daniel und tippte sich an den Kopf.

Ich sah ihn wütend an. »Ich hab es gestern in den Wäschekorb getan! Ich hab es nicht als Rutschbahn auf die Treppe gelegt, damit das mal klar ist!«

»Wie soll es denn dann dorthin gekommen sein?«, fragte Mama und legte meinen Fuß vorsichtig auf die Erde. »Du hast das Shirt bestimmt fallen gelassen und vergessen! Du glaubst doch nicht allen Ernstes, dass jemand mit Absicht ...?«

»Nein«, sagte ich leise, obwohl ich genau das glaubte.

Ljuba. Wer sonst?

Der Wäschekorb stand in unserem Bad, und wer, wenn nicht sie, konnte sich da bequem bedienen? Ich war es jedenfalls nicht gewesen, das war mal klar.

»Komm, wir helfen dir aufs Bett«, sagte meine Mutter, und mit ihrer und Daniels Hilfe und zusammengebissenen Zähnen kamen wir dort auch an.

Behutsam halfen sie mir beim Hinlegen, Mama zog mir vorsichtig die Jeans und die Socken aus. Nach einer nochmaligen eingehenden Untersuchung sagte sie: »Verstaucht. Muss gut gekühlt werden, dauert drei Tage und dann ist alles fast wieder gut. Die Bänder sind danach noch gedehnt, und deshalb kann man sich dann leicht die nächste Überdehnung zuziehen – pass also gut auf.«

Sie betrachtete noch einmal eingehend meinen Knöchel.

»Schon komisch«, murmelte sie, »du musst dich auch noch an irgendwas verletzt haben, du hast vorn am Bein eine hässliche Schramme.«

Dani hatte inzwischen auf ihre Anordnung hin eine Tüte tiefgekühltes Gemüse geholt. Das packte sie mir auf den schmerzenden Knöchel und wickelte es darauf fest.

»Ich seh eben mal nach den Zwillingen«, sagte sie dann. »Später komm ich noch mal zu dir und helf dir beim Waschen.«

Dann war ich allein in meinem Zimmer.

Ich suchte eine bequemere Lage, weil mich etwas an der Hüfte drückte.

Es war mein Handy. Wegen dem war ich doch nach unten gerannt – das hatte ich in der Aufregung wegen meines Knöchels ganz vergessen. Wer hatte mich denn angerufen? Ich sah nach. Aber die Nummer war unterdrückt.

Hm. Das half mir auch nicht weiter.

Ich richtete mich mühsam auf und wickelte das Tiefkühlpaket vorsichtig ab. Die Zerrung – oder was immer das war – tat scheußlich weh. Aber die interessierte mich im Augenblick nicht. Ich wollte wissen, was Mama mit der »Schramme« gemeint hatte.

Da war tatsächlich eine – quer über meinem Bein, etwas oberhalb des Knöchels. Woher hatte ich die? Ich war ratlos. Das sah aus, als wäre ich gegen irgendwas Scharfes gerannt, etwas, das sich durch die Haut geschnitten hatte.

Etwas wie ... ein Draht? Eine straffe Schnur?

Aber das hätte ich doch merken müssen!

Und wo und wann konnte das denn gewesen sein?

Aber zunächst mal beschäftigte mich die Frage:

Wer hatte das dunkle T-Shirt auf die Stufe gelegt? Ein weißes hätte ich wahrscheinlich rechtzeitig gesehen, aber das dunkle war bei der kaputten Lampe fast unsichtbar gewesen – besonders wenn man es eilig hatte.

Wer also? Natürlich hatte ich zuallererst Ljuba im Verdacht.

Die kam an den Wäschekorb ran.

Sie konnte mich nicht ausstehen.

Sie kannte das übliche Abendprogramm bei der Familie Koopmann. Um diese Zeit räumten Daniel und ich immer die Küche auf.

Hatte sie mich angerufen?

Mich fröstelte.

Hatte sie sich gewünscht, dass ich mich verletze?

Oder sollte ich mir vielleicht sogar das Genick brechen?

Diese Schramme ließ mir keine Ruhe.

Ich wälzte mich vorsichtig aus dem Bett, verlagerte

mein Gewicht auf das Bein mit dem heilen Knöchel, schleppte mich langsam zur Tür und öffnete sie leise. Dort blieb ich stehen und lauschte.

Von oben drang der übliche Koopmann-Abendlärm.

Mit zusammengebissenen Zähnen humpelte ich zur Kellertreppe. Der Sturz war auf den letzten Stufen passiert. Ich kniete mich auf den Boden und betrachtete eingehend das Holz links und rechts der Stufen – und kam mir dabei ziemlich blöd vor. Litt ich schon an Verfolgungswahn?

Vielleicht auch nicht.

Denn da, an dem Treppenpfosten, war eine helle Stelle. Ich betastete sie. Eine ganz schmale Kerbe. Im Treppenpfosten auf der anderen Seite war keine helle Stelle, keine Kerbe – aber ein Splitter hatte sich gelöst und stand etwas raus.

Und wenn da etwas gewesen war? Eine Schnur oder ein Draht oder was auch immer?

Aber was auch immer um die Treppenpfosten befestigt gewesen war, hatte keine eindeutigen Spuren hinterlassen. Entweder war da nie etwas gewesen oder jemand hatte es schon wieder entfernt.

Langsam humpelte ich wieder in mein Zimmer zurück; und erst nachdem ich die die Tür hinter mir geschlossen hatte, erlaubte ich mir ein Stöhnen, weil mein Knöchel diesen kurzen Ausflug überhaupt nicht gut gefunden hatte.

Ich ließ mich auf mein Bett sinken und wickelte mich in meine Decke.

Ich zitterte. Nicht vor Kälte, sondern weil ich plötzlich Angst hatte.

Ich konnte mit keinem aus unserer Familie über meinen Verdacht sprechen, weil mich alle für verrückt erklärt hätten.

Sie waren ja ohnehin der Meinung, dass ich nicht nett genug zu Ljuba war. Dass ich sie mit falschen Anschuldigungen verfolgte und kränkte. Dass ich sie nicht ausstehen konnte und sie das spüren ließ.

Von wegen! Umgekehrt wurde ein Schuh daraus: Ljuba hasste mich. Sie brachte meine Eltern gegen mich auf, sie versuchte, mich bei Daniel und den Zwillingen in Misskredit zu bringen und sie auf ihre Seite zu ziehen.

Aber warum?

Zugegeben, in letzter Zeit war ich nicht besonders nett zu ihr gewesen. Aber dazu hatte ich ja auch allen Grund. Zu Anfang war das nicht so gewesen, aber da hatte sie mich abgewiesen.

Also warum, verdammt noch mal?

Ich zog mir die Flickendecke über, um das Zittern abzustellen. Dann rief ich Marlon an. Er war der Einzige, der mir glaubte.

Der verstauchte Fuß heilte rascher, als Mama prophezeit hatte. Nach zwei Tagen Herumhumpeln konnte ich den Knöchel schon wieder vorsichtig belasten und sogar mit Marlon einkaufen gehen – allerdings ohne Taschen zu schleppen.

Das tat der Koch lieber selbst.

Wir fuhren mit der Straßenbahn zu dem Asien-Laden und ich roch zum ersten Mal frischen Koriander – Wahnsinn! Marlon arbeitete seine Einkaufsliste ab, und ich betrachtete die Dosen und Packungen mit den chinesischen Schriftzeichen – oder vielleicht waren es auch japanische oder thailändische. Wir brachten alles zu uns nach Hause und verstauten die Einkäufe in der Speisekammer und in der Tiefkühltruhe.

Am Samstag kam Marlon wie verabredet um drei Uhr zu uns, und wir begannen mit der Zubereitung des Festessens. Ich schnitt frischen Ingwer und Knoblauchzehen in minikleine Würfel, danach schnitt ich Limettenblätter und Zitronengras in feine Streifen – obwohl Marlon fand, ich würde es eher schreddern. Er würzte Hühnerfilets und bestrich sie mit Erdnussbutter und Sojasoße.

»Ich mach aber noch eine andere Sorte«, sagte er. »Dazu brauch ich einen Mörser.«

»Was brauchst du?«, fragte ich verdutzt. »Einen Mörser?«

»Klar, zum Zerstoßen von Gewürzen«, erklärte er.

Ich hob ratlos die Schultern. »Haben wir nicht.«

»Haben wir doch«, tönte es von der Tür her.

Da stand Ljuba.

»Hab ich gefunden, als ich habe aufgeräumt.« Sie lachte. »Warte, ich hole.«

Ich saß wie erstarrt da.

Seit meinem üblen Sturz hatte ich mit Ljuba nur im Vorbeigehen ein paar nichtssagende Sätze gewechselt, zu einem richtigen Gespräch hatte ich keine Lust gehabt. Was hätte ich auch sagen sollen?

Ihr Vorwürfe machen, dass sie meinen Sturz organisiert hatte?

Dazu fehlten mir die Beweise.

Als sie am nächsten Morgen beim Frühstück von meinem Malheur erfahren hatten, hatte sie mitleidig mit der Zunge geschnalzt und irgendwas wie »immer zu schnell« gemurmelt, und dabei hatte ich es bewenden lassen.

Jetzt kam sie mit einem dicken Porzellantopf aus der Speisekammer, und Marlon grinste erfreut und begutachtete den Stößel, oder wie man dieses Ding nennt, mit dem man in dem Pott rumfuhrwerkt.

»Kann ich gern machen«, bot Ljuba an, »machen wir zu Hause oft. Kenne ich mich aus.«

Marlon gab ihr erfreut die Gewürze und maß teelöffelweise ab, was sie zerstoßen sollte, während sie ziemlich offensichtlich meinem Blick auswich.

Ich hatte mich doch ganz klar ausgedrückt, dass ich sie beim Kochen nicht dabeihaben wollte! Aber ich konnte sie ja wohl schlecht jetzt rausschmeißen – oder?

Jedenfalls schwelgte sie in Lobeshymnen über die Düfte von Curry und Cumin, während sie Kardamomsamen zu feinem Staub zermahlte und ich sie mit meinen Blicken am liebsten erdolcht hätte.

Marlon beantwortete freundlich alle ihre Fragen und schien überhaupt nicht zu merken, dass ich keinen Ton mehr von mir gab.

Verzweifelt beobachtete ich die beiden dunklen Lockenköpfe, wie sie dicht nebeneinander standen und lachten und redeten und sich anscheinend allerbestens verstanden.

Ein schrecklicher Gedanke durchfuhr mich.

Marlon war schon sechzehn und Ljuba war erst neunzehn. Die Zeitschriften waren voll davon, dass sich ältere Frauen und jüngere Männer ineinander verliebten und manchmal sogar heirateten. Hatten wir nicht erst neulich darüber geredet?

Vor lauter Eifersucht passte ich beim Schnippeln nicht mehr auf und schnitt mir in den Finger.

»Autsch«, entfuhr es mir.

Marlon drehte sich kurz um, sah, was passiert war, und grinste.

»Tja, du brauchst wohl mehr Übung«, war alles, was er dazu bemerkte, und ich hätte ihm am liebsten das Schneidebrett samt Messer an den Kopf geworfen.

Und während ich in der Kramschublade nach einem Pflaster suchte, weihte er Ljuba weiter in die Feinheiten der asiatischen Küche ein, und sie tat so, als lauschte sie hingerissen.

Als er das Hühnerfleisch marinierte, tat sie ungeheuer interessiert und beugte sich über seine eine Schulter, während sie ihm die Hand auf die andere legte.

Ich saß da, zur Untätigkeit verdammt, und wurde von Eifersucht förmlich zerfressen.

Irgendwann rappelte ich mich dann so weit auf und sagte: »Wenn du schon so nett deine Hilfe anbietest, Ljuba, könntest du ja mal den Tisch decken. Du weißt ja, wo alles steht.«

Sie warf mir einen Blick zu, den ich nicht deuten konnte.

Genervt? Wütend? Voller Hass?

Doch dann riss sie sich zusammen und lächelte. »Jawohl«, sagte sie dann. »Mach ich doch gern, wenn arme Alex so behindert.«

Ich bin nicht behindert!, hätte ich am liebsten geschrien, weil das ja durchaus zweideutig verstanden werden kann, aber ich konnte mich gerade noch bremsen.

»Wenn du mal die Treppe runtersegelst«, teilte ich ihr freundlich mit, »werde ich dich auch betütern.«

»Betütern?« Sie sah mich misstrauisch an. »Dieses Wort kenne ich nicht.«

»Mich um dich kümmern«, sagte ich und lächelte sie genauso falsch an, wie sie mich vorhin angelächelt hatte.

»Oh, danke«, sagte sie und machte den Abgang zum Esszimmer.

Marlon drehte sich um und sah mich fragend an. Offensichtlich fand er die Kommunikation zwischen Ljuba und mir erklärungsbedürftig.

Ich hatte ihm zwar von meiner Antipathie erzählt, aber nicht von meinem Verdacht und meinen Ängsten und Entdeckungen. Das ging doch nur unsere Familie etwas an.

Jetzt tat es mir leid, dass ich mich ihm nicht völlig anvertraut hatte, weil ich merkte, dass Ljuba ihn eingewickelt hatte wie die anderen.

Das hielt ich nicht aus!

Reichte es denn nicht, dass meine Eltern und Geschwister mich für ungerecht hielten und die arme, arme Ljuba in Schutz nahmen, weil ich so unfreundlich und ungerecht zu ihr war? Musste sie jetzt auch noch Marlon in ihren Bann ziehen?

Vor lauter Hilflosigkeit schoss die Wut in mir hoch, und ich war kurz davor, die ganze Kocherei abzusagen. Marlon konnte nach Hause gehen, und bei Koopmanns würde es heute Abend Spaghetti oder sonst was geben, das ich kochen konnte.

Aber Marlon hatte sich wieder weggedreht, und als ich sah, wie sich unter der dünnen Baumwolle seines T-Shirts die Muskeln bewegten, während er am Hantieren war, wurde ich von einer Woge von Zärtlichkeit überrollt.

»Komm mal schnell her«, flüsterte ich. »Ich brauch jetzt einen Kuss.«

Und zu meiner großen Freude öffnete sich die Tür, während wir uns küssten, und ich erhaschte einen Blick auf eine verkniffene Ljuba-Miene, bevor sie die Tür schnell wieder schloss.

Das Essen wurde ein voller Erfolg.

Meine Mutter wollte sofort alle Rezepte wissen, Kris behauptete, sie wollte Hühner in Zukunft nur noch so essen, und Daniel meldete grinsend, er würde an einem Kochkurs mitmachen, falls Marlon einen anbieten würde. Kathi bekam zwar einen Hustenanfall, weil ihr die Suppe zu scharf war, aber dann erklärte sie tapfer, sie fände alles supercool – was immer das bei heißen Suppen bedeuten mochte.

Danach drehte sich das Tischgespräch um fremde Küchen.

»Wir lieben italienisch«, sagte Daniel. »Ist ja auch eine ausländische Küche – oder?«

»Ich liebe russische Küche«, schwärmte Ljuba mit perfektem Augenaufschlag. »Besonders Kaviar!«

Mein Vater lachte. »Den konntest du dir leisten?«

»Ja. Nicht oft, aber manchmal. Du nicht?«, fragte sie ihn.

»Nein.« Papa schüttelte den Kopf. »Wir waren doch arme Studenten. Wir haben meistens in der Uni-Mensa gegessen, und da gab es nie Kaviar – leider.«

»War schön in Moskau?«, fragte Ljuba. »Schöne Zeit für dich?«

»Oh ja.« Papa holte tief Luft und geriet ins Schwärmen. »Das war für uns eine völlig neue Welt. Jeden Tag passierte etwas ganz Unerwartetes, mal war es das Essen, mal eine Begegnung, mal das Wetter.«

»Hattest du viele Freunde?«, fragte Ljuba und grinste ihn schelmisch an. »Oder Freundinnen?«

Papa lachte. »Du willst es aber genau wissen! Doch ja, wir waren Teil einer großen Clique von russischen und deutschen Studenten und Studentinnen. Dazu gehörten auch Kirgisen und Tungusen und Georgier. Wir haben viel gemeinsam unternommen – Spaziergänge durch das Arpad-Viertel zum Beispiel, oder Museen besucht.«

»Davon hast du noch nie erzählt, Papa«, sagte Kris vorwurfsvoll.

Er winkte ab. »Ach, das ist schon so lange her. Ich hab jahrelang nicht mehr daran gedacht.«

»Hast du noch Kontakt zu russischen Freunden?«, hakte Ljuba nach. Ihre Augen glitzerten, als fände sie das wahnsinnig spannend.

Mein Vater lächelte bedauernd. »Leider nein. Als ich zurückkam, musste ich fürs Staatsexamen büffeln und hatte kaum noch Zeit zum Briefeschreiben. Damals hatten wir ja noch keine Computer, damals musste man alles noch von Hand machen. Und telefonieren war wahnsinnig teuer.«

Mama beugte sich zu ihm und legte ihre Hand auf seine. »Und außerdem haben wir uns dann immer besser kennengelernt. Das hat ihn ganz schön beschäftigt, das kann ich euch sagen. Examen, Freundin – und dann kam ja auch bald Daniel. Da war dauernd was los.«

Papa zerkrümelte ein Stückchen von einem vergessenen Rest Kroepoek. »Aber es ist schon ein bisschen schade. Solche Auslandszeiten sind ja eigentlich dazu gedacht, internationale Beziehungen zu knüpfen.« Er seufzte. »Aber mit manchen Leuten klappt das, mit anderen weniger.«

Während ich noch rätselte, was diese Bemerkung bedeuten sollte, sagte Ljuba: »Wenn ich wieder zurück in Russland sein werde, ich nie werde vergessen meine Koopmanns!«

Sie hob ihr Glas mit Limonade und prostete uns allen zu, während die anderen zurückprosteten und ich gute Miene zu ihrem seltsamen Spiel machte.

Warum hatte sie meinen Vater so ausgefragt? Weil sie Russin war und was Nettes über ihre Landsleute hören wollte?

War da nicht irgendwas Lauerndes in ihren Fragen gewesen?

Oder hatten die anderen recht, wenn sie sagten, ich wäre Ljuba gegenüber viel zu misstrauisch und würde die Flöhe husten hören?

Ich sah Marlon an und er erwiderte meinen Blick und grinste.

Er freute sich, dass sein Spitzenmenu so gut angekommen war.

Alle waren zufrieden.

Ich auch, jedenfalls in diesem Augenblick.

19

Sag mal, warum warst du denn so eklig zu ihr?«
»Ich?«

Wir lagen zusammengekuschelt in meinem Zimmer auf der Flickendecke, unter meinem verstauchten Knöchel lag ein stützendes Kissen.

»Ja, du.« Marlon stützte den Ellenbogen auf und legte den Kopf auf die Handfläche. Plötzlich wurde die warme Stelle an meiner Schulter kalt. »Du warst echt fies zu Ljuba. Dabei ist sie doch eigentlich ganz sympathisch.«

Ich stöhnte innerlich.

Nicht noch einer!

Noch einer, der mir vorwarf, ich wäre ungerecht und unfreundlich Ljuba gegenüber. Ausgerechnet mein Freund!

Das fehlte mir gerade noch.

Aber würde er mir glauben, wenn ich ihm von meinen Ängsten während der letzten Wochen erzählte? Oder würde er das nur für dümmliche Rechtfertigungen halten?

Ich wollte seinen Kopf wieder runterziehen, aber er wiederholte: »Warum kannst du sie nicht leiden?«

Wenn ich dir das erzählen würde, dachte ich, lägen wir hier bis morgen Mittag.

Keine schlechte Aussicht.

Ich nahm eine Abkürzung.

»Ich war eifersüchtig. Ich fand das blöd, wie sie sich an dich rangeschmissen hat.«

Er sah mit unbewegtem Gesicht auf mich runter, ich sah ihn genauso ernst an.

Plötzlich lächelte er. »Ich nehme mal an, das sollte ich als Kompliment ansehen, ja?«

»Nimm es als das, was du willst«, sagte ich. »Ich mag sie nicht und sie mag mich nicht. Das passiert manchmal zwischen zwei Menschen. Sie können sich nicht ausstehen.«

»Aber sie war doch so nett zu dir!«

Mist. Sie hatte wirklich auch Marlon eingewickelt. Allen spielte sie diese Rolle vor: die freundliche Au-pair-Hilfe leidet unter der unfreundlichen Tochter des Hauses.

Und alle fielen darauf rein. Sogar Marlon.

Höchste Zeit, das Thema zu wechseln, sonst musste ich mir am Ende noch mehr darüber anhören, wie charmant und hübsch und nett Ljuba war.

Und wie eklig, gemein und fies Alexandra war.

Ich streichelte sein Gesicht, seinen Nacken, seinen Rücken.

Dann nickte ich. »Ich bekenne mich schuldig, Euer Ehren.«

»Ach? Und wessen bekennt Ihr Euch schuldig, mein Fräulein?«

Er näherte seinen Mund meinem und ich schloss die Augen.

Aber es kam kein Kuss, also machte ich sie wieder auf und blickte direkt in seine Augen, die höchstens drei Zentimeter entfernt waren.

»Ich bekenne mich schuldig, freundschaftliche Gefühle für Euch zu empfinden, mein Herr«, flüsterte ich.

»Nur freundschaftliche?« Er flüsterte ebenfalls.

Ich wollte aber nicht als Erste von tieferen Gefühlen sprechen, deshalb küsste ich ihn.

Von Ljuba und meinen problematischen Gefühlen ihr

gegenüber war jedenfalls fürs Erste keine Rede mehr, wir waren mit etwas anderem beschäftigt.

Als Marlon an diesem Abend ging, sagte er etwas, das ich nicht verstand.

»Wie bitte?«, fragte ich.

»Das war Filipino.«

»Und was sollte das heißen?«

»Kannst du das nicht erraten?«

Ich merkte, wie ich rot wurde. »Vielleicht.«

»Dann ist es ja gut.«

Er stupste mit dem Zeigefinger gegen meine Nasenspitze, drehte sich um und ging.

Ich flitzte in mein Zimmer, so schnell das mit meinem blöden Fuß ging, und schaltete den Computer ein.

Dann googelte ich. Filipino: Ich liebe dich. Da stand es: *Mahal kita*.

Hatte er das gesagt? Ich versuchte, mich an die fremden Laute zu erinnern, aber ich war mir nicht sicher.

Und da stand ja auch, es wäre eher die Liebe zu Freunden und Verwandten.

Tja, war ich nun für ihn nur eine Freundin? Oder mehr?

Ich seufzte.

Aber ich hätte ja selber auch nicht sagen können, was genau meine Gefühle für ihn waren.

Wenn er nicht da war, hatte ich Sehnsucht nach ihm.

Wenn er mich berührte, kribbelte es überall.

Wenn er mich küsste, vergaß ich alles um mich herum.

War das Freundschaft?

Oder liebevolle Freundschaft?

Oder freundschaftliche Liebe?

Oder Liebe?

Ich klappte den Laptop zu und humpelte ins Bad.

Manche Fragen sind schwierig zu beantworten.
Aber wir hatten ja Zeit.
Das dachte ich zumindest.

20

Bis heute weiß ich nicht genau, wie sie es geschafft hat.
Wie sie es fertigbrachte, dass Marlon und ich plötzlich unsicher wurden.

Es fing damit an, dass sie mir mittags beim Nachhausekommen sagte, ich sollte mich bei Marlon melden. Er hätte angerufen.

Das wunderte mich, weil wir uns erst vor einer halben Stunde getrennt hatten.

Ich rief ihn an, aber es war niemand da.

Auf seinen AB sagte ich: »Hallo, Marlon. Hier ist Alex. Warum soll ich dich anrufen, wenn du gar nicht da bist?«

Dann ging ich runter und studierte das Arbeitsblatt für Geschichte, das wir beantworten sollten. Aber während ich vom Schwur im Ballsaal las, der dann irgendwie zur Guillotine geführt hatte, drängelten sich in meinen Gedanken immer ein paar Fragen ins Bewusstsein.

Warum hatte Marlon angerufen?

Was hatte er gewollt?

Ich rief schließlich seine Handynummer an. Das verkniff ich mir meistens, weil so was ja echt stören kann, wenn man mit Kumpels abhängt oder kickt oder typische Jungssprüche klopft.

»Ja?«

»Ich bin's, Alex. Warum hast du angerufen?«

»Ich?«

»Ja.«

»Wieso?«

Ich seufzte und blieb geduldig. »Das wollte ich von dir ja gerade erfahren.«

»Ich hab dich nicht angerufen, ehrlich nicht.«

»Hä? Ljuba hat gesagt, ich sollte dich zurückrufen.«

»Quatsch. Ach so.«

»Was ›ach so‹?«

»Ich hab Ljuba angerufen und ihr das Sateh-Rezept durchgegeben. Darum hatte sie mich gebeten.«

»Ach so.«

»Genau.«

»Na dann.«

»Hör mal – du klingst irgendwie angepisst. Ist was?«

»Nicht doch«, log ich. »Alles bestens.«

»Dann ist es ja gut. Tschüs bis morgen.«

»Tschüs.«

Ich beendete das Gespräch und glotzte aus meinem Fenster in unseren Minihof, wo die Sonnenstrahlen gerade um die Ecke kamen und die Geranien in feuerrotem Glanz erstrahlen ließen.

Aber die konnten von mir aus auch noch röter blühen, das war mir wurscht.

Was, zum Teufel, sollte das?

Mein Freund hatte unserem Au-pair das gewünschte Rezept durchtelefoniert. So weit okay. Aber warum hatte sie mir gesagt, ich sollte ihn zurückrufen?

Damit ich von seinem Anruf erfuhr! Einen anderen Grund gab es nicht.

Na gut, jetzt wusste ich Bescheid.

Ich ging langsam hoch, weil mein Knöchel wieder etwas pochte, und sah aus dem Esszimmerfenster. Ljuba saß auf der großen Hollywoodschaukel, während Kathi und Kris mit einer *Playmobil*-Burg spielten, die sie draußen im Hof aufgebaut hatten.

So ein friedliches, schönes Bild.

Ich schloss die Augen.

War ich vor lauter Eifersucht ungerecht und gemein?

Langsam stieg ich wieder runter und betrat den Hinterhof.

»Du, Ljuba ...«, fing ich an.

»Ja?«

»Warum wolltest du, dass ich Marlon anrufe? Er hatte dich doch gar nicht darum gebeten.«

Sie zuckte die Achseln und warf mir von schräg unten einen lauernden Blick zu. »Dachte ich, er hätte so gesagt. Hatten wir so nettes langes Gespräch.« Sie kicherte. »Ist ein netter Junge, dein – äh – Klassenkamerad. Sagt man doch, ja?«

Ich lächelte sie ebenfalls an. »Sagt man zwar, ist er aber nicht nur. Er ist mein Freund. Das weißt du doch. Du hast uns doch beim Küssen erwischt.«

»Ja? Weiß ich nicht mehr. Bist du nicht zu jung für Freund?«, murmelte sie so leise, dass die Zwillinge es nicht hören konnten. Aber die waren eh in ihr Spiel vertieft. »Sollte er sich vielleicht suchen Freundin, die gleich alt.«

Ich biss die Zähne zusammen und grinste weiter. »Nett, dass du dir deshalb Gedanken machst – ist aber ganz unnötig. Wir sind nämlich sehr glücklich miteinander.« Aber ich konnte selber hören, wie kindisch trotzig sich das anhörte – überhaupt nicht so lässig und souverän, wie ich es beabsichtigt hatte.

Ljuba kräuselte die Lippen. »Dann ist ja gut. Bist du glücklich. Aber Marlon? Er auch? Oder er wollen – hmmm – mehr erwachsene – äh – erwachsene Frau?«

Ich zwang mich, laut aufzulachen. »Meinst du etwa so eine alte Frau wie dich? Krass!«

Sie wollte mir antworten – und ich konnte sehen, dass es irgendwas Wütendes gewesen wäre –, aber da warf Kris ihrer Schwester plötzlich ein Schlachtross samt Reiter an den Kopf und die jaulte laut los.

Ljuba und ich stürzten hin, und Ljuba wollte Kathi umarmen, aber die riss sich los und warf sich mir an den Hals.

»Alex – Kris ist so gemein!« Sie schluchzte und hickste, während ich ihren Kopf streichelte und tröstend auf sie einredete.

Der Punkt hier ging an mich, jawohl!

»Musst du nicht schmeißen!«, hörte ich Ljuba aufgebracht zu Kris sagen, woraufhin die auch losheulte.

Alter Geschwistertrick – wenn du deinem Bruder oder deiner Schwester was angetan hast und das zu Geheule führt, heul am besten auch, damit die Strafkompanien verwirrt werden.

Ich hielt Kris den anderen Arm hin und sie schmiss sich ebenfalls rein. Ich kniete da, mit den schniefenden Zwillingen, und warf Ljuba über ihre Köpfe einen triumphierenden Blick zu. Das sind *meine* Schwestern, sollte der sagen. Halt *du* dich da raus!

Sie verschwand im Haus, und ich war so gerührt von der Anhänglichkeit meiner kleinen Schwestern, dass ich mit ihnen loszog und beiden ein Eis spendierte.

Als wir wieder nach Hause kamen, saß Ljuba mit einem Buch in der Schaukel, las und tat so, als gäbe es uns nicht.

Die Zwillinge setzten sich wieder zu ihrer Burg und spannen ihre Geschichte weiter und ich verschwand im Haus.

Das Telefon im Flur klingelte.

»Alexandra Koopmann«, sagte ich.

»Äh – Verzeihung, falsch verbunden«, sagte eine Stimme und es klickte. Ich sah auf das schnurlose Telefon in meiner Hand.

Mist. Ich sah nicht nur Gespenster, ich rutschte nicht nur auf Gespenstern aus – jetzt hörte ich auch schon Gespenster.

Das war doch Marlons Stimme gewesen!

Wieso rief er hier an und sagte dann »falsch verbunden«?

Hatte er jemand anderen sprechen wollen?

Ein Schatten verdunkelte den Flur.

Ljuba stand in der Haustüröffnung. »War Telefon? Für mich?«

»Nein«, sagte ich tonlos. »Falsch verbunden.«

Dann stellte ich das Telefon zurück auf die Basis und ging hinunter in mein Zimmer.

Ich kapierte gar nichts mehr.

Litt ich an Halluzinationen?

Sollte ich Marlon anrufen?

Ich kämpfte mit meinem Stolz – ich wollte nicht hinter ihm herlaufen. Andererseits hätte ich keine Ruhe, wenn ich nicht erfuhr, ob er das eben gewesen war.

Der Stolz hatte keine Chance – ich rief Marlon an.

»Ja?«

»Ich bin's. Ich wollte noch mal deine Stimme hören.«

Alles wahr – nichts gelogen!

»Ach, du liebes Huhn!« Ich konnte ihn förmlich lächeln hören. »Soll ich dir noch ein paar Filipino-Wörter beibringen?«

Ich seufzte glücklich in mich rein. »Gern. Ich kann es kaum erwarten.«

»Gut, dann komm ich so gegen sechs bei dir vorbei – okay?«

»Sehr okay. Tschüs.«

Als ich auflegte, merkte ich, dass ich vor mich hin lächelte.

Frisch geduscht ging ich um Viertel vor sechs nach oben, um auf Marlon zu warten.

Ich setzte mich ins Wohnzimmer und blätterte ohne große Begeisterung in den Zeitschriften. *Sex im Alter* wurde verhackstückt und das Pro und Kontra von Alkohol debattiert.

Ich gähnte und wartete.

Da sah ich auf dem Ecktischchen ein Handy liegen. Moment mal – das war doch Ljubas!

Ich überlegte. Eigentlich finde ich den Satz *Im Krieg und in der Liebe ist alles erlaubt* saublöd, aber es gibt Situationen, da greifen die sonst üblichen Verhaltensregeln nicht. Das hier war so eine Situation.

Ich schnappte mir das Handy und drückte auf die eingegangenen Anrufe. Ob ich da Marlons Nummer finden würde? Mir war ganz schlecht vor lauter Eifersucht und wahrscheinlich auch vor Scham, aber – ich konnte nicht anders! So ein Glück – Marlons Nummer war da nicht. Eine andere Nummer tauchte jedoch sehr häufig auf.

Ich drückte auf Grün. Nach dreimaligem Klingeln sagte eine Männerstimme etwas.

Es war Russisch. Oder jedenfalls etwas Slawisches.

Ich drückte ganz schnell auf die rote Taste und legte das Handy wieder dorthin, wo ich es weggenommen hatte.

Von Ljuba war nichts zu sehen.

Mittlerweile war es schon zehn nach sechs – eigentlich war Marlon immer sehr pünktlich. Vorhin hatte es mal geklingelt – aber ich hatte durchs Fenster geschaut und niemanden gesehen.

Ich legte die Zeitschriften zurück in den Korb und lehnte mich zurück.

Moment mal – da lachte doch wer!

Ich stand auf und ging in den Flur. Das Lachen kam von unten aus dem Souterrain.

Marlon und Ljuba.

Ich humpelte eilig die Treppe runter und da standen sie im Flur vor Ljubas geöffneter Zimmertür und lachten sich über irgendwas kaputt.

»Hallo – da bist du ja!«, sagte er. »Ich hab hier unten geklingelt und Ljuba hat mir aufgemacht. Na ja – und dann haben wir uns festgequatscht!« Er grinste und wandte sich wieder Ljuba zu. »Ist ja unglaublich, wie es bei euch zugeht!«

»Wo?«, fragte ich und kam mir total bescheuert vor.

»Oh, bei uns zu Hause«, sagte Ljuba. »Wir sind lustige Leute, kannst du glauben! Sind auch keine Babys mehr«, sie zwinkerte Marlon zu. »Können feiern wie verrückt!«

»Das glaub ich gern«, sagte er. »Du musst noch mehr von Moskau erzählen – unbedingt!«

»Ja – und von ihrer Stadt, von der sie den Namen vergessen hat!«, sagte ich stinksauer, griff nach Marlons Hand und zog ihn zur Tür. »Tschüs, Ljuba, ich bin zum Abendessen wieder da!«

Ich zog Marlon eisern hinter mir her und ließ ihn erst los, als die Tür hinter uns ins Schloss gefallen war.

»He – was hast du denn?«, protestierte er und rieb sich etwas theatralisch das Handgelenk. »Findest du nicht, dass du überreagierst?«

»Nein!«, fauchte ich. »Nicht, nachdem sie mir heute Nachmittag verklickert hat, dass du eine reifere Freundin bräuchtest. Wahrscheinlich denkt sie dabei an sich selbst!«

»Alex! Mal ganz locker – du hast sie ja nicht alle! Ljuba und ich? Niemals!«

»Dann bin ich ja beruhigt«, knurrte ich.

»Aber ich finde, du benimmst dich ziemlich unmöglich. Was sollte denn diese spitze Bemerkung am Schluss? Dass sie sich nicht mehr an ihre Stadt erinnern kann?«

»Hast du das denn schon vergessen? Du bist doch dabei gewesen, als sie der Frage nach ihrer Heimatstadt immer ausgewichen ist. Ich finde das höchst seltsam.«

»Und ich finde seltsam, wie du dich ihr gegenüber aufführst. Mensch, die ist hier allein in einem fremden Land, da braucht sie doch netten Zuspruch und keine bissigen Bemerkungen.«

»Ach ja?«

»Du, ich weiß, wie das ist, wenn man in ein völlig unbekanntes Land kommt, die Sprache noch nicht so ganz richtig kann, und alle Leute einen seltsam behandeln.«

Ich schmiegte meinen Kopf an seine Schulter. »War bestimmt nicht leicht.«

»Ist es für sie auch nicht«, sagte er ruhig. »Du könntest vielleicht mal deine Aversion vergessen und netter zu ihr sein. Das wäre bestimmt gut für die Atmosphäre.«

Noch einer!

Noch einer, dem sie leid tut und der meint, er muss mich zu besserem Benehmen überreden. Noch einer, der sie für die Unschuld vom Lande hält. Und mich für ein Biest.

Ich atmete tief aus und ein. Hatte ich eine Meise? Sahen alle anderen das richtig und ich bildete mir alles ein?

Wir waren ohne Plan immer weitergelaufen und nun standen wir am Ufer der Kleinen Weser. Wir setzten uns ins Gras und ich kuschelte mich ganz eng an Marlon an.

Er streichelte meinen Rücken und wir schwiegen eine Zeit lang.

»Ich will nur, dass du mich nicht für bekloppt hältst und mir einredest, ich hätte Halluzinationen«, sagte ich leise. »Glaub mir einfach – sie kann mich nicht ausstehen und spielt vor anderen immer die Rolle der gekränkten Unschuld. Das ist nicht die Wahrheit.« Ich stieß einen tiefen Seufzer aus. »Ich hab keine Ahnung, warum, aber sie kann mich nicht leiden und versucht ständig, mir in die Suppe zu spucken.«

Er drehte den Kopf und sah mich lange an.

Dann grinste er. »Ich glaube dir ja. Ich will dir doch nichts einreden. Außerdem finde ich es ganz schmeichelhaft, wenn du ein bisschen eifersüchtig bist.«

»Ach ja? Vielleicht ist es ja noch schmeichelhafter, wenn eine sexy Tussi wie Ljuba dir schöne Augen macht?«, platzte es aus mir heraus. »Die meint dich gar nicht wirklich! Die schmeißt sich doch bloß an dich ran, um mich zu ärgern!«

Marlon rückte ein bisschen weg und verzog den Mund. »Was denn? Findest du das so unmöglich, dass ich einer Neunzehnjährigen gefalle?«

Ich sah ihn entgeistert an. »Das meinst du nicht im Ernst, oder?«

Er schnaubte. »Alter ist für Sympathie nicht allein entscheidend, oder? Vielleicht gefalle ich ihr. Aus welchem Grund auch immer.«

Ich atmete wieder tief durch.

Was war das denn? Hatte Ljuba Marlon mit ihrer Schöntuerei den Kopf verdreht?

Mir wurde innerlich ganz kalt. Dann schob ich seinen Arm von mir weg und stand auf.

»Wenn das so ist, können wir ja zurückgehen und du kannst ihr sagen, wie toll du sie findest!«

Er stand ebenfalls auf und sah mich kopfschüttelnd an. »Du spinnst echt. Komm her!«

Er breitete die Arme aus und nach einer Zehntelsekunde Zögern legte ich meine Arme um seinen Hals und wir standen eng umschlungen da.

»Ich mag nur dich«, sagte er leise in meine Haare. »Aber ich kann doch auch mal mit einem anderen Mädchen reden, ohne dass du gleich ausflippst, oder?«

Oh nein, stöhnte ich innerlich. Er hat nichts kapiert. Er ist lieb, er gibt sich Mühe, aber er rafft es einfach nicht.

Ich schloss die Augen und kuschelte mich enger an ihn an.

Das tat gut.

Als wir nach Hause kamen, waren die Vorbereitungen zum Abendbrot in vollem Gange.

Dani und die Zwillinge deckten den Tisch, meine Mutter stand am Herd und Ljuba rührte etwas in einer Schüssel.

»Was machst du denn da?«, fragte Marlon neugierig.

»Oh, mache ich was Russisches – absolut köstlich aus Quark und Rosinen und Sahne und …« Sie fuhr mit dem Zeigefinger durch die weiße Masse in der Schüssel und hielt ihn Marlon hin. »Probier mal!«

Er beugte sich leicht vor und über seinen gesenkten Kopf grinste mich Ljuba unverhohlen triumphierend an. *Er frisst mir schon aus der Hand!* sollte das wohl heißen.

Nicht, Marlon, tu das nicht!, schrie es in mir und mein Herz klopfte zum Zerspringen.

Da richtete er sich wieder auf.

»Danke, Mama Ljuba, aber ich warte lieber bis zum Essen!«, sagte er höflich grinsend und drehte sich zu mir um. Er zwinkerte mir zu – und mir plumpste ein Himalaya von der Seele.

Nein, er ließ sich von ihr nicht einfangen!

*

Aber ich hatte mich zu früh gefreut.

So schnell gab Ljuba nicht auf! Das sollte ich in den folgenden Tagen gezeigt bekommen.

Bei jeder Gelegenheit streifte sie Marlon im Vorbeigehen mit ihren provozierend vorgestreckten Brüsten am Arm oder am Rücken, bat ihn schelmisch, »Mama Ljuba« den Reißverschluss am Kleid zuzumachen, während sie sich wie ein Aal in der Stoffhülle wand, oder legte ihm vertraulich die Hand auf den Arm, die Schulter oder den Nacken – je nachdem, ob er stand oder saß.

Sie gurrte und zwitscherte und ließ alle ihre Verführungskünste spielen, während ich mir immer kindlicher, flachbusiger und uninteressanter vorkam. Aber ich biss die Zähne zusammen und schwieg, weil ich nicht als eifersüchtige Zicke dastehen wollte.

Doch als sie dann eines Nachmittags in der Küche Pirouetten drehte und sich von ihm bestätigen lassen wollte, wie toll ihr neuer Minirock saß, hatte ich genug.

»Hör auf mit dem Theater!«, blaffte ich Ljuba an. Dann drehte ich mich zu Marlon um: »Und du hör auf zu sabbern, verdammt noch mal!«

Dann rannte ich runter und knallte meine Tür hinter mir zu.

Marlon kam aber nicht hinter mir her, wie ich gehofft hatte.

Ich lag heulend auf dem Bett und malte mir aus, wie die beiden über mich lachten, und wie er Ljubas Reizen nicht widerstehen konnte, wie er sich von ihr den Kopf verdrehen ließ, wie er sie berührte, sie küsste ...

Irgendwann hatte ich keine Tränen mehr, aber als Kathi kam und mich zum Abendessen holen wollte, sagte ich, mir wäre nicht gut und ich wollte lieber schlafen.

Fünf Minuten später klopfte Mama an die Tür, kam herein und erkundigte sich, was mit mir los sei.

»Mir ist nicht gut«, sagte ich leise.

»Hat das was mit Marlon zu tun?«, fragte sie.

Ich richtete mich auf und starrte sie an. »Wie kommst du denn darauf?«

»Weil er angerufen und gefragt hat, warum du nicht ans Telefon gehst.«

»Iiich?«

»Er sagt, dein Handy wäre abgeschaltet.«

»Oh, zu blöd, muss ich vergessen haben«, murmelte ich und schaltete es an. Sieben Anrufe während der letzten Stunde!

Ich rief zurück, während Mama wieder nach oben ging.

Es klingelte drei Mal, vier Mal ... verdammt, er ging nicht ran.

Dann endlich: »Na, hast du dich wieder beruhigt?«

Das klang nicht sehr liebevoll, eher genervt.

»Nee.«

»Was ist denn bloß los mit dir?«

»Ich halte das schlecht aus, wenn sie sich so an dich ranschmeißt! Ständig diese Berührungen, dieses Angrabschen – einfach widerlich! In jedem Büro wäre sie wegen sexueller Belästigung schon rausgeschmissen worden!«

»Blödsinn. Das ist eher schmeichelhaft für einen kleinen Jungen wie mich.« Er lachte. »Du hast doch nicht im Ernst geglaubt, ich falle darauf rein?«

»Nee, äh, doch ... ach, ich weiß nicht.«

»Hör mal, Alex«, sagte er ganz ruhig. »Ich hab dir zu dem Thema alles gesagt, was es dazu zu sagen gibt. Du bist meine Freundin, und sie ist ziemlich attraktiv, aber ich merke doch inzwischen ganz genau, dass sie nicht mich meint, sondern dir eins auswischen will, wenn sie diese Mätzchen macht.«

»Ehrlich? Und warum sagst du dann nichts?«

»Du hast doch auch nichts gesagt, und ich dachte, das wäre zwischen uns geklärt.«

»Ach so«, sagte ich lahm und hätte mich am liebsten in den Hintern getreten.

»Ja«, sagte er, als hätte er meine Gedanken gehört. »Sag mal, denkst du, deine Eltern lassen dich heute Abend noch mal auf ein Stündchen raus? Ich geb ein Eis aus!«

Sofort meldete sich der Hunger, den ich vorhin noch gar nicht gespürt hatte. »Bestimmt. In zehn Minuten bei *Gargano*?«

»Gebongt.«

Ich schniefte noch ein bisschen, halb wegen der vergangenen Heulerei, halb vor Erleichterung, wusch mir das Gesicht und sagte meinen Eltern, ich würde noch mal kurz verschwinden.

Mama lächelte und wedelte nur mit der Hand.

Im Flur begegnete ich Ljuba, die mich verächtlich angrinste.

»Übrigens – Marlon sagt, du sollst ihn in Zukunft in Ruhe lassen. Er hat schon eine Freundin. Klar?«

Sie sah mich mit einem so eiskalten Blick an, dass es mich trotz des warmen Sommerabends fröstelte.

»Klar«, sagte sie gedehnt. »Brauch ich keinen kleinen Jungen.«

21

In der nächsten Nacht träumte ich schlecht.

Als ich aufwachte, wusste ich nicht mehr, was genau es gewesen war, nur dass ich stundenlang vor etwas davongerannt war.

Vorsichtig betastete ich meinen lädierten Knöchel – aber der hatte den Traum nicht geträumt, der schien ganz okay.

Trotzdem verfolgte mich dieser Traumspuk – was war denn so schlimm, dass ich verzweifelt davor wegrannte?

Mir war doch nichts Schlimmeres passiert als ein verstauchter Knöchel – woher kam also die Panik? Wieso fühlte ich mich bedroht?

Ich rappelte mich hoch, schlurfte ins Bad und blieb wie angewurzelt stehen.

Mein teurer Nagellack – der erste, den ich mir je gekauft hatte – war umgefallen und aller Lack war ins Waschbecken gelaufen. Auf den ersten Blick sah es aus wie Blut.

Ich schnappte nach Luft, hielt mich am Türrahmen fest, schloss die Augen und zählte ganz langsam bis zehn.

Doch als ich sie wieder aufmachte, lief da immer noch die blutrote Spur in den Abfluss.

Ich wusste, dass ich den Nagellack weder auf das Bord gestellt noch ihn überhaupt in den letzten zehn Tagen benutzt hatte. Es war also ganz klar, wer die Sauerei veranstaltet hatte!

Ich machte auf dem Absatz kehrt und stürmte die Treppe nach oben, so schnell mein blöder Fuß mich ließ.

Schnaufend stand ich in der offenen Küchentür und sah Mama, die Wasser in die Teekanne goss, und Ljuba, die Toast aus dem Toaster holte.

Sie warf mir einen kurzen Blick zu und zuckte entschuldigend mit den Achseln.

»Oh, Alex, tut mir so leid. Ist mir passiert kleines Unglück. Kauf ich dir neu, ja?« Sie lächelte mich boshaft an.

Ich klappte den Mund wieder zu und drehte mich um. Sie hatte mir den Wind aus den Segeln genommen – wenn ich mich jetzt noch beschweren würde, klänge das albern. Schließlich hatte sie ihren Patzer zugegeben und Wiedergutmachung versprochen.

»Was ist denn passiert?«, fragte meine Mutter immerhin.

»Sie hat …«, fing ich an, aber Ljuba unterbrach mich schnell.

»Hat Alex Nagellack an Rand gestellt und bin ich gegen gestoßen«, sagte sie mit treuherzigem Augenaufschlag. »Kauf ich aber schnell neu.«

»Blödsinn«, sagte meine Mutter mit Nachdruck. »Wenn sie das Fläschchen so dumm hingestellt hat, ist das ihr Pech. So, und jetzt sieh doch bitte nach den Kleinen, ja, Ljuba?«

Ich stand stumm da, während Ljuba aus der Küche lief und mich mit einem funkelnden Blick bedachte.

Triumph? Boshaftigkeit? Um Entschuldigung bittend?

Jedenfalls hatte sie mich ausgetrickst. Wieder mal stand ich wie ein Trottel da, und sie war diejenige, die sich bemühte und freundlich war, während ich bloß an ihr herummeckerte.

Ich ging runter und überlegte verzweifelt.

Was, verdammt noch mal, hatte sie bloß gegen mich?

Zu den anderen war sie nett, um nicht zu sagen schweinefreundlich, bloß mir gegenüber benahm sie sich so gemein.

WAS zum Teufel hatte ich ihr getan? Oder – was hatte ich nicht getan? Was hätte ich tun sollen, um bei ihr gut angeschrieben zu sein?

Ich machte die Sauerei im Waschbecken mit Nagellackentferner weg und überlegte fieberhaft. Es musste doch irgendeinen Grund geben, weshalb sie mich ständig ins Unrecht setzte!

»Was hast du denn?«, fragte Laura in der großen Pause und bot mir eins von ihren Pausenbroten an, weil ich vor lauter Eile heute Morgen meins vergessen hatte. Marlon hatte eine Doppelstunde Sport, deshalb stand ich allein bei meinen Freundinnen.

»Ach, nix weiter«, sagte ich ausweichend und biss ins Käsebrot.

»Mach mir nichts vor«, sagte sie kauend. »Ich kenn dich. Irgendwas ist nicht in Ordnung.«

Plötzlich liefen mir die Augen über – ich heulte.

»Ihr glaubt mir ja doch nicht«, plärrte ich. »Anscheinend bin ich nicht ganz dicht. Ljuba behandelt mich echt mies, aber alle sind auf ihrer Seite und finden, dass ich übertreibe, mich irre oder ihr was Übles will. Ich kann nicht mehr!«

Jetzt heulte ich Rotz und Wasser.

Laura nahm mir das Brot ab, und Martha gab mir ein Papiertaschentuch, während ich mich weiter ausheulte.

»Na, na«, sagte Martha und zupfte sich nachdenklich an ihren langen Haaren. »Wir wissen doch, dass du nicht spinnst, und wir wissen auch, dass du nicht grundlos gemein zu anderen bist.«

»Ich bin aber nicht gemein«, jammerte ich. »Ljuba ist gemein.«

Laura schüttelte den Kopf. »Weißt du was? Ich glaube, der wahre Grund ist ein ganz anderer. Bisher warst du immer die Prinzessin in eurer Familie – und jetzt gibt es da noch eine große Tochter, die deine Leute gern haben, und das hältst du nicht aus.«

Ich starrte sie entgeistert an und schluckte.

Lauras Küchenpsychologie. Auch das noch.

Oder hatte sie am Ende recht? War ich wirklich nur dauernd ausgerastet, weil ich eine Rivalin bekommen hatte?

Ich schüttelte den Kopf. Ich hatte mich anfangs doch sogar über den Familienzuwachs gefreut!

Aber jetzt hielten mich auch meine besten Freundinnen für eine durchgeknallte, eifersüchtige Gans.

Es war nicht zum Aushalten.

Ich schnäuzte mir die Nase und griff wieder nach dem Brot.

»Schmeckt gut«, sagte ich, aber ich sah sehr wohl den Blick, den Martha und Laura tauschten. Sie will sich der Wahrheit nicht stellen, hieß dieser Blick. Sie will sich ihre Eifersucht nicht eingestehen!

»Habt ihr die Vokabeln gelernt?«, fragte ich dann.

Martha grinste. »Du kannst das Thema noch so oft wechseln, Alex, wir haben dich durchschaut!«

»Na klar«, sagte ich mit vollem Mund. »Übrigens vielen Dank für das Taschentuch.«

»Da nicht für«, antwortete sie. »Nein, zum Vokabellernen bin ich gestern irgendwie nicht mehr gekommen. Machen wir schnell einen Crashkurs?«

Damit war das Thema Ljuba erstmal abgehakt, und ich würde es so bald auch nicht wieder aufs Tapet bringen – das war klar.

Wir wiederholten schnell die zwei Seiten französische Vokabeln und verabredeten uns für morgen Nachmittag zum Mathe-Lernen.

»Weißt du was?«, sagte ich am Nachmittag zu Marlon, als wir eigentlich einen Werbetext für ein Produkt unserer Wahl verfassen sollten. Stattdessen saßen wir aneinandergekuschelt auf seinem Bett.

»Was?«

»Am liebsten würde ich ein paar Tage wegfahren.« Ich seufzte. »Einfach mal ein paar Tage Urlaub von meiner ach so wundervollen Familie mit der ach so wundervollen Ljuba machen.«

»Warum? Ist was passiert?«

»Nö, nichts Schlimmes. Aber mir reicht es langsam, dass ich dauernd in dieselbe Ecke gestellt werde.«

»Wie meinst du das?«

Ich rieb mir die Nase. »Na, egal was ich mache: Immer denken alle, ich wäre auf Ljuba eifersüchtig und würde ihr nicht das Schwarze unterm Fingernagel gönnen. Der armen, armen Ljuba im fremden, fremden Land.«

Marlon verdrehte die Augen.

Ich holte tief Luft. »Siehst du, du willst mit mir auch nicht darüber reden. Na gut, lassen wir's. Es gibt ja auch echt bessere Themen. Also – wofür wollen wir Reklame machen?«

»Keine Ahnung. Für einen Laptop?«

»Dazu fällt mir nichts ein.«

»Für Badesalz?«

»Meinst du das Zeug oder die Kabarettisten? Wie wär's mit Schokolade?«

Er zuckte die Achseln. »Mag ich nicht besonders.«

Ich kaute an meinem Kuli. »Okay – ich hab's. Wir

schreiben einen Werbetext für ein asiatisches Kochbuch! Wie findest du das?«

»Find ich klasse.« Er strahlte. »Zu Essen fällt mir immer was ein.«

Wir dachten uns ein Kochbuch aus, und Marlon beschrieb ein paar Gerichte, dass mir das Wasser im Mund zusammenlief.

Aber auf einer Art zweiten Gedankenschiene dachte ich traurig darüber nach, dass keiner der Menschen, die mir am liebsten waren, sich mit meinem Problem auseinandersetzen wollte.

Alle dachten, ich hätte mich in etwas verrannt.

Aber ich wusste, dass das nicht stimmte, und fühlte mich schrecklich hilflos.

Als säße ich in einem Netz gefangen, das nur ich sehen konnte und niemand sonst und gegen dessen Maschen ich verzweifelt ankämpfte, weil sie sich immer enger um mich zusammenzuziehen drohten.

22

Bis jetzt hatten sich Ljubas Bosheiten gegen mich gerichtet, immer war ich das Ziel ihrer Angriffe gewesen, auch wenn ich es nie beweisen konnte.

Doch als ich am nächsten Tag nach unserem Mathe-Treff nach Hause kam, ging es einem anderen Familienmitglied sehr schlecht.

Das Haus war leer, und ich atmete zunächst erleichtert auf, denn so konnte ich es mir bis zum Treffen mit Marlon in meinem Zimmer gemütlich machen – wann hatte ich eigentlich den letzten Film gesehen?

Während ich Onkel Jochens Sammlung auf der Suche nach einem Monty Python-Film durchstöberte, hörte ich plötzlich ein seltsames Geräusch. Ein ganz leises Jaulen, fast ein Stöhnen – so jämmerlich, dass sich mir die Nackenhaare aufstellten.

Das war keine menschliche Stimme.

Aber was war es dann?

Tante Henny!

Was war mit ihr?

Ich raste nach oben und rief sie, wartete auf eine Reaktion, aber sie kam nicht.

Ich rannte durch alle Zimmer – nirgends eine Katze!

Ich öffnete sogar Ljubas Zimmertür – aber da war Tante Henny natürlich auch nicht.

Ich stand in der Küche und überlegte.

Das Katzenklo!

Ich lief in die Gästetoilette und da lag unsere Katze auf dem Fußboden, eine dunkle Flüssigkeit bildete eine Lache vor ihrem Maul. Als sie mich sah, versuchte sie sich aufzurichten, sank aber kraftlos wieder auf die Fliesen zurück.

Krank!, durchzuckte es mein Hirn. Schlimm krank!

»Wir kriegen das hin, meine Alte«, flüsterte ich und kämpfte mit den aufsteigenden Tränen.

Was war bloß mit ihr passiert? Heute Morgen hatte sie doch noch putzmunter ihren Napf leer geschlabbert.

Ich holte den Katzenkorb aus der Abstellkammer und bugsierte Tante Henny mit zitternden Händen hinein. Dann rief ich ein Taxi und stellte mich mit meiner traurigen Last vor unserem Haus auf die Straße.

Ich sah auf die Armbanduhr: Viertel vor vier. Da musste die Praxis doch bereits geöffnet haben.

Das Taxi kam, und ich nannte die Adresse von der Tierärztin, die Tante Henny vor einem Jahr behandelt hatte, als unsere Katze sich einen Bandwurm angelacht hatte.

Aber das hier war kein Bandwurm. Das war etwas Schlimmeres, vielleicht sogar Lebensgefährliches. Ein trockenes Schluchzen zwängte sich aus mir heraus, aber ich riss mich zusammen. Heulen konnte ich später immer noch – jetzt musste ich erst mal dafür sorgen, dass Tante Henny geholfen wurde.

Das Taxi hielt, ich bezahlte, dann betrat ich die Praxis und stellte den Katzenkorb vor die Sprechstundenhilfe auf den Tresen.

»Bitte, Sie müssen mich ganz schnell drannehmen – unsere Katze stirbt!«, bettelte ich, drehte mich zu den anderen Wartenden um und sagte: »Bitte, es ist ein Notfall!«

Niemand widersprach oder meckerte, und Sekunden später stand ich in einem Behandlungszimmer, hob die völlig apathische Katze aus dem Korb und legte sie auf den Behandlungstisch.

Die Tür ging auf und Frau Dr. Michels trat ein.

Sie warf einen Blick auf den reglosen Katzenkörper und murmelte: »Du lieber Himmel, das sieht aber gar nicht gut aus«, und machte sich an die Untersuchung. Sie betastete die Katze, sah mithilfe einer Taschenlampe in ihr Maul und musterte die Pupillen. Ich wandte mich ab, weil ich den Anblick dieser ganz veränderten Tante Henny kaum ertragen konnte.

Ich erzählte von dem erbrochenen Schleim und gab ihr das Papiertaschentuch, mit dem ich etwas davon aufgewischt hatte.

»Das war sehr umsichtig«, lobte Dr. Michels und legte das Tuch unter ein Mikroskop, während ich Tante Henny streichelte und ihr zuflüsterte, dass bestimmt alles wieder gut werden würde.

Werden musste.

Schließlich kam Dr. Michels wieder zum Untersuchungstisch zurück und strich ihr leicht über das Fell.

»Wahrscheinlich Gift«, sagte sie. »Alle Symptome sprechen dafür. Es steht ziemlich schlecht um sie. Ich werde ihr jetzt etwas spritzen, und dann möchte ich sie über Nacht hier behalten, zur Beobachtung.«

Ich nickte.

Ich konnte mir denken, was sich außerdem hinter dieser Maßnahme versteckte. Falls Tante Henny nicht überlebte, würden wir ihren Tod nicht mitbekommen.

»Danke«, sagte ich, und Dr. Michels lächelte und sagte: »Tschüs, bis morgen also«, und ich ging. Auf dem Heimweg überschlugen sich meine Gedanken. Wie war unsere Katze an Gift geraten?

Was für ein Gift?

Sie war zwar nachts oft draußen und streifte durch die

Gärten hinter den Häusern, aber das machten die Katzen unserer Nachbarn auch, die hatten dort reichlich Platz für ihren Katzenspiele oder -rituale oder wie man das nennen soll.

Niemand aus unserem Viertel würde draußen etwas Giftiges auslegen, das den Katzen schaden könnte.

Oder?

Es hatte mal einen alten Mann gegeben, der sich über den Katzenlärm beschwert hatte – aber der war inzwischen weggezogen.

Ich holte mein Handy raus und sagte Marlon Bescheid, dass ich heute nicht kommen würde und warum.

Dann rief ich zu Hause an.

Ljuba nahm ab.

Aber mir ihr wollte ich nicht reden. »Ist meine Mutter schon da?«

»Kommt gleich. Was ist los?«

»Bis später«, sagte ich.

Als ich zu Hause ankam, waren außer meinem Vater alle da. Noch niemand hatte unsere Katze vermisst, weil alle daran gewöhnt waren, dass Tante Henny nachmittags oft unten in meinem Zimmer schlief.

Ich erzählte, in welchem Zustand ich Tante Henny vorgefunden hatte, von der Diagnose der Tierärztin und dass es um unseren Stubentiger schlecht stand.

Dann heulte ich los. Die ganzen mühsam unterdrückten Tränen schossen raus und ich wurde von einem regelrechten Weinkrampf geschüttelt. Mama nahm mich in die Arme und sagte immer wieder: »Nur nicht die Hoffnung aufgeben, nur nicht die Hoffnung aufgeben …«

Die Zwillinge heulten mit, entweder aus Trauer um Tante Henny oder aus Mitleid mit mir oder einfach vor lauter Schreck.

Wir setzten uns im Wohnzimmer auf das Sofa, ganz eng aneinandergekuschelt, und erzählten uns, was für zähe Viecher Katzen sind und Tante Henny ganz besonders.

Beim Abendbrot ging es heute stiller zu. Papa stellte Vermutungen an, was für ein Gift das gewesen sein könnte, kam aber auch zu keinem Ergebnis.

Ljuba sagte: »Ist doch nur ein Tier. Menschen sind wichtiger als Katzen, ja?«

Als sie dafür nur verständnislose Blicke erntete, merkte sie, dass sie sich mit dieser Bemerkung keine Fans gemacht hatte.

»Ich verstehe das nicht«, spann Mama Papas Faden weiter. »In unserem Haus gibt es doch kein Gift – und was kann sie draußen bloß gefunden haben?«

Niemand konnte das beantworten.

Bedrückt ging ich ins Bett und sah Tante Henny vor mir, wie sie nach einem bunten Wollfaden haschte, der vor ihrer Nase baumelte, oder wie sie ihre Ledermaus jagte, die eine von den Zwillingen an einer Schnur im Zickzack hin und her zog, oder wie sie sich an mich schmiegte und mir beim Filmekucken half.

Zuerst dachte ich, ich könnte vor lauter Angst um unsere Katze nicht einschlafen, aber nach diesem Nachmittag war ich so total fertig, dass ich irgendwann wegsackte.

Am nächsten Morgen warteten wir ungeduldig, bis es acht Uhr war. Wir Kinder weigerten uns, vorher aus dem Haus zu gehen. Dann rief meine Mutter in der Praxis an und erfuhr, dass Tante Henny noch am Leben war.

Sehr schwach, aber lebendig. Anscheinend hatte sie gerade noch rechtzeitig die Medizin bekommen. Wir grinsten uns erleichtert an und hoben die Daumen.

*

Auf dem Weg zur Schule fragte ich mich zum tausendsten Mal, wie Tante Henny an das Gift gekommen war. Tief hinten in meinem Kopf saß ein rabenschwarzer Gedanke und flüsterte mir immer wieder zu: Ljuba.

Aber warum?

Weil sie Katzen nicht ausstehen konnte?

Davon war bisher nichts zu merken gewesen.

Weil sie damit mich treffen wollte?

Weil sie wusste, wie sehr ich an unserer Katze hing?

War Ljuba wirklich so grausam, dass sie eine Katze umbrachte, bloß um mich damit zu treffen?

Aber darauf gab es keine Antwort.

Falls sie etwas mit der Vergiftung zu tun hatte, hatte sie inzwischen bestimmt alle verräterischen Dinge wie Packungen, Fläschchen oder so etwas verschwinden lassen.

Ich hatte zwar das böse Gefühl, dass sie irgendwie die Hand im Spiel gehabt hatte, aber ich hatte keine Beweise.

Und als Tochter eines Staatsanwalts wusste ich, dass man ohne Beweise niemanden anklagen kann.

Heute Nachmittag würde ich Tante Henny abholen.

Sie sei zwar etwas wacklig auf den Beinen, aber mit guten Aussichten, wieder ganz gesund zu werden, hatte Dr. Michels gesagt.

23

Drei Tage später kam es wieder zu einem Eklat.

Die alten Fotoalben mit den Jugendfotos meiner Eltern standen im Regal im Elternschlafzimmer zwischen dicken Bildbänden über berühmte Autorinnen und Autoren, Bibliotheken, Künstler und deren Ateliers und lauter solche Themen. Da die Alben dick waren und bunte Rücken hatten, fielen sie zwischen den vielen anderen Büchern gar nicht auf.

Nachdem ich Ljuba beim Stöbern in meinen Alben erwischt hatte, hatte ich mal oben nachgeschaut, aber da schien nichts bewegt worden zu sein, und ich hatte das schon fast wieder vergessen.

Doch dann kam ich an einem Mittwoch früher nach Hause, weil gleich zwei Lehrer krank geworden waren – Sommergrippe! – und man keine Vertretung für uns hatte auftreiben können.

Wegen dem schönen Wetter hatten Martha, Laura und ich spontan beschlossen, ins Stadionbad zu gehen, und ich war nach Hause geflitzt, um mein Schwimmzeug zu holen.

Weil ich es eilig hatte, benutzte ich die Kellertür. Im Haus war es still – offensichtlich waren alle unterwegs. Ich packte in meinem Zimmer Bikini, Badetuch und Kleinkram ein, schrieb einen Zettel für meine Mutter, dass ich ins Schwimmbad ging, und überlegte, dass ich auch noch was zu essen mitnehmen wollte.

Da hörte ich ein dumpfes Geräusch und blieb wie angewurzelt stehen.

Irgendwas war runtergefallen. War da ein Poltergeist am Werk?

Eher nicht. Wenn Ljuba da war, hielt sie sich meistens in ihrem Zimmer oder im Wohnzimmer auf, aber in ihrem Zimmer war sie nicht, sonst hätte sie nachgeschaut, wer da nach Hause gekommen war.

Doch der Plumps war auch nicht im Wohnzimmer passiert.

Ganz leise schlich ich mich die Treppe hoch und spähte in die Räume.

Niemand. Weder in der Küche noch im Wohnzimmer oder Esszimmer.

Also weiter oben?

Ich schlich auch noch die zweite Treppe hoch. Die Tür zum Elternschlafzimmer stand halb offen. Auf dem Fußboden kniete Ljuba mit einem aufgeschlagenen Buch vor sich auf dem Teppich. Ob ihr das runtergefallen war?

Es war ein Fotoalbum, in dem sie blätterte. Plötzlich hielt sie inne und betrachtete die Fotos auf einer Seite genauer. In ihrer linken Hand hielt sie ein Foto und legte das neben einen der eingeklebten Schnappschüsse.

Ich war total platt. Was suchte sie in unserem Fotoalbum? Was war das für ein Foto in ihrer Hand?

Sie beugte sich vor, als wollte sie etwas ganz genau untersuchen.

Da überkam mich eine große Wut.

»Was machst du da?«, fragte ich ganz cool.

Sie fuhr zusammen und klappte das Album zu. »Nur ankucken.«

»Aber das ist das Zimmer meiner Eltern! Darin hast du nichts verloren!«

»Hat mir niemand verboten!«, sagte sie trotzig und

schüttelte die Haare nach hinten, während sie langsam aufstand. Das Foto, das sie eben noch in ihrer Hand gehalten hatte, war plötzlich verschwunden.

»Was hast du dir da angeschaut?«, fragte ich.

»Familie. Interessiert mich, eure Familie. Ist eine tolle Familie.«

»Na klar«, sagte ich. »Und warum hast du ein Foto danebengehalten? Als würdest du was prüfen?«

»Ich?«

»Ja, du! Was war das für ein Foto?«

»War kein Foto. Hab ich nichts rausgenommen. Würde ich nie tun!«

»Das hab ich ja auch gar nicht behauptet. Aber ich hab genau gesehen, dass du ein Foto in der Hand hattest. Was ist damit?«

»Nichts ist damit.« Sie schüttelte abweisend den Kopf. »Hast du dich geirrt.«

»Das ist doch wohl das Letzte!«, brüllte ich plötzlich los, alle Coolness war verschwunden, ich war nur noch stinksauer. Schon wieder diese Lügerei! »Ich weiß genau, was ich gesehen habe! Du bist hinter irgendwas her! Du hast was vor!«

»Nein«, sagte sie und wollte an mir vorbei aus dem Zimmer gehen. »Nein, du irrst dich.«

»Na klar! Du machst hier irgendeinen Scheiß und ich erwisch dich dabei – aber dann bin ich es, die sich irrt! Nein, diesmal kommst du damit nicht durch, das schwöre ich dir.«

Aber da war sie schon mit ein paar schnellen Schritten an mir vorbei und lief die Treppe runter.

Ich stand in der offenen Tür und überlegte. Eigentlich müsste ich warten, bis meine Mutter nach Hause kam, aber andererseits war ich mit den Mädels verabredet und hatte mich schon verspätet.

Zu blöd.

Dann würde ich Mama eben heute Abend erzählen, was für sonderbare Dinge ihr tolles Au-pair im Elternschlafzimmer machte. Diesmal würde ich mich nicht wieder von Ljuba an die Wand drücken lassen, diesmal nicht!

Während des Nachmittags gelang es mir meistens, den Vorfall in eine der hinteren Gehirnregionen zu schieben.

Wir lagen in der Sonne, quatschten und gingen Eis essen, schwammen ein paar Runden und genossen den heißen Sommertag, denn so was gibt es in Bremen nicht so oft.

Im Laufe des Nachmittags kamen noch andere aus unserer Klasse dazu, endlich auch Marlon, und dann gab es eine wilde Wasserschlacht, die von dem verärgerten Bademeister abgebrochen wurde, der uns einen Rauswurf androhte.

Müde und hungrig kam ich abends nach Hause.

Unterwegs überlegte ich mir, dass ich während des Abendessens Ljuba ganz beiläufig fragen würde, was sie eigentlich mit den Fotoalben aus dem Schlafzimmer vorgehabt hätte, und dann abwarten wollte, wie meine Eltern darauf reagieren würden.

Auf keinen Fall würde ich als Petze zu ihnen laufen und ihnen erzählen, was ich gesehen hatte.

Nein, ich würde es ganz raffiniert anfangen.

Doch noch bevor ich meine nassen Badesachen aufgehängt hatte, dröhnte Papas Stimme die Treppe runter: »Alex, bis du das? Komm doch mal bitte rauf ins Wohnzimmer.«

Mir wurde zwar nicht schwarz vor Augen, aber mein Herz klopfte wie verrückt, was bescheuert war, weil ich mir ja gar nichts hatte zuschulden kommen lassen. Trotzdem fühlte ich mich wie eine ertappte Sünderin.

Ich holte tief Luft und marschierte nach oben.

Mein Vater saß in seinem Sessel, meine Mutter auf dem Sofa und Ljuba saß in dem anderen Sessel.

Nett. Für mich gab es also bloß den Stehplatz.

»Moment mal«, sagte ich, ging nach nebenan und holte mir den Klavierhocker aus dem Esszimmer. »So. Was ist denn los?«

»Das solltest du ja wohl am besten beantworten können«, sagte meine Mutter mit vorwurfsvoller Stimme.

Nein! So ein Mist! Hatte Ljuba schon wieder diese Nummer der gekränkten Unschuld abgezogen?

Ich glotzte Mama an und schüttelte verdattert den Kopf.

»Ich weiß nicht, was du meinst«, sagte ich so beherrscht wie möglich, obwohl ich am liebsten verzweifelt losgeschrien hätte.

Hört das denn nie auf?, dachte ich. Was glaubt ihr denn jetzt schon wieder von mir?

»Alexandra, wir finden dein Verhalten äußerst mies«, sagte mein Vater mit seiner wohltönenden Staatsanwaltsstimme.

»Welches Verhalten?«

»Na, dass du zum Beispiel Ljuba erschreckst und ihr böse Absichten unterstellst.«

»Ach – das hat sie euch erzählt?«

»Wirst du jetzt auch noch unverschämt?«, sagte meine Mutter leise. »Als ich heute Mittag nach Hause kam, saß Ljuba in der Küche und hat sich die Augen ausgeheult, weil du ihr unterstellt hast, dass sie stehlen wollte. In Anbetracht des Vorfalls in Papas Arbeitszimmer kann man da ja wohl bei dir inzwischen fast von einer fixen Idee sprechen.«

Ich merkte, wie ich in mich zusammensackte.

Das war schlecht – dann sieht man immer wie ein schuldiger Verbrecher aus, das weiß ich aus Filmen.

Ich reckte meine Schultern und sah Papa ins Gesicht. »Nein, ich werde nicht unverschämt. Ich finde es nur ziemlich beschissen, dass ihr mir Vorwürfe macht, ohne euch überhaupt meine Version der Geschichte anzuhören. Das sind echt tolle Sitten – man wird schuldig gesprochen, ohne sich verteidigen zu können. Wisst ihr was? Ihr seid die letzten Trottel! Dass ihr der so einfach auf den Leim geht und mir alles zutraut – das ist echt gemein!«

»Alex!«, brüllte mein Vater, und Mama sagte auch was, aber ich stand auf, riss die Wohnzimmertür auf, sah noch die Zwillinge davonrennen (die bestimmt gelauscht hatten) und schnappte mir meine Jacke von der Garderobe. Dann rannte ich aus dem Haus und knallte die Haustür hinter mir zu.

Ich schloss mein Rad auf, schwang mich darauf und strampelte los.

Irgendwohin.

Der Fahrtwind kühlte mir das Gesicht, und an der Kälte merkte ich erst, dass ich geheult hatte, meine Wangen waren ganz nass. Mit zusammengebissenen Zähnen strampelte ich noch schneller.

Zu meinem Glück war kaum Verkehr, denn ich sah alles nur verschwommen und war garantiert eine Gefahr für die Allgemeinheit, wie ich da in Richtung Deich bretterte.

Dann war ich oben und trat mit aller Macht in die Pedale. Die anderen Radfahrer müssen mich für eine Verrückte gehalten haben, manche riefen mir was Witziges hinterher, aber ich war nicht in Stimmung, darauf einzugehen.

Ich fuhr wie ein Henker, bis hinter die Erdbeerbrücke und immer weiter. Es war ja erst sieben und noch völlig hell. Und noch immer warm.

Ich war schon weit hinter Habenhausen, als ich endlich langsamer wurde. Dann suchte ich mir an der Böschung ein Plätzchen, schob mein Rad dorthin und setzte mich. Vor mir floss das Wasser träge in Richtung Teerhof, ein Reiher segelte wie ein Angeber durch die Lüfte, und irgendwo quakte ein Frosch. Oder auch zwei.

In meinem Kopf war es ganz leer.

Ich hatte keine Gedanken.

Ich hatte keine Gefühle.

Ich war wie betäubt.

Ljuba war mir wieder zuvorgekommen.

Ich hätte es wissen sollen.

Sie hatte meinen Eltern irgendwas aufgetischt, die hatten es geschluckt, und ich war mal wieder die Böse, die dem armen Au-pair dauernd was Übles wollte.

Ich hatte das so satt! Ich hatte keine Lust mehr auf dieses Kräftemessen. Ich hatte noch nie Lust darauf gehabt.

Ich wollte meinen Platz in unserer Familie – mich mit Dani kabbeln und mit den Zwillingen Kalender malen oder Eis essen gehen, mit meinen Eltern über spannende Themen reden oder mich mal kurz ankuscheln.

Ich wollte mich nicht dauernd verteidigen müssen, rechtfertigen müssen, meine Unschuld beweisen müssen.

Klar, das meiste, worüber ich mich aufgeregt hatte, war Kleinscheiß gewesen, aber viele Kleinigkeiten können zusammen was Großes ergeben, und ich wurde allmählich von einem großen Vorwurf erdrückt.

Sogar mein Freund und meine Freundinnen hielten mir Gardinenpredigten und meinten, ich sei ungerecht.

Alle waren auf Ljubas Seite. Das hatte sie echt klasse hingekriegt.

Ich drehte mich auf den Bauch und vergrub das Gesicht in meiner Jacke.

Ich war müde.

Nur wenige Radfahrer und Fußgänger waren oben auf dem Deich unterwegs, es gab kaum Autolärm, irgendwo läutete eine Kirchenglocke – und ich schlief ein.

Als ich aufwachte, war es fast dunkel, also musste es schon nach zehn sein. Richtig, ein Blick auf meine Uhr bestätigte das: zehn Uhr zwanzig. Ich hatte fast drei Stunden geschlafen.

Mir war kalt, ich fröstelte. Ich zog die Kapuzenjacke an, machte den Reißverschluss zu und schob mein Rad wieder die Böschung hoch.

Dann fuhr ich langsam zurück – ohne Plan, ohne die leiseste Idee, wie ich die Situation retten könnte.

Zu allem Überfluss hatte ich vor lauter Wut beim Wegrennen nicht mal einen Schlüssel mitgenommen.

Ich überlegte, ob ich zu Marlon fahren sollte, aber das würde seine Mutter wahrscheinlich nicht so gut finden. Zu Martha oder Laura wollte ich auch nicht, die waren wahrscheinlich schon im Bett.

Mann, ich tat mir leid.

Plötzlich musste ich lachen. Ich saß auf dem Rad und lachte laut vor mich hin.

Das Ganze war doch echt zu blöd.

Wie war ich nur in diese Nummer reingeraten?

Das Lachen blieb mir aber sofort im Hals stecken, als ich daran dachte, dass ich jetzt zu Hause klingeln musste.

Ich schloss mein Rad am Zaun an und klingelte.

Die Haustür flog auf und mein Vater stand da, eine dunkle Silhouette vor dem hellen Flurlicht.

Klatsch!

Es riss mir den Kopf zur Seite.

Eine Ohrfeige.

Das Wasser schoss mir in die Augen, teils vor Schmerz, teils vor Erniedrigung.

Bei uns wurde nur in den allerseltensten Ausnahmefällen geschlagen, wenn unsere Eltern am Durchdrehen waren oder völlig hilflos oder so.

»Entschuldige«, sagte er leise, »ich bin ausgerastet.« Und er wollte mich in die Arme nehmen.

Ich riss mich los, rannte runter in mein Zimmer und schloss hinter mir ab. Heulend zog ich mich aus, verzichtete auf Zähneputzen und Waschen, weil ich dann vielleicht Ljuba im Bad in die Arme gelaufen wäre, und legte mich ins Bett.

Kurz darauf pochte es leise an meine Tür.

»Alex?« Die Stimme meiner Mutter. »Mach bitte auf. Wir müssen reden.«

Ich schwieg.

»Alexandra, bitte. Du hattest ja nicht unrecht mit dem, was du vorhin gesagt hast. Mach auf!«

Ich stellte mich schlafend.

Ich wollte nicht reden.

Ich wollte meine Ruhe.

Sie konnten mich mal. Jawohl, und zwar kreuzweise.

Und während ich noch meine Wut in Worte zu formulieren versuchte, schlief ich ein.

Ohne Albträume.

Und ohne Tante Henny, die sich irgendwohin verkrümelt hatte. Wahrscheinlich ließ sie sich von irgendeinem gutaussehenden Kater hofieren.

Treuloses Viech.

Irgendwann in der Nacht träumte ich, eine Tür würde geöffnet. Sie stand weit offen und ich schwebte hindurch. Und da standen meine Eltern und Papa nahm mich in die Arme und Mama gab mir einen Kuss auf die Wange. Ich kuschelte mich ganz eng an beide an und alles war wieder gut.

Aber dann klingelte der Wecker und ich schreckte hoch.

Und wusste es wieder.

Nichts war gut.

24

Ich möchte nicht mehr darüber reden«, sagte ich am nächsten Morgen.

Kathi und Kris stritten sich wegen des letzten Brötchens, Daniel las Zeitung, mein Vater war noch oben und Ljuba ließ sich nicht blicken.

»Schätzchen, so geht das nicht. Natürlich müssen wir darüber reden«, sagte Mama mit ihrer Liebe-Mutter-Stimme, ganz begütigend und verständnisvoll.

Aber ich hatte keinen Bock auf begütigend und verständnisvoll. Ich hatte null Bock auf diese Familie, die dauernd zu Ljuba hielt und so tat, als wäre ich ein Monster.

Ich schmierte mir im Stehen ein Brot und machte die Biege.

»Bis heute Mittag«, rief sie mir hinterher. Liebe Mütter geben nicht so schnell auf.

Glücklicherweise schrieben wir heute keinen Test, denn ich war ziemlich durcheinander. Heute wäre mir sogar ein Deutschaufsatz schwergefallen. Stattdessen hörte ich zu, wie Marlon unseren Werbetext für ein Wok-Kochbuch vorlas und die Brandtner ihn dafür lobte.

»Du beteiligst dich in letzter Zeit ja wirklich gut«, sagte sie. »Hast du endlich Tritt gefasst?«

»Nee, eher hat er Alex angefasst«, höhnte Jonas.

Die Brandtner ging langsam auf Jonas zu. »Hast du ein Problem damit, dass Marlon und Alexandra sich *anfas-*

sen?«, fragte sie freundlich und einige in der Klasse kicherten.

»Nee – äh, nein, eigentlich nicht«, stammelte Jonas und lief rot an.

»Gut, sonst wäre ich jetzt nämlich *angefasst*«, sagte sie und grinste.

Da kicherten noch andere.

Ich saß stocksteif da und wäre gern ins nächste Mauseloch gekrochen.

Aber Marlon drehte sich um und zwinkerte mir zu.

»Ist das zu *fassen?*«, sagte er, und da musste sogar ich ein bisschen kichern und antwortete: »Ich *fass* es nicht!«

Alles grölte.

Aber irgendwas in mir war wie erstarrt. Ich hörte die anderen labern, ich hörte Martha zu, wie sie auf Mathe schimpfte, und Laura, die sich über irgendeine Ungerechtigkeit in Sport ausließ.

Diese Sorgen hätte ich gern gehabt. Ich war mittlerweile wegen nix und wieder nix mit meiner Familie verkracht und sah momentan überhaupt kein Land mehr.

Alles war so traurig.

Tiefsttraurig.

Mittags rief ich zu Hause an.

Natürlich ging Ljuba ran. »Hier bei Koopmann«, sagte sie. »Ljuba am Apparat.«

Als gehörte sie zur Familie.

Na ja, vielleicht tat sie das ja auch inzwischen.

Möglicherweise mehr als ich.

Ich überlegte eine Zehntelsekunde lang, ob ich auflegen sollte.

Nein, kneifen ging nicht.

Ich räusperte mich. »Guten Tag. Hier ist Alexandra

Koopmann. Ich wollte nur meiner Mutter Bescheid geben, dass ich …«

»Alex, bist du das?« Mamas Stimme, ziemlich aufgeregt.

»Ja. Ich wollte nur sagen, ich bin zum Essen bei Martha eingeladen. Ich komme also erst heute Abend nach Hause.«

»Das ist aber seltsam.« Jetzt klang Mamas Stimme ganz spröde. »Martha hat nämlich vor fünf Minuten angerufen und gesagt, sie kann heute Nachmittag nicht zum Matheclub kommen.«

Mist.

Bockmist.

»Alex? Warum lügst du?« Ihre Stimme war ganz zittrig vor lauter Vorwurf. »Wir wollen dir doch nichts Böses. Wir möchten gern mit dir reden. Wirklich. So geht das nicht weiter.«

»Redet doch mit Ljuba. Die ist so lieb und so nett und die wird von mir so schlecht behandelt«, brach es aus mir heraus.

»Alex!«, hörte ich Mama noch rufen, aber da hatte ich das Gespräch schon beendet. Vorsichtshalber schaltete ich danach das Handy aus.

Nein, ich wollte nicht reden. Mich nicht belabern lassen, das würde die Sache schon eher treffen, denn alle hielten mich für meschugge, das war klar.

Mit der Einladung von Martha hatte ich ein Eigentor geschossen, das war dumm gelaufen. Aber noch schlimmer war, dass ich Hunger hatte.

Ich zählte mein Geld und lief dann zum *Asia-Grill*.

Schließlich war ich die Werbestrategin für ein asiatisches Kochbuch.

Ich kaufte mir eine Frühlingsrolle und eine Limo und setzte mich in dem schmalen Stübchen in die hinterste, dunkelste Ecke.

Ich aß ganz langsam. Und ohne nachzudenken. Ich aß und trank und in meinem Kopf war alles leer. Angenehm hohl.

Ich beobachtete die zwei Männer und die junge Frau hinterm Tresen, wie sie mit routinierten Bewegungen die Kunden bedienten: Gemüse in den großen Wok schütteten und mit einer großen Kelle im zischenden Öl umrührten, Fleischstücke auf den Grill legten, wie sie Salatsorten mischten, die Bestellungen zu den paar Leuten an den anderen Tischen brachten oder für die wartenden Kunden einpackten, ich hörte die Kasse klingeln und Geschirr klirren und wie von weit weg die Stimmen der anderen Gäste und der Laufkundschaft.

Es duftete angenehm nach fremdartigen Gewürzen und allmählich entkrampfte ich mich.

Die junge Frau kam und holte den Teller und nahm die leere Dose mit. Als sie mich fragte, ob ich noch was wollte, schüttelte ich den Kopf und verließ langsam den engen, düsteren Raum.

Draußen blinzelte ich in die helle Sonne und überlegte, wie es weitergehen sollte.

Ich schaltete mein Handy wieder ein.

Oha! Zehn Anrufe. Sieben von meiner Mutter, einer von Martha, einer von Laura und einer von Daniel. Bestimmt machte er sich Sorgen um mich. Das war lieb.

Ich rief Martha an, und sie sagte mir, was ich schon wusste. Dass sie bei mir zu Hause Bescheid gesagt hätte, weil sie heute Nachmittag nicht kommen könnte. Auch Laura wüsste Bescheid und würde sich anderweitig amüsieren.

»Okay«, sagte ich.

»Fragst du gar nicht, warum?« Sie klang vorwurfsvoll.

Von »vorwurfsvoll« hatte ich die Nase gestrichen voll. Aber ich sagte brav: »Warum?«

Sie kicherte. »Ich bin mit Moritz verabredet. Du weißt doch – Moritz aus der 9b!«

»Toll«, sagte ich.

»Meinst du das wirklich?«

»Na, sicher doch.«

»So hörst du dich aber gar nicht an!« Vorwurfsvoll. Schon wieder!

Mir riss der Geduldsfaden. »Klar finde ich das toll, ich wünsch dir jede Menge Spaß!«, brüllte ich so laut, dass ein Paar vor mir erschrocken stehen blieb und die Frau zu dem Mann leise etwas sagte. Wahrscheinlich so was wie: »Da kann man mal wieder sehen, wie die Handys die Sitten verrohen lassen!«

Aber das war mir schnurzpiepegal. Ich marschierte zur Straßenbahnhaltestelle.

Was sollte ich jetzt tun?

Ich rief Laura an.

»Mensch, Alex, hast du schon gehört? Martha hat ein Date!«, jubelte sie.

»Ja«, sagte ich.

»Was ist los? Du hörst dich so komisch an?«

»Nein, alles bestens, ich freu mich für Martha.«

»Ich kann heute übrigens auch nicht«, sagte sie. »Ich darf meine Mutter bei einer Shoppingtour begleiten – da fällt garantiert was für mich ab.«

»Super«, sagte ich. »Dann bis morgen.«

»Tschüs, meine Süße«, jodelte sie und wir beendeten das Telefonat.

Danach versuchte ich, Marlon anzurufen, aber sein Handy war abgeschaltet – das bedeutete, er machte Sport.

Aus alter Gewohnheit stieg ich in die Bahn, die zu uns fährt. Es war inzwischen nach zwei. Wenn ich Glück hatte, war das Haus leer.

Als ich aus der Bahn stieg, sah ich Ljuba mit den Zwillingen in die andere Richtung davongehen.

Ich atmete auf.

Ich wollte niemandem begegnen.

Ich benutzte die Keller-Haustür und lauschte. Im Haus war alles still. Es ist schon schlimm, wenn man sich wie eine Diebin in sein Elternhaus schleichen muss.

In meinem Zimmer lag Tante Henny auf dem ungemachten Bett und streckte eine Pfote nach mir aus.

Ich setzte mich zu ihr und streichelte ihr weiches Fell.

Ich hatte null Ahnung, wie es weitergehen würde.

Ich wollte nicht mehr mit Ljuba unter einem Dach wohnen, ich wollte mir nicht mehr die Vorwürfe meiner Eltern anhören müssen.

Ich wollte Ruhe.

Ich schlüpfte unter die Bettdecke und schlief ein.

Ich wachte auf, weil es klingelte.

Wie heißt das alte Sprichwort? Wenn die Not am größten ist, erwächst irgendwoher Hilfe.

Aber daran dachte ich überhaupt nicht, als es an diesem Nachmittag klingelte.

Ging jemand an die Tür?

Mein Vater war im Gericht. Meine Mutter war in der Bibliothek. Daniel beim Kicken. Und die Zwillinge waren mit Ljuba fortgegangen.

Es klingelte wieder. Laut und lange.

Aber ich hatte keine Lust, an die Tür zu gehen. Ich wollte mit niemandem reden.

Es klingelte wieder. Noch lauter und noch länger.

Widerwillig stand ich auf, zupfte meine Klamotten gerade und lief nach oben an die Haustür.

Durch die geriffelte Glasscheibe konnte ich nicht erkennen, wer da stand. Ich holte tief Luft und öffnete die Tür.

Vor mir stand eine junge Frau, klein, rundlich, mit platinblonden Haaren. Sie erinnerte mich an Sina, aber sie war viel jünger und trug ein knallrotes T-Shirt zu einer weißen, knallengen Jeans.

»Ja bitte?«, fragte ich.

Sie musterte mich mindestens genauso gründlich wie ich sie.

»Gestatten, heiße ich Ewa. Ewa Tschernowski. Ich bin Freundin von Ljuba, okay?«

Das war bestimmt eine russische Freundin aus dem Sprachkurs.

»Tut mir leid, aber Ljuba ist nicht da«, sagte ich. »Wollen Sie ihr vielleicht eine Nachricht hinterlassen?«

Plötzlich verschwand ihr Lächeln und ihr Gesicht verzerrte sich. »Immer nicht da!«, polterte sie los. »Das geht nicht! Das ist nicht okay!«

Ich war erschrocken einen Schritt zurückgetreten. »Entschuldigen Sie, aber ich weiß nicht, was Sie wollen. Ich kenne Sie doch gar nicht!«

Diese Ewa versuchte jetzt sichtlich, sich zu beherrschen. »Ljuba schuldet mir Geld«, sagte sie etwas leiser. »Ich will mein Geld, okay?«

Oh – das klang ja ziemlich interessant.

»Davon weiß ich nichts«, sagte ich. »Ich kenne mich in Ljubas Geschäften nicht aus.«

»Bah!«, stieß die Blonde hervor. »Keine Geschäfte, sondern Versprechen! Ehrenwort! Sie sagt, sie gibt Geld, aber sie gibt nicht. Ich rufe an, ich rufe wieder an, okay, aber kein Geld, kein Geld, bis heute nicht!«

»Das ist blöd«, sagte ich lahm, während meine Gedanken wild umherrasten. In was für dubiose Machenschaften war unsere Perle verwickelt? Wieso versprach sie einer Frau Geld und bezahlte dann nicht?

Spannend!

»Sehr blöd!« Sie nickte heftig. »Sagen ihr, ich komme wieder und will Geld, okay?«

»Okay«, sagte ich.

Sie drehte sich um und lief die paar Stufen zum Vorgärtchen hinunter. Unten wandte sie sich noch einmal um und grinste schief.

»Sie zahlt Geld oder ich erzähle, okay?«

Nach diesem letzten Giftpfeil ging sie rasch die Straße hinunter und verschwand aus meinem Blickfeld.

Ich stand wie festgenagelt in der Türöffnung und grübelte über ihre letzten Worte nach.

Sollte Ljuba dieser Ewa Geld geben, damit sie schwieg? Wusste die etwas, von dem Ljuba nicht wollte, dass andere es erfuhren?

Sollten wir davon nichts erfahren? Wir, die Koopmanns? Meine Eltern?

Verwirrt schloss ich die Tür und nahm mir das Telefonbuch vor.

Ewa Tschernowski.

Oder Ewa Cernovsky?

Oder Ewa Schernofsky?

Ich probierte auf einem Zettel mehrere Möglichkeiten der Namensschreibung aus und suchte dann im Telefonbuch.

Fehlanzeige. Nichts unter T, nichts unter C und auch nichts unter S.

Hatte ich mich verhört? Hm. Eher nicht.

Bei »Ewa« kann man sich eigentlich nicht verhören.

Ich ging wieder runter in mein Zimmer und räumte auf.

Doch ständig blitzte dieser Name in meinen Gedanken auf, ständig sah ich die blonde Frau in dem roten T-Shirt und der weißen Jeans und hörte sie sagen: »Sie zahlt Geld oder ich erzähle!«

Wie gern hätte ich gewusst, was diese blonde Frau über Ljuba wusste!

Aber zumindest wusste ich, dass da jemand etwas über Ljuba wusste. Und dass Ljuba irgendeinen Dreck am Stecken hatte. Denn man bezahlt ja nur für ein Schweigen, wenn man nicht will, dass andere etwas erfahren sollen.

Ich legte mich auf den Bauch und schob *Pünktchen und Anton* in meinen Laptop, um mich wieder zu beruhigen.

Aber als Pünktchen sich als Bettelmädchen verkleidet und Streichhölzer verkaufen will, um für ihren Anton Geld zu bekommen, war es mit meiner Konzentration vorbei.

Wenn Ljuba nun auch etwas Zweifelhaftes tat, um Geld zu verdienen, und diese Ewa darüber Bescheid wusste?

Was konnte das sein?

Vielleicht ging sie gar nicht in die Sprachenschule, sondern ... bediente in irgendeiner miesen Kneipe?

Oder sie posierte für Nacktfotos?

Oder sie ging auf den Strich?

Aber sie war ja jeden Abend nur zweieinhalb Stunden weg.

Na gut, da waren ja auch noch die Vormittage. Aber da ging sie einkaufen, kochte und brachte die Küche in Ordnung.

Nein, also selbst in meinen schwärzesten Fantasievorstellungen konnte ich die Sache mit der Prostitution knicken.

Außerdem regte sich in mir bei diesen Überlegungen auch leise Scham, dass ich ihr so was zutraute.

Tat ich nicht.

Tat ich doch.

Verdammt, diese Ziege konfrontierte mich mit meinen schlimmsten Seiten! Ich wollte nicht so schlecht über jemanden denken, nicht mal über sie!

Aber ich war ziemlich am Ende meiner Möglichkeiten angelangt, das war klar.

Ich wollte nicht, dass meine Eltern sich von mir abwandten, weil sie mich für gemein und bösartig hielten.

Ich wollte, dass Ljuba wieder wegging. Dass sie dorthin verschwand, wo sie hergekommen war. Oder woandershin. Bloß weg.

25

Eine Tür schlug zu. Jemand war nach Hause gekommen. Ich sah auf die Uhr.

Meine Mutter. Um diese Zeit kam sie nachmittags heim.

Schritte auf der Treppe. Es klopfte.

»Ja?«, sagte ich und das Herz schlug mir bis zum Hals.

Die Tür ging auf und meine Mutter kam herein. Sie setzte sich auf meine Bettkante, beugte sich vor und nahm mich in die Arme.

Vor lauter Erleichterung fing ich an zu heulen.

Sie drückte mich an sich, ich roch ihr Parfüm, während ich schluchzte und schniefte und sie mich hin und her wiegte wie ein kleines Kind.

Allmählich beruhigte ich mich.

Ich löste mich von ihr, holte eine Packung Taschentücher aus meiner Nachttischschublade und brachte mein Gesicht wieder einigermaßen in Ordnung.

Sie strich mir ein paar Strähnen aus der Stirn und flocht alle Haare zu einem losen Zopf. Dann fasste sie unter mein Kinn und hob mein Gesicht etwas hoch.

»Mein armer Schatz«, sagte sie schließlich.

Das hätte gereicht, um schon wieder einen Tränensturz auszulösen, aber wahrscheinlich war ich leer geheult, denn alles blieb trocken.

Ich versuchte zu lächeln.

»Es tut mir leid«, sagte sie dann. »Es muss für dich aussehen, als würden wir Ljuba alles glauben und dir nichts. Als hätten wir sie lieber als dich. Als wäre sie uns in den paar Monaten mehr ans Herz gewachsen als du. Das ist mir gestern klar geworden. Deshalb wollte ich dir mal ganz deutlich sagen: Ich habe dich lieb, auch wenn ich manchmal wegen irgendwas sauer auf dich bin. Das ist so selbstverständlich, dass ich nie geglaubt hätte, du könntest daran zweifeln. Papa sieht das genauso. Und das mit der Ohrfeige gestern Abend tut ihm schrecklich leid. Er hat gesagt, du kannst ihm gern auch eine knallen.«

Ich musste kichern. »Der weiß doch genau, dass ich das nie tun würde.«

Sie lächelte und kniff ein Auge zu. »Wer weiß? Jedenfalls hast du eine gut bei ihm.«

»Das will ich dann aber schriftlich! Mit Brief und Siegel und notariell beglaubigt!«

»Tssss«, machte sie und schüttelte den Kopf. »Du kennst dich ja in der Juristerei ganz gut aus.«

Ich lehnte den Kopf an ihre Schulter und fühlte mich wundersam getröstet. Von mir aus hätten wir stundenlang so sitzen bleiben können. Aber natürlich klingelte ausgerechnet dann das Telefon.

»Ich geh ran«, sagte sie und strich mir noch mal übers Haar, bevor sie nach oben rannte.

»Es ist Marlon«, rief sie gleich darauf.

Während ich nach oben rannte, wunderte ich mich darüber, dass er mich nicht auf dem Handy anrief, bis mir wieder einfiel, dass ich es ausgeschaltet hatte.

»Ich hab dich schon so lange nicht mehr gesehen«, sagte er. »Was hältst du von einer kleinen Fahrradtour? Wir könnten dabei das doofe Gedicht lernen!«

»Blödmann!« Ich strahlte den Hörer an – und innerhalb kürzester Zeit war auf einmal mein Leben wieder sonnig und schön. »Das Gedicht ist super und ich erwarte dich in zehn Minuten. Okay?«

»Geht klar«, sagte er und legte auf.

Beim Fahrradfahren kann man nicht viel miteinander reden und schon gar nicht über diffizile Dinge, deshalb grölten wir nur ein bisschen hin und her, während wir meine Lieblingsstrecke am Deich entlangradelten.

Was für ein Gegensatz zu gestern Abend!

Da hatte ich mich so unglücklich gefühlt, unverstanden, missverstanden und überhaupt ganz und gar ungeliebt.

Und heute?

Mama war die Liebste, Marlon ein Schatz, und meinem Vater durfte ich eine semmeln, wenn mir danach war. Ohne Vorwarnung – genau wie er bei mir!

Aber statt in der Erinnerung daran wütend zu werden, musste ich bei der Vorstellung, ich könnte meinem hochverehrten Herrn Papa eine klatschen, laut lachen.

»Na, du hast dich ja endlich wieder eingekriegt!«, stellte Marlon erleichtert fest, als wir dann nebeneinander an der Böschung saßen. »So fröhlich gefällst du mir echt viel besser!«

»Ich mir auch«, sagte ich und küsste ihn. Er schmeckte nach Kaugummi und Cola und ich schüttelte mich. »Wenn du Küsse willst, musst du dir die Zähne putzen«, sagte ich streng.

Er warf sich auf mich, wir landeten rücklings im Gras, und er küsste mich so, dass ich alle fremden Geschmäcker sofort vergaß.

»Ich will pünktlich zum Abendessen zu Hause sein«, murmelte ich ihm irgendwann ins Ohr.

»Verstehe. Dann sollten wir mal langsam wieder zurückfahren.«

Aber so schnell ging das nicht …

Verschwitzt und mit hochrotem Kopf kam ich gerade noch rechtzeitig zum Tischdecken und musste mir anzügliche Bemerkungen von Daniel anhören: »Die Dame ist aber ziemlich außer Puste – warum wohl?« und »Was hat dir denn so den Atem verschlagen?« und dergleichen Blödsinn.

Ich grinste ihn nur an und sagte schließlich: »Der Neid der Ungeküssten, was?«, und da hielt er die Klappe.

Als mein Vater nach Hause kam, sah er mich fragend und mit gerunzelter Stirn an, aber ich zwinkerte ihm zu und sagte: »Mama hat gesagt, ich hab jetzt bei dir eine gut!«

»Eine was?«, fragte er verblüfft. Dann begriff er und grinste. »Ach herrje, da hab ich mir ja was eingebrockt.«

»Was denn?«, wollte Kathi wissen. »Was hast du gebrockt, Papa?«

»Schmerzen und Kummer«, sagte ich mit verstellter Stimme. »Und wenn ihr nicht ruck, zuck die Hände waschen geht, dann ereilt euch dasselbe Schicksal!«

Quiekend rannten sie ins Bad und Papa gab mir einen Kuss auf den Kopf. »Alles wieder gut? Tut mir echt leid.«

»Alles bestens, Herr Richter«, sagte ich und er seufzte übertrieben erleichtert auf und ließ sich auf seinen Stuhl fallen. »Kinder sind ja so was Anstrengendes!«, ächzte er dann. »Wenn ich das früher gewusst hätte …«

»Hätten wir sie auch gekriegt«, sagte Mama und setzte sich neben ihn.

»Wen hättet ihr gekriegt?«, fragte Kris und schwenkte ihre immer noch feuchten Hände.

»Unsere Kinder«, sagte Mama.

»Ljuba auch?«, fragte Kris neugierig weiter.

Ich sah, wie Ljuba erstarrte.

»Ljuba hat eine andere Mutter gekriegt, Fräulein Neugier«, sagte Papa. »Der wollen wir sie doch nicht wegnehmen, oder?«

Ljuba hob den Kopf und sah ihn an. »Bei uns sagt man nicht: Kinder kriegen. Bei uns sagt man: Kind wird geschenkt.«

»Auch gut«, sagte Papa und goss sich ein Bier ein. »Man nimmt anderen auch nicht ihr Geschenk weg.«

»Genau«, sagte Daniel, dem das Gespräch wohl zu langweilig wurde. »Wer klaut, wird vom Staatsanwalt verknackt und muss ins Gefängnis.«

»Quatsch. Verknacken tut ein Richter«, erklärte Kathi mit wichtigtuerischer Miene. »Ihr habt ja keine Ahnung.«

Ich hatte die ganze Zeit geschwiegen und Ljuba beobachtet. Das kleine Geplänkel hatte einen irgendwie bedrohlichen Unterton gehabt. Irgendwas hatte sie mitteilen wollen. Aber man hatte ihr nicht aufmerksam genug zugehört.

Auch ich nicht.

Unsere Blicke begegneten sich für einen Augenblick, sie sah als Erste weg.

Ich atmete erleichtert auf.

Ich hatte keine Angst mehr vor ihr.

Ganz egal, welche Knüppel sie mir zwischen die Beine werfen würde, ich besaß jetzt eine Waffe. Wenn sie mich noch einmal bedrohte oder bei meinen Eltern in Verruf brachte, würde ich nur »Ewa« sagen. Mal sehen, was dann passierte.

26

Ich erzählte niemandem von diesem mysteriösen Zusammentreffen mit der platinbloden Ewa mit den Schmolllippen.

Warum auch?

Ich hätte mir bloß wieder eine blöde Bemerkung eingefangen, dass ich was gegen Ljuba hätte und ihr ständig was am Zeug flicken wollte.

Darauf konnte ich echt verzichten.

Sie machte es mir momentan auch leicht, weil sie nicht mehr akut gegen mich intrigierte. Aber trotzdem hatte ich ein blödes Gefühl, wenn ich ihr gegenüber am Esstisch saß.

Mir war, als würde sie mich belauern. Wenn ich mal zufällig in ihre Richtung sah, bekam ich mit, dass sie mich musterte. Wenn sie sich bei diesen Blicken ertappt fühlte, lächelte sie (bezaubernd, versteht sich) und tat so, als wäre nichts weiter.

Aber ich fühlte ihre lauernden Blicke auf meiner Haut, sie juckten in meinen Haaren, sie zerrten an meinen Klamotten. Es fühlte sich widerlich an.

Ich war ansonsten ziemlich entspannt, weil ich ja die Wunderwaffe »Ewa« im Hinterhalt hatte, und lächelte sie manchmal an, wenn sie mich wieder mit ihren Blicken auffraß. Dann zuckte sie zurück, als wäre sie von einem elektrischen Schlag getroffen worden.

Etwa zwei Wochen nach dem Ewa-Alarm nahm Mama

mich eines Abends in die Arme und murmelte, dass es sie sehr glücklich machen würde, dass Ljuba und ich uns mittlerweile so gut verständen.

Ha! Ha?

Eltern blicken manchmal echt überhaupt nicht durch.

Das war schieres Wunschdenken – von den unguten Gefühlen unter der Decke der Alltagshöflichkeit spürte sie anscheinend nichts.

Sicherlich trug dazu aber auch bei, dass ich mich so selten wie möglich zu Hause aufhielt. Die Nachmittage verbrachte ich mit meinen Freundinnen oder mit Marlon und immer mal wieder mit den Zwillingen, wenn es gerade eine Lücke zwischen ihren vielen gesellschaftlichen Verpflichtungen gab.

Der schöne Sommer machte das aushäusige Leben auch leicht, da traf sich die Familie eh immer erst richtig zum Abendbrot.

Und auch hier meldete ich mich hin und wieder ab: Ich übernachtete am Wochenende bei Martha (wir hatten ja auf einmal viele neue spannende Themen, oder vielmehr eigentlich nur ein Thema: Moritz!) oder wir unternahmen Ausflüge, die bis in den Abend dauerten.

Ich trompetete zu Hause auch nicht mehr herum, wo wir hinfahren wollten, damit Ljuba keine Möglichkeit bekam, irgendwelche Missverständnisse zu erschaffen.

Die Sommerferien näherten sich in Blitzesschnelle, die letzten Tests wurden geschrieben, Daniel kroch bekümmert durch die Gegend, weil er in Französisch 2 Punkte geschrieben hatte und um seinen Jahresdurchschnitt bangte.

Aber sonst war das Leben wunderbar – wenn mir nicht jeden Mittag und jeden Abend diese dunkelhaarige Intrigenspinnerin gegenübergesessen hätte. Aber ich ignorierte sie, so gut es ging.

Bloß schien sie das nur noch wütender zu machen, doch ihre Wut blieb stumm.

Marlons Mutter lud mich zum Essen ein und ich aß zum ersten Mal Lumpia (das ist eine Art Frühlingsrolle) und hinterher Adobo, Huhn in einer Soße aus Knoblauch, Soja und Kokosessig (ich hatte gar nicht gewusst, dass es so was gibt).

Es schmeckte alles super und Marlons Mutter war nett und unterhielt sich mit uns über Schule, Filme und Musik. Sein Vater war zufälligerweise auch mal da und schwieg die meiste Zeit. Er ist ein großer Mann mit Glatze, und ich kann für Marlon bloß hoffen, dass er die Haare von seiner Mutter geerbt hat.

Hinterher in seinem Zimmer erzählte er mir, dass seine Mutter erst in Deutschland kochen gelernt hatte, weil sie bis dahin immer eine Köchin gehabt hätten. Doch Privatköchinnen gibt es hierzulande kaum noch und außerdem hätten sie nicht philippinisch kochen können. Also habe seine Mutter gestöhnt und angefangen selber zu kochen. Am Anfang sei ihr ziemlich viel missraten, und sie hätten oft gelacht, wenn sie wieder eine ihrer seltsamen Kreationen auf den Tisch gebracht hatte: entweder zu matschig oder zu trocken, zu versalzen oder zu fade. Aber dann hätte sie Ehrgeiz entwickelt und sich Kochbücher angeschafft.

Seither gebe es im Hause Beermann wieder leckeres Essen – ein Grund für ihn, auch kochen zu lernen.

Ich grinste. »Wir könnten eigentlich mal ein internationales Büfett bei uns machen, was? Wir kochen norddeutsche Spezialitäten, deine Mutter philippinisch und dann testen wir, was besser schmeckt.«

»Und Ljuba könnte was Russisches beisteuern«, sagte er.

Mir verging das Grinsen.

»Hm. Wenn du meinst. Aber so toll finde ich Pelmenis oder Borschtsch oder Blinis nun auch wieder nicht.«

Er verzog die Mundwinkel nach unten. »Komm, sperr dich nicht so. Ist doch gut, wie es jetzt läuft, oder?«

Ich zuckte die Achseln. »Weiß nicht. Oberflächlich gesehen schon, aber irgendwas stimmt nicht, weil ...«

»Was *weil*?«

»Du glaubst mir ja sowieso nicht und hältst mich für eine arme Irre, die der ach so bedauernswerten Perle was anhängen will.«

Marlon lachte. »Du hast echt einen Knall. Das Einzige, wofür ich dich halte, ist ...« Er hielt inne.

»Na, was?«

Er krauste die Nase und grinste wieder. »Ist doch klar!«

»Was ist klar?« Manchmal konnte er echt nerven.

»Ich halte dich für ... meine Freundin!«, beendete er dann den Satz ganz schnell und stürzte sich auf mich.

Einige Zeit später, nachdem wir uns wieder auseinanderdividiert hatten, sagte ich schnaufend: »Eins kapier ich immer noch nicht.«

»Was denn?« Sein Kopf lag in meinem Schoß und er stemmte die Füße gegen das Bettkopfteil.

»Warum du von mir Deutschunterricht wolltest.«

Er tat so, als müsste er nachdenken. »Weil du die Beste in Deutsch bist?«

Ich stupste ihn an. »Bin ich doch gar nicht. Lissy ist genauso gut.«

»Ja, schon, aber Lissy ist ...«

»Was?«, fragte ich gespannt.

»Die ist mir zu ... hübsch!«

»Mistkerl!« Ich rutschte unter ihm weg und er knallte mit dem Kopf auf die Bettkante.

»Autsch! – Wart mal! Jetzt weiß ich's wieder! Weil du so nett und freundlich bist!«

Als Antwort kniff ich ihn in die Seite.

»Autsch! Weil du so charmant und großzügig bist!«

Ich stieß ihm den Ellenbogen in die Rippen.

»Auuu! Du tust mir weh!«

»Du sollst ja auch die Wahrheit sagen!«

Er schwieg.

Ich beugte mich über ihn. »Was denn? Völlig grundlos hast du mich angebaggert?«

Er lächelte zu mir hoch, und schon zog sich mein Herz, oder wie der olle Muskel heißt, schmerzhaft zusammen. Vor lauter Liebe. Vor lauter Glück.

»Weil ich dich ... nett fand!«

Ich jaulte so laut los, dass er mir erschrocken den Mund zuhielt. »Spinnst du? Was sollen die oben denn von uns denken?«

»Hmhmm!«

Er nahm die Hand wieder weg.

»*Nett* ist das doofste Wort, das es überhaupt gibt!«, jaulte ich leiser weiter. »Das ist so was von oberflächlich und nichtssagend.«

Er grinste befriedigt. »Weiß ich doch. Hast du mir ja schon x-mal gesagt.«

»Und warum sagst du dann, du findest mich nett?« Ich überlegte, ob ich ihm ein Büschel Haare ausrupfen sollte.

Oder wenigstens eine Strähne. (Oder nur ein Haar, damit ich nicht schuld war, wenn er eine Glatze bekam wie sein Vater.)

»Weil es mir Spaß macht, dich auf die Palme zu bringen«, sagte er zufrieden. »So sind wir Filipinos nun mal. Es gefällt uns, wenn andere sich aufregen.«

»Blödmann.« Ich musste lachen, weil er so selbstzufrieden aus der Wäsche schaute.

»Der Blödmann will weiterküssen«, sagte er. »Das ist die

beste Möglichkeit, dich daran zu hindern, das Haus zusammenzuschreien.«

Es war toll mit ihm.

Wir konnten miteinander blödeln. Schmusen. Ernst sein. Lachen. Lernen. Kochen. Knutschen.

Es war einfach perfekt hier bei Marlon.

Daheim erwartete mich ja doch bloß ein Albtraum, auch wenn der gerade eine Pause eingelegt hatte.

27

Ich hatte Ljuba verkehrt eingeschätzt.

Sie war an einem Friedensangebot nicht interessiert.

Sie wollte keinen Waffenstillstand.

Sie wollte mich leiden sehen.

Sie wollte Zeugin davon werden, wie ich mich vor meinen Eltern immer mehr ins Aus katapultierte.

Dazu hatte sie sich etwas ausgedacht.

Am nächsten Abend half ich abends beim Tischdecken.

Meine Mutter hatte eine Platte mit Wurst und Schinken belegt und auf einer Holzplatte waren vier Käsesorten angerichtet.

»Vorsicht!«, sagte sie, als ich die Wurstplatte nahm und ins Esszimmer rübertragen wollte. »Du weißt doch, mein Erbstück von der seligen Tante Gustl.«

»Klaro«, sagte ich und brachte das gute Stück heil ins Esszimmer und stellte es auf dem Tisch ab.

Beim Essen ging es heute um die großen Ferien. Wir wollten in den letzten beiden Juliwochen an die Ostsee fahren, in dieselbe Pension, in der wir auch in den letzten beiden Jahren gewesen waren.

Kathi und Kris wollten wissen, wie viele Koffer und Taschen sie mitnehmen durften, und wir lachten uns kaputt bei der Vorstellung, was die beiden alles einpacken würden, wenn man sie ließe.

»Und was machst du in der Zeit, Ljuba?«, fragte Daniel plötzlich. »Fährst du in diesen Stadtteil von Moskau?«

»Nein«, sagte sie leise und sah auf ihr Brettchen runter. »Habe ich nicht genug Geld für Reise.«

»Kommst du mit uns mit?«, fragte Kris. »Oder bleibst du hier?«

Mir rutschte das Herz in die Kniekehlen.

Ljuba mit in Grotesund?

Nur über meine Leiche!

Ich hatte ganz selbstverständlich angenommen, dass sie hierbleiben würde. Haushüten oder so. Blumen gießen.

»Warum eigentlich nicht?«, überlegte meine Mutter.

Und Papa sagte: »Wie viel Betten sind da denn?«

»In meinem Kämmerchen steht leider bloß eins.« Daniel zwinkerte Mama zu.

Das machte mich wütend. »In meinem auch«, sagte ich in der Hoffnung, alle würden das Signal verstehen.

»Stimmt gar nicht!«, schrie Kathi. »Bei dir stehen zwei!«

»Ist schon gut«, sagte Ljuba und maß mich mit einem ihrer unergründlichen Blicke. »Bleibe ich hier und lerne. Ist bestimmt sehr still.«

»Ach, komm, du kannst bei uns schlafen!«, krähte Kris. »Kathi und ich schlafen wieso immer im selben Bett.«

»Das heißt *sowieso*«, korrigierte Mama lächelnd. »Hm. Warum eigentlich nicht? Ich finde, Ljuba hat auch ein bisschen Urlaub verdient. Was sagt ihr?«

Sie schaute alle am Tisch an. Auf mir blieb ihr Blick eine Sekunde länger ruhen – oder täuschte ich mich da?

»Klar hat sie verdient«, erklärte Kathi im Brustton der Überzeugung. »Ljuba kommt mit und Punkt!«, äffte sie Papa nach und alle lachten.

Ich auch, wenn auch ziemlich gezwungen.

Hätte ich mich dagegen ausgesprochen, hätten mich alle nur wieder unfreundlich und unsozial und eifersüchtig und was weiß ich gefunden. Also schwieg ich, aber das wurde wohl als Ablehnung interpretiert (was völlig richtig war).

Während die Zwillinge Ljuba sofort begeistert unseren Ferienalltag schilderten (»Und dann gehen wir immer auf die Promenade, und dann kriegen wir immer ein Eis, und dann graben wir immer eine Sandburg, und dann bauen wir immer einen Zoo für die Muscheln und ... und ... und«), wurde mir klar, dass ich soeben wieder mal verschissen hatte.

Aber es sollte noch schlimmer kommen.

Als ich die fast leere Wurstplatte wieder in die Küche trug, kam mir in der Türöffnung Ljuba entgegen. Sie trat einen Schritt beiseite, um mich durchzulassen.

Dachte ich jedenfalls.

Doch genau in dem Moment, in dem ich über die Türschwelle trat, machte sie einen Schritt nach vorn und stieß mir die Platte aus der Hand.

Mit einem Riesenscheppern zersprang sie auf dem gefliesten Küchenboden in tausend Scherben.

»Alex!«, schrie Mama. »Ich hab doch gesagt, du sollst aufpassen. Ach, Mensch, das gute Stück! Du weißt doch, wie sehr ich daran hänge ... gehangen habe.«

»Ja, Mama«, sagte ich, während ich schon auf dem Boden kauerte und die Scherben einsammelte. »Entschuldige bitte!« Eine Zehntelsekunde lang hatte ich überlegt, ob ich die Wahrheit sagen sollte, nämlich das Ljuba mich gestoßen hatte.

Aber die traurige Wahrheit war, dass keiner mir glauben würde.

Gehen Sie in das Gefängnis. Begeben Sie sich direkt dorthin. Ziehen Sie keine tausend Euro ein – so ähnlich heißt es bei *Monopoly*, und so fühlte ich mich.

Stumm holte ich Schippe und Handfeger und fegte die letzten Wurstscheiben mit den Scherben auf und warf alles in den Mülleimer, während Ljuba und Daniel die restlichen Sachen vom Esstisch in die Küche brachten.

»Arme Maus«, sagte Daniel ganz leise in meine Richtung und da hätte ich am liebsten losgeplärrt.

»Ewa!«, wollte ich sagen (so wie ich es mir vorgenommen hatte, wenn Ljuba mir wieder an den Karren fahren würde). Aber dann hätte ich den anderen erklären müssen, was es damit auf sich hatte. Und da erst fiel mir auf, dass ich überhaupt nichts über Ewa wusste und keine Ahnung hatte, wofür sie das Geld von Ljuba gewollt hatte.

Vielleicht hätte ich mich sofort schlaumachen sollen, bevor ich meine Drohung gegenüber Ljuba losließ.

Aber ich war wütend.

Stinkewütend.

Sie hatte ihre Macht (ihre Beliebtheit in unserer Familie und meinen schlechten Ruf, was sie betraf) schamlos ausgenutzt. Sie hatte genau gewusst, dass ich es nicht wagen würde, mich vor den anderen gegen sie zu stellen.

Der Schuss konnte zu leicht nach hinten losgehen, das hatte ich inzwischen ja oft genug erlebt.

Ich ging hinunter in mein Zimmer, legte mich aufs Bett und überlegte.

Wer war diese Ewa?

Woher kannte sie Ljuba?

Aus dem Sprachkurs?

Oder gehörte sie zu einem dieser Heimatvereine, in dem sich die Menschen aus fremden Ländern zusammenfanden, um unter ihresgleichen zu sein, alte Traditionen zu pflegen und so ähnliche Sachen?

Aber davon hätte sie doch mal erzählt. Oder nicht?

Ich machte einen Plan.

Morgen Abend wollte ich Ljuba folgen, wenn sie zu ihrem Sprachkurs ging, und sehen, ob diese Ewa da auch auftauchte.

Das Verfolgen würde aber gar nicht so einfach sein, denn Ljuba fuhr mit der Straßenbahn. Wenn ich dieselbe nahm, würde sie mich bemerken. Wenn ich mit dem Rad hinterherraste – möglicherweise auch.

Ich fragte Daniel. »Weißt du eigentlich, wo diese Sprachschule von Ljuba ist?«

»Nö.« Er stemmte unbeirrt seine Hanteln weiter. »Warum interessiert dich das?«

»Ach, nur so.«

»Nur so? Quatsch.«

Mist, jetzt brauchte ich einen Grund.

»Ein Mädchen aus meiner Klasse will Italienisch lernen. Und die einzige Sprachschule, die ich kenne, ist die von Ljuba.«

»Und die kennst du nicht«, sagte er und stemmte und stemmte.

»Stimmt.«

»Ich glaube, es ist die in der Obernstraße. Nicht die *Berlitz School*, sondern eine andere. Hab ich mal mitgekriegt, als sie mit Mama darüber gesprochen hat. So viele wird's da ja wohl nicht geben.«

»Danke, Kumpel.«

»Da nicht für«, sagte er. Und stemmte und stemmte.

Am nächsten Tag sagte ich, ich würde bei Laura zum Abendbrot bleiben – und das tat ich auch. Lauras Familie isst aber nicht gemeinsam Abendbrot. Wir schmierten uns also ein paar Stullen und hörten weiter in ihrem Zimmer Musik.

Um halb acht verabschiedete ich mich und fuhr mit dem Rad in die Stadt. Ich schloss es hinter der Sögestraße an und lief an den Häusern der Obernstraße entlang und suchte nach einem Schild mit einer Sprachenschule. Dann fand ich es.

Dr. Meyers Blitzkurse
Englisch
Französisch
Spanisch
Italienisch
Deutsch für Ausländer

Ich trat ein paar Schritte zurück und sah an dem Haus hoch.

Im Erdgeschoss war ein Klamottenladen, die Schule war im zweiten Stock.

Ich sah auf die Uhr. Acht Uhr fünfzehn.

Um halb neun ging es los.

Gerade blieben zwei Leute vor der Tür stehen, der Mann drückte auf eine Klingel, die Frau drückte die Tür auf und weg waren sie.

Dann kam eine ältere Frau. Auch sie verschwand in dem Haus.

Danach kam eine junge Frau, superschick in Bermudas und T-Shirt in Kreisch-Pink.

Ljuba war das nicht. Aber auch nicht Ewa.

Ich lief auf der anderen Straßenseite vor den Schaufenstern auf und ab und sah darin gespiegelt, was sich an der Tür gegenüber tat. Acht Uhr zwanzig. Wieder verschwanden drei Leutchen hinter der Glastür.

Dann ein junger Rockertyp, dem ich nie zugetraut hätte, dass er freiwillig Grammatik und Vokabeln büffeln würde.

Wieder zwei Frauen, nein, eher Mädchen.

Und dann kam Ljuba aus der Richtung Domsheide angerannt.

Acht Uhr fünfundzwanzig.

Und dann zwei Mädchen in meinem Alter.

Huch? Kamen die wegen Nachhilfe für ihr Schulenglisch? Nein, es ging bestimmt um Deutsch für Ausländer.

Während ich ihnen noch hinterherstarrte, kamen zwei ältere Herren, und danach kam niemand mehr.

Keine Ewa.

Blöd.

Ich wartete noch eine Viertelstunde, dann radelte ich gemächlich nach Hause. Ich wollte nicht länger über Ljuba oder Ewa nachdenken und legte *Die Vögel* von Hitchcock ein – Gruselspannung pur. (Ich weiß, es gibt viel härtere, neuere Gruselfilme wie *Scream* oder so, aber mir reicht der olle Hitchcock allemal.)

Nach dem Abspann war ich ziemlich müde und völlig ohne Plan, wie es weitergehen sollte.

Als ich die Nase aus meinem Zimmer streckte, um meine Badezimmerchancen zu checken, kam Ljuba aus dem Bad. Zuerst dachte ich, sie wollte mich übersehen, aber genau in dem Augenblick, als sie mich erreichte, zischte sie: »Du spionierst! Hinter mir her! Ich habe dich gesehen. Ekelhaft.«

Sie sagte *eckel-haft*.

Da hätte ich das Bömbchen hochgehen lassen und »Ewa« sagen können.

Aber ich war zu müde, und ich war mir auch nicht mehr sicher, ob es die gewünschte Wirkung gehabt hätte.

Ich sagte nur: »Du schuldest meiner Mutter eine Porzellanplatte.«

Dann schloss ich meine Tür.

28

Wie es sich rausstellte, war es gut, dass ich mit meiner Weisheit hinterm Berg gehalten hatte.

Ich brauchte wirklich erst noch mehr Informationen. In Gedanken probierte ich mehrere Möglichkeiten durch (heimlich in Ljubas Zimmer suchen, sie zur Rede stellen), aber das schien nicht sehr erfolgversprechend.

In der Schule wurde ich nacheinander von zwei Lehrkörpern höflich, aber bestimmt darauf hingewiesen, dass ich nicht bei der Sache war.

Oh doch – ich war ganz bei der Sache. Bloß dass meine Sache eben weder Chemie noch Geschichte war.

Meine Sache hieß Ewa und bekam angeblich noch Geld von Ljuba. Ewa wusste bestimmt etwas über Ljuba, das mir was nützen würde.

Aber wer genau war sie? Und wie kam ich an sie ran?

Auf gar keinen Fall würde ich Ljubas Zimmer durchschnüffeln – nein, so tief wollte ich nicht sinken! Außerdem (ich bin ja keine Heilige) war sie bestimmt zu raffiniert, um irgendwas rumliegen zu lassen, aus dem man ihr einen Strick drehen konnte.

Zwei Tage später spielten die Zwillinge im Hof in ihrem Plastikplanschbecken und ich saß in der alten Hollywoodschaukel und las einen Text für Deutsch.

Es war für Bremer Verhältnisse immer noch schrecklich heiß und sogar die Streitereien der Zwillinge waren irgendwie schlapp, ohne Pepp.

»Du bist doof«, sagte Kathi.

»Selber«, sagte Kris.

»Selber«, sagte Kathi.

»Na und?«, sagte Kris. »Sind wir eben beide doof.«

Ich grinste in mich rein, aber ich hatte sie mal wieder schrecklich lieb.

»Wollt ihr was zu trinken?«, fragte ich. »Ich geh mir was holen.«

»Au ja«, sagte Kris träge.

»Hmmm«, sagte Kathi.

Ich stand auf, reckte mich und blinzelte in die Sonne. Dann ging ich ins Haus und stieg die Treppe hoch. Wahrscheinlich hörte Ljuba mich nicht rechtzeitig, weil ich barfuß war. Aber ich hörte sie sehr wohl – und zwar Russisch reden. Sie war wütend. Die Wörter konnte ich natürlich nicht verstehen, aber am Ton war klar zu erkennen, dass sie sich mit jemandem stritt.

Etwa mit dieser Ewa?

Sie schien meine Anwesenheit gespürt zu haben, denn plötzlich fuhr sie herum und sah mich. Sie presste die Lippen aufeinander und wandte mir betont abweisend den Rücken zu. Danach hörte ich nur noch Gemurmel, ziemlich zorniges Gemurmel. Aber da war ich schon in der Küche, hatte die Gläser gefüllt und lief wieder die Treppe runter.

»Warum hast du denn so lange gebraucht?«, beklagte sich Kathi.

»Ach, ich hab Ljuba im Wohnzimmer telefonieren hören. Sie war ziemlich sauer.«

»Mhhhm, das ist sie manchmal, das hab ich auch schon gehört, wie sie auf Russisch telefoniert hat und ganz sauer war.«

»Ich auch«, kam es prompt von Kris.

»Na ja, aber wir verstehen ja kein Russisch, und deshalb wissen wir nicht, was sie da quatscht«, sagte ich und schlug mein Buch wieder auf.

»Aber sie hat auch schon auf Deutsch telefoniert. Und jemand angemeckert.«

»Ach ja?«, sagte ich und tat uninteressiert – dabei war ich äußerst gespannt.

»Mhhhm«, machte Kris und tat sich wichtig. »Sie hat ihn Wassja genannt. Hab ich gehört.«

»Ich auch«, kam sogleich das Echo.

»So, so.« Ich blätterte in meinem Buch. »Und wer ist dieser Wassja?«

»Das ist doch ihr Freund«, erklärte Kris wichtigtuerisch.

»Ist er gar nicht«, widersprach ihre andere Hälfte. »Das ist doch ihr Lehrer.«

»Hä?« Ich war total verblüfft. Was wussten die beiden denn noch alles?

»Dieser Wassja bringt anderen Russen Deutsch bei«, sagte Kathi. »Der arbeitet da, wo Ljuba immer hingeht.«

»Und Russinnen«, ergänzte Kris und schlug mit der flachen Hand ins Wasser. »Immer sagst du nur die Männer!«

»Gar nicht!«, brüllte Kathi, und während die beiden das mit einer Wasserschlacht ausfochten, dachte ich über das nach, was ich eben erfahren hatte.

Aber weiter brachte mich das auch nicht. Ist doch schließlich normal, wenn man seinen Lehrer kennt, oder?

Ljuba tauchte in der offenen Kellertür auf und musterte mich argwöhnisch.

Aber sie hätte sich keine Sorgen machen müssen, ich konnte immer noch kein Russisch, insofern waren ihre Geheimnisse vor mir (zumindest vorläufig) sicher.

»Ich gehe einkaufen«, sagte sie. »Kommt jemand mit? Kathi? Kris?«

»Kriegen wir ein Eis?«, fragte Kris schnell.

Mannomann, die waren schlau.

»Glaube ich bestimmt, Sabine hat nichts dagegen, wenn ich euch kaufe ein Eis.«

»... wenn ich euch ein Eis kaufe«, korrigierte ich leise. Darum hatte sie uns schließlich ausdrücklich gebeten. »Ich glaube bestimmt ...«

Sie schoss einen bösen Blick in meine Richtung, den ich mit freundlichem Lächeln zur Kenntnis nahm, und dann verschwanden die drei, nachdem sich die Minis ihre Shorts und Sandalen angezogen hatten.

Deshalb war ich allein zu Hause, als es etwa eine Viertelstunde später klingelte.

29

Ewa. Doch diesmal war sie nicht allein, diesmal war noch eine Frau bei ihr. Klein, zierlich, braunhaarig und ziemlich aufgeregt.

»Hallo«, sagte ich perplex. Damit hatte ich ja nun überhaupt nicht gerechnet.

»Guten Tag«, sagte Ewa. Sie zeigte auf ihre Begleiterin: »Das ist Sonja.«

»Äh, nett«, sagte ich etwas blöde. »Ljuba ist nicht da.«

Ewa stieß ein Wort durch ihre rosarot geschminkten Lippen, das garantiert kein Kosename war. Sie sah diese Sonja fragend an.

»Können wir reden mit dir?«, fragte sie mich dann.

»Ja klar«, sagte ich und überlegte fieberhaft, ob ich sie reinbitten sollte. Was würde passieren, wenn Ljuba vom Einkaufen zurückkäme und diese beiden in unserem Wohnzimmer vorfände?

»Aber nicht hier«, sagte Sonja. »Können wir spazieren gehen?«

»Klar«, sagte ich erleichtert, weil mir die Entscheidung abgenommen wurde.

Ich schnappte mir meinen Hausschlüssel und machte die Tür hinter mir zu. Schweigend gingen wir bis zur nächsten Ecke.

»Gibt irgendwo eine Bank oder so?«, fragte Ewa.

»Wir könnten rüber zur Kleinen Weser gehen«, sagte ich. »Da gibt es Bänke, oder wir setzen uns ins Gras.«

»Okay«, sagte Ewa und wir liefen schweigend weiter. Nach wenigen Minuten waren wir am Deich und Ewa zeigte auf eine Bank unter Bäumen. »Da, okay?«

Ich nickte und wir setzten uns.

Ich zog die Knie an und umschlang meine Beine, als würde ich dadurch mehr Sicherheit gewinnen. Diese ganze Situation war äußerst rätselhaft.

»Du bist Tochter von Bernhard Koopmann, ja?«, eröffnete Ewa das Gespräch.

»Ja«, sagte ich, immer noch total verdattert.

»Ljuba ist Schulfreundin von Sonja.« Ewa zeigte auf Sonja und die nickte.

Ich nickte auch.

»Ich bin Freundin von Sonja, okay?«, sagte Ewa.

Ich holte tief Luft und atmete langsam wieder aus. Was zum Teufel wollten die beiden?

Jetzt ergriff Sonja das Wort. »Es gibt ein Problem«, sagte sie fast ohne jeden Akzent. »Ich wollte als Aupair nach Deutschland gehen und bekam Adressen von einer Vermittlung in Bremen. Das habe ich Ewa erzählt, und die wollte auch mitkommen und Sprache lernen. Ljuba hat davon gehört und hat uns angesprochen.«

Sie sah aufs Wasser und ich zupfte Grashalme aus. Was sollte das alles?

»Sie wollte, dass wir sie anrufen, wenn wir in Deutschland sind. Habe ich getan. Sie war ganz aufgeregt, als sie gehört hat, wir haben Adressen in Bremen. Und ist total ausgeflippt, als sie gehört hat, ich habe Adresse von Familie Koopmann.«

Hä?

»Ljuba telefoniert mit uns, sie will unbedingt zu dieser Familie Koopmann und kommt mit nächstem Zug nach Bremen. Aber Ewa will auch dorthin. In Papieren steht, nette Familie, viele Kinder und so. Findet Ewa gut. Also will sie zu Familie Koopmann.«

Wow! Ich wusste gar nicht, dass wir so ein begehrtes Ziel für Au-pairs waren!

»Ljuba bietet Geld. Ich soll kriegen Geld und ihr die Stelle lassen bei Familie Koopmann«, sagt Ewa. »Ich kann brauchen Geld, okay? Also, ich sage Ja und Ljuba geht zu Familie Koopmann und ich zu altes Ehepaar Schröder. Keine Kinder, aber drei Hunde.« Sie verzieht das Gesicht. »Ist nicht gut Sprache lernen von Hunden. Bellen leider nicht auf Deutsch.« Sie seufzt. »Aber ich lerne Deutsch in der Schule. Ist okay. Aber dann ...« Sie runzelt die Stirn. »Kein Geld. Ljuba zahlt kein Geld. War Verabredung, aber sie zahlt nicht.«

»Äh, wie viel solltest du denn bekommen?«, frage ich. Ist doch ganz spannend, wenn man mal erfährt, wie viel man wert ist.

»Zweihundert Euro«, sagt Sonja. »Aber Ljuba hat nur gezahlt zwanzig Euro. Und jetzt will Ewa zurück nach Moskau und will kaufen Geschenke und hat kein Geld. Und ist sauer. Sehr sauer.«

»Das verstehe ich«, sagte ich. »Aber was soll ich da tun? Ich kann Ljuba doch nicht zwingen, das Geld zu zahlen, oder wie stellt ihr euch das vor?«

Ewa verzog den Mund, und Sonja sagte: »Wenn Ljuba nicht bezahlt, dann kannst du vielleicht bezahlen.«

»Ich?«, sagte ich erschrocken. »So viel Geld hab ich nicht! Und warum soll ich das überhaupt bezahlen? Ich hab doch nichts versprochen! Was geht mich das an?«

Sonja lächelte. Es war kein sehr freundliches Lächeln. Eher boshaft.

»Das geht dich eine Menge an. Willst du nicht wissen, warum Ljuba unbedingt zu Familie Koopmann hat gewollt, äh, gewollt hat?«

Ich überlegte.

Doch, das interessierte mich natürlich schon. Dass der gute Ruf unserer Familie bis nach Moskau vorgedrungen war, erschien ziemlich unwahrscheinlich. Also musste es da irgendwas geben, wovon ich nichts wusste.

»Klar würde ich das gern wissen. Aber ich habe ehrlich nicht so viel Geld. Tut mir schrecklich leid. Bei aller Neugier – ich hab nur mein Taschengeld und kaum was gespart. Das ist die bittere Wahrheit.«

Ewa legte den Kopf schief und musterte mich. So aus der Nähe sah sie jünger aus als neulich an der Haustür. Sie trug ein Kleid mit Spaghettiträgern und darunter einen dieser BHs mit durchsichtigen Plastikträgern. Die schnitten ins Fleisch ein, aber wahrscheinlich fand sie sich so schick, dass sie das gern ertrug. Sonja war nicht so zurechtgemacht, mit den abgeschnittenen Jeans und dem knallgrünen T-Shirt sah sie eher aus wie ich.

»Was könntest du bezahlen?«, fragte sie.

Ich zuckte die Achseln. »Höchstens dreißig Euro, wenn ich mir bei meiner Mutter noch einen Vorschuss hole. Aber bald sind Ferien und da will ich nicht gern pleite sein.«

»Kannst du dir was leihen oder so, ja?« Ewa sah mich unzufrieden an. Offensichtlich dachte sie an eine ganz andere Summe.

»Hör mal«, langsam ging mir diese Geheimniskrämerei auf den Keks, »ich weiß doch gar nicht, worum es geht. Warum soll ich dir Geld besorgen, wenn Ljuba bei dir Schulden hat? Mal ganz ehrlich, das müsst ihr doch unter euch ausmachen.«

Ewa stieß ein wütendes Schnauben aus und da mischte Sonja sich wieder ein.

»Vielleicht hast du nicht kapiert«, sagte sie und krauste die Nase. »Wir wissen etwas, und wir denken, dass du das auch wissen willst. Aber Ewa hat Probleme mit Geld und deshalb will sie das nicht sagen für umsonst. Verstehst du?«

Ich begriff nicht, was da abging. Wollten die beiden mich erpressen?

Nein, es ging ja gar nicht um mich. Ich schüttelte den Kopf und holte wieder tief Luft. »Also: noch mal von vorn. Ihr sagt, Ljuba wollte aus einem bestimmten Grund bei unserer Familie Au-pair-Mädchen werden. Stimmt das?«

Ewa nickte und Sonja kicherte wieder.

»Und ihr kennt den Grund?«

Nicken.

»Und ihr glaubt, dass ich den wissen will?«

Ewa lachte und Sonja kicherte.

Ich wusste nicht, was ich von der ganzen Sache halten sollte. Auf der einen Seite war ich neugierig, auf der anderen Seite fand ich diese Geldgier ziemlich sonderbar. Sie hätten mir ja auch erzählen können, was sie wussten, und ich hätte selber sagen können, was mir das wert war.

Aber so liefen solche Sachen wohl nicht.

Meine Güte, ich kam mir vor wie in einem Agenten-Thriller. Aber dann sah ich in Ewas rosiges und in Sonjas braun gebranntes Gesicht und dachte, ich spinne.

Ich mochte Ljuba nicht, sie hatte mit viel Raffinesse dafür gesorgt, dass ich bei meiner Familie und bei meinen Freundinnen schlecht dastand; dass die mir nicht glaubten, dass ich allen Grund hatte, mich gegen Ljubas Intrigen zu wehren. Andererseits wollte ich mich auch nicht in einen Zickenstreit reinziehen lassen. Was war, wenn mich die beiden hier, Ewa und Sonja, dazu benutzten, um mit Ljuba irgendein Hühnchen zu rupfen?

Ich merkte, dass mir ganz wirr im Kopf wurde, und stand auf.

»Hört mal, ich weiß echt nicht, was das soll. Ich hab

dabei ein blödes Gefühl. Ljuba ist nicht gerade meine Freundin, aber ich finde das auch nicht gut, hinter ihrem Rücken irgendwelche Informationen zu kaufen. Ehrlich gesagt, bin ich ratlos.«

Sonja hatte sich rückwärts auf die Ellenbogen gestützt und schaute aufs Wasser.

Ewa zupfte sich an ihren weißblonden Haaren und verzog den Mund.

»Pass auf«, sagte Sonja dann. »Du denkst in Ruhe über alles nach. Ich gebe dir meine Telefonnummer, und wenn du mit Kohle rüberkommen willst, dann rufst du an, und wir treffen uns.« Sie wühlte in ihrem Rucksack und holte ein Notizbuch und einen Kuli heraus. Dann riss sie eine Seite aus dem Büchlein, schrieb eine Nummer drauf und gab mir den Zettel.

»Du hast eine Woche Zeit«, fuhr sie fort. »Ewa fährt am 15. Juli zurück nach Russland. Bis dahin braucht sie das Geld.«

Ich grinste. »Ja, ja, wegen der Geschenke.«

»Glaubst du, ich will zurückfahren ohne iPod und so?«, stieß Ewa plötzlich hervor. »War ich halbes Jahr in Deutschland und hab ich keinen *iPod* und kein *iPhone* und keinen Laptop und gar nichts.«

Ich wich etwas zurück, weil mich der plötzliche Ausbruch wie ein wütender Windstoß traf. »Haben dir deine – wie hießen die noch mal? – Schröders denn nichts bezahlt?«

»Kannst du vergessen, okay? Kostet Schule Geld, kosten Klamotten Geld, kostet Disco Geld – alles teuer, schrecklich teuer.«

Sie sah enttäuscht aus. Anscheinend hatte sie sich diesen Aufenthalt in Deutschland ganz anders vorgestellt.

Aber das war echt nicht meine Schuld. Bloß erklärte das eine Menge. Sie wollte jetzt auf den letzten Drücker noch an Geld kommen, um sich wenigstens ein paar ihrer Wünsche zu erfüllen.

Ich spürte das Stück Papier in meiner Hand.

»Ich überleg's mir. Ich hab ja deine Nummer«, sagte ich. »Also dann tschüs.«

Ich drehte mich um und ging langsam nach Hause.

Als ich in mein Zimmer kam, hörte ich die Zwillinge im Hof streiten. Sie waren also wieder da. Ich legte den Zettel mit der Telefonnummer in mein Deutschheft und ging raus.

»Na, hat das Eis gut geschmeckt?«

»Ich hab Schtratschateller genommen«, sagte Kris. »Wieso heißt das eigentlich Teller, wo es doch Eis ist?«

»Weil es Italienisch ist«, sagte Kathi. »Die sagen halt Teller zum Eis. Ist eben so.«

Ich verkniff mir ein Kichern. »Und was hattest du?«, fragte ich Kathi.

»Limone«, sagte sie und wandte sich wieder ihren Spielfiguren zu. »War aber zu wenig.«

Ich setzte mich wieder in die alte Schaukel und schlug mein Buch auf.

Ljuba kam heraus und brachte einen Krug mit Eistee mit. »Zum Abkühlen«, sagte sie. »Ist so heiß.«

Ich sah hoch. »Krieg ich auch was?«

Sie sah mich mit unbewegtem Gesichtsausdruck an. »Na klar.«

Während sie eingoss, tat ich so, als würde ich lesen, und betrachtete sie unauffällig.

Sie hatte ihre dunklen Locken mit einer Kralle zusammengefasst, aber einzelne Löckchen ringelten sich an ihrem Hals. Sie hatte einen Jeans-Minirock an und dazu ein bauchfreies gelbes T-Shirt und das brachte ihre Kurven ziemlich gut zur Geltung. Sie sah schon verdammt gut aus, und ich spürte Eifersucht in mir aufsteigen.

Ob Marlon sie attraktiver fand als mich? Dieser Gedanke gab mir einen Stich direkt ins Herz, aber ich fand mich albern. Marlon hatte mir doch gesagt, dass ich seine Freundin war, und Punkt.

Ich biss die Zähne zusammen, bis sie knirschten, und konzentrierte mich auf den Buchtext.

Als ich dann plötzlich aufschaute, sah ich, dass Ljuba mich betrachtete. Obwohl sie den Blick rasch abwandte, hatte ich den Ausdruck darin doch erkannt.

Ich hätte schwören können, dass es Eifersucht war. Oder Neid. Irgendwas Missgünstiges jedenfalls.

Seltsam.

War Ljuba auf mich eifersüchtig?

Das hatte ich schon mal vermutet, aber dann wieder verworfen. Vielleicht zu voreilig.

30

Am nächsten Tag goss es in Strömen.

»Zu blöd, wenn die Wettervorhersage recht behält«, sagte Daniel beim Frühstück. »Ich fand das mit der Sonne viel besser.«

»Aber da kann man nicht durch Pfützen patschen«, klärte Kris ihn auf. »Das macht Spaß.«

Ich beobachtete derweil Ljuba, die sich einen Espresso gemacht hatte und ihn im Stehen trank. Sie war die Einzige, die morgens schon einen Espresso trank, aber das fand sie offensichtlich total in Ordnung. Meine Eltern auch.

Wenn ich mir das erlaubt hätte, hätte es garantiert Stunk gegeben, aber Ljuba durfte alles, sie war eine Mischung aus Gast, Tochter und Hausmädchen und nutzte alle Vorteile dieser drei Positionen. Früher hatte es mal »Haustöchter« gegeben (das wusste ich aus alten Romanen) – ob das die damaligen Au-pairs waren?

Als hätte sie gemerkt, dass ich mir Gedanken über sie machte, hob Ljuba den Blick und sah mir direkt in die Augen.

Ich zuckte mit keiner Wimper.

Warum kannst du mich nicht leiden?, fragte ich sie stumm. Warum bringst du mich dauernd bei meinen Eltern und Freundinnen in Verschiss? Was hab ich dir denn getan?

Doch ihr Blick verriet mir nichts und ihre Miene blieb

ausdruckslos. Sie drehte sich um und stellte ihre Tasse in die Geschirrspülmaschine. Wieder mal hatte ich keine Antwort auf meine bohrenden stummen Fragen bekommen. Ich schmierte mir ein Wurstbrot für die Pause, holte meinen Rucksack, zog den Regenmantel an, brüllte »Tschüs« und lief zur Straßenbahnhaltestelle.

An diesem Mittag ging ich nach der Schule ausnahmsweise mal ohne Zwischenstopp nach Hause, weil Mama ihre selbst gemachten Hamburger angekündigt hatte, und die wollte ich mir nicht entgehen lassen.

»Ach, sieh mal da, unsere Alex geruht mal wieder mit uns zu speisen«, lästerte Daniel, als er mich sah.

»Tja, Pech gehabt, Alter, jetzt kannst du nicht alles allein essen«, sagte ich und wollte den Tisch decken.

»Mach ich schon«, sagte Ljuba und setzte einen Stapel Teller auf den Esstisch.

Daniel holte das Besteck aus der Schublade, und ich stand blöd daneben, als wäre ich ein uneingeladener Störenfried.

»Wie schön, dass du da bist«, sagte meine Mutter dann netterweise, als sie die Schüsseln mit den Hamburgerzutaten hereinbrachte. »Kannst du heute Nachmittag bitte mit Kathi zum Augenarzt gehen? Sie haben in der Schule einen Sehtest mit den Kindern gemacht, und da soll was überprüft werden und ich hab rätselhafterweise gleich einen Termin gekriegt.«

»Aber kann ich doch ...«, sagte Ljuba schnell.

»Nein, brauchst du nicht«, sagte ich zuckersüß. »Ich gehe gern mit meiner kleinen Schwester zum Arzt, was, Kathi?«

»Ja«, brüllte Kathi, und Kris jammerte: »Ich will auch zum Arzt! Kann ich mit?«

»Klar«, sagte ich großzügig. Mir war ganz warm ums Herz. Ich hatte gar nicht gemerkt, wie sehr ich mich mit meinen mittäglichen Ausweichmanövern ins Aus geballert hatte.

Und mir entging auch nicht, dass Ljuba äußerst sauer war, weil sie gegen die große Schwester nicht angekommen war.

Nach dem Mittagessen gab mir Mama die Krankenkassenkarten und dann stapften die Minis und ich durch den Regen zur Straßenbahn und zur Praxis.

Während wir im Wartezimmer darauf warteten, dass wir drankamen, plapperten Kris und Kathi drauflos. Da sonst nur noch zwei alte Damen dasaßen, die lächelnd zuhörten, ließ ich Kathi und Kris sabbeln.

»Du-u«, Kris zupfte mich am Ärmel. »Gestern hat Ljuba uns Gummibärchen mitgebracht. Kaufst du uns auch welche? Wir sagen auch nix zu Mama.«

»Wie bitte?« Gummibärchen standen bei Familie Koopmann auf der Liste ausgestorbener Nahrungsmittel und das wusste Ljuba ganz genau. »Kriegt ihr von Ljuba oft so ... äh ... tolle Geschenke?«

Kathi und Kris nickten und strahlten. »Neulich hat sie uns *Mars* geschenkt«, kam es von Kris, und Kathi sagte: »Und neulich Lutscher.«

Autsch. Da steckte doch garantiert was dahinter.

»Und wofür habt ihr das gekriegt?«, fragte ich ziemlich listig, wie ich fand.

»Na, damit wir nichts sagen.« Kathi kicherte. »Dass Ljuba uns manchmal mitnimmt.«

»Wohin nimmt sie euch denn mit?«, fragte ich und tat uninteressiert, obwohl ich vor Neugier fast platzte.

»Na, wenn sie sich mit Grigorij trifft«, erklärte Kris, als wäre ich ein kompletter Trottel ohne jede Ahnung von wichtigen Dingen.

»So, so ... Grigorij«, murmelte ich und war innerlich wie elektrisiert. »Das ist doch der Schwarzhaarige, oder nicht?«

»Aber nein, du Dösbaddel, der ist doch blond!« Kathi lachte laut über mich ahnungslose große Schwester. »Und der hat so ein Tatwu oder wie das heißt.«

»Wo denn?«

»Na, am Arm ...« Sie wollte mich gerade in die Tätowierung dieses mir unbekannten Herrn einweihen, als wir drankamen.

Kathi musste durch ein seltsames Gestell kucken und Bilder und Buchstaben nennen und dann wurden noch irgendwelche Messungen durchgeführt.

»Krieg ich jetzt 'ne Brille?«, fragte sie dann hoffnungsvoll.

Die Ärztin schüttelte den Kopf. »Nein, du brauchst glücklicherweise keine.«

»Schade.«

»Kann ich vielleicht eine kriegen?«, erkundigte sich Kris.

»Auf gar keinen Fall«, sagte ich und die Ärztin lachte.

»Katharina sollte in einem halben Jahr wiederkommen«, sagte sie dann. »Nur zur Sicherheit.«

»Geht in Ordnung«, sagte ich und wir waren entlassen.

Draußen auf der Straße versuchte ich noch mal das Gespräch auf diesen Herrn Grigorij zu bringen, aber die Zwillinge hatten keine Lust mehr, über ihn zu sprechen.

»Der redet nur so Russisch«, sagte Kathi. »Den können wir nicht verstehen. Deshalb kennen wir ihn eigentlich gar nicht.«

Wir erledigten noch ein paar Besorgungen und fuhren dann heim. Während die Zwillinge sich ausmalten, was sie gleich spielen würden, grübelte ich über das nach, was ich gerade erfahren hatte.

Ljuba traf sich mit einem Grigorij und bestach die Minis, damit sie den Mund hielten und nichts von diesen Treffen verrieten.

Es gab also nicht nur Ewa und Sonja, es gab auch einen Grigorij.

Hm. Aber was ging mich das an? Ljuba konnte doch kennen, wen sie wollte. Mir stank allerdings die Heimlichtuerei und dass sie Kathi und Kris mit Süßkram bestochen hatte. Warum war ihr das so wichtig, dass wir von diesem Grigorij nichts erfuhren?

Ein Schauder lief mir das Rückgrat entlang und der hatte nichts mit der abgekühlten Temperatur dieses Regentages zu tun. Ich horchte in mich rein und fühlte ... Angst.

Angst? Wieso das denn? Ich brauchte doch keine Angst zu haben! Ljuba hatte es doch nicht auf mein Leben abgesehen! Was für ein theatralischer Mist!

(Und der Sturz auf der Kellertreppe neulich? Hätte ich mir da nicht das Genick brechen können?)

Jedenfalls hatte ich ein beklemmendes Gefühl.

Irgendwas war da nicht in Ordnung.

Irgendwas war da ganz und gar nicht in Ordnung.

Irgendwas lief da total aus dem Ruder.

Zu Hause herrschte dicke Luft.

Meine Mutter hockte schimpfend vor der Waschmaschine in der Küche.

»So ein Mist! Wer hat denn meinen Kaschmirpulli geschrumpft? Der war so teuer! Schaut euch doch bloß mal das an!«

Sie hielt einen ziemlich unansehnlichen Pulli in die Höhe.

»Ich dachte, Filzen wäre die große Mode!«, sagte Daniel und lachte.

Meine Mutter sah ihn böse an. »Das ist kein Witz, du Depp! Irgendwer hat meinen Pulli bei sechzig Grad gewaschen, zusammen mit der Bettwäsche. Oh nein, wie gemein! Wer war das?«

Ich hob abwehrend die Hände. »Ich nicht! Ich war heute nicht mal in der Nähe der Waschmaschine, ehrlich!«

Daniel sagte: »Ich benutz die doch nur im äußersten Notfall! Vielleicht mal bei Sportklamotten oder so. Aber ich wasch doch keine Bettwäsche!«

»Diese Einstellung find ich ziemlich bescheuert«, erklärte sie, »aber darum geht es jetzt nicht! Also, wer hat diese Wäsche angestellt?«

Ich schüttelte den Kopf, die Zwillinge brüllten, sie wären es ganz bestimmt nicht gewesen, und Mama sah Ljuba an.

»Nein, Sabine, das war ich nicht.« Dann zog sie aus dem Klumpen gewaschener Wäsche ein blaues T-Shirt raus.

Es gehörte eindeutig mir.

Mama drehte sich zu mir um. »Na?«

»Nein, verdammt, ich hab keine Wäsche angestellt!«, protestierte ich, aber an den skeptischen Mienen von Mama und Daniel konnte ich ablesen, dass sie mir nicht glaubten.

Ich zeigte auf meinen Mund. »Lest es mir von den Lippen ab: ICH WAR ES NICHT!«

»Na gut.« Mama seufzte, aber ich merkte, dass sie mir doch nicht so richtig glaubte.

Ich sah Ljuba an und entdeckte ein winziges Lächeln in ihren Mundwinkeln, bevor sie sich schnell umdrehte. In ihrer triumphierenden Haltung mit dem boshaften Blick erinnerte sie mich an die schreckliche Mrs Danvers aus *Rebecca*.

Oh ja! Jetzt war ich mir ziemlich sicher: *Sie* war es gewesen, weil sie mir was anhängen wollte! Aber ich konnte es nicht beweisen.

Irgendetwas in mir riss.

Mein Geduldsfaden oder meine Hoffnung, diese blöde

Nicht-Beziehung zu unserem Au-pair doch noch irgendwie hinzubiegen.

Ich biss die Zähne zusammen. Heute Abend würde ich die Bombe hochgehen lassen.

Nein, keine Bombe. Ein Bömbchen. Ein hübsches, kleines Bömbchen.

Beim Abendbrot wartete ich, bis alle ihre Erlebnisse des Tages berichtet hatten und bis meine Mutter ihren Frust wegen dem ruinierten Pulli losgeworden war.

Dann erkundigte ich mich betont beiläufig: »Sag mal, Ljuba, warum bringst du deinen Bekannten nicht mal mit hierher? Oder deine Freundinnen?«

Ljubas Kopf ruckte hoch und sie lächelte gezwungen.

»Hab ich eigentlich keine Freunde. Bin ich ja meistens hier.«

Ich grinste und sagte: »Und dieser Grigorij?«

Mama, Papa und Daniel sahen mich erstaunt an, aber Ljubas Blick schoss zuerst nach links und rechts zu Kathi und Kris, die mich erschrocken ansahen.

Sorry, ihr Süßen, aber ich muss dieses Geheimnis lüften!

»Ach ... äh ... Grigorij, ja, äh, der geht auch auf meine Sprachschule, möchte auch lernen Deutsch!«

»Möchte auch Deutsch lernen«, korrigierte ich freundlich.

»Möchte auch Deutsch lernen«, wiederholte sie unbewegt, aber ich spürte ihre Wut.

»Woher weißt du denn, dass es diesen Grigorij gibt?«, fragte Mama mit gerunzelter Stirn.

»Ach, das ...« (Ich wollte die Minis nicht bloßstellen.) »Das hat mir Ewa erzählt.«

»Ewa?«, fragten mein Vater und Daniel gleichzeitig.

»Ja, sie wollte Ljuba neulich hier besuchen, aber die war nicht da, und so kamen wir ins Gespräch.«

»Aha«, sagte Papa und wandte sich an Ljuba. »Du kannst deine Freunde und Bekannten wirklich gern hierher mitbringen, das ist schon okay.«

Ich war mit Essen fertig und hatte die Arme vor meiner Brust verschränkt, während ich Ljuba beobachtete.

Dann ließ ich noch ein Bömbchen platzen.

»Ach, und übrigens, diese Ewa wollte Geld von dir. Du würdest ihr noch was schulden.«

War Ljuba zusammengezuckt? Ich war mir nicht sicher. Aber sie hatte sich schnell wieder unter Kontrolle.

»Ach, diese Ewa«, sagte sie und wedelte mit der Hand. »Die hat mir mal Geld geliehen für Make-up. Kriegt sie doch. Soll sich nicht so wichtig machen.«

»Ach so«, sagte ich und registrierte befriedigt, dass Ljubas Körper sich sekundenlang versteifte. »Dann ist es ja nicht so schlimm. Bei ihr hat sich das irgendwie ganz anders angehört.«

»Das muss Ljuba dann mit dieser ... Ewa klären«, sagte Mama. »So, abräumen! Ich für mein Teil bin erledigt, das Pulloverdesaster war wirklich eine blöde Überraschung.«

»Ach, Schätzchen«, sagte Papa und ging hinter ihr her ins Wohnzimmer. »Dann kaufst du dir eben einen neuen. Das können wir uns leisten, ganz bestimmt.«

Daniel und ich trugen das Geschirr in die Küche – und ich registrierte zufrieden, dass Ljuba sich dieses Mal nicht vordrängelte, um zu helfen. Aber die musste abends ja auch in ihre Schule.

Doch ins Wohnzimmer ging ich nicht – ich wollte Mamas vorwurfsvolle Blicke nicht ertragen müssen.

Bestimmt hielt sie mich immer noch für die Filzerin.

Dabei hatte ich das reinste Gewissen der Welt. Aber was nützte das, wenn einem niemand glaubte?

31

In meinem Zimmer rief ich die Nummer an, die mir Sonja gegeben hatte, aber es ging keiner ran, und ich hätte ohnehin nicht gewusst, was ich auf die Mailbox sprechen sollte.

Etwa: »Ljuba weiß, dass ich Ewa getroffen habe«, oder: »Kennt ihr einen Grigorij?«

Vielleicht würde Sonja mich zurückrufen, sie hatte ja jetzt meine Nummer.

Dann rief ich Marlon an.

»Ich hab solche Sehnsucht nach dir«, sagte ich. »Und ich würde dir gern was erzählen, aber das nervt dich ja doch bloß ab.«

»Geht es wieder um eure Russenschönheit?«, fragte er. »Übrigens hab ich auch Sehnsucht nach dir. Riesige.«

Na gut, damit hatte er die Frechheit mit der »Russenschönheit« wieder ein bisschen gutgemacht.

»Ich lieg hier auf meiner Koje und mir ist ganz kalt.«

»Ja«, sagte ich. »Scheißregentag.«

Er lachte. »Nein, mehr so kalt an meiner Seite. Da solltest eigentlich du sein ...«

Mmmhm, das tat gut.

Dann erzählte ich ihm von dem Waschmaschinenmalheur und schwor ihm, dass ich seit Tagen nicht an der Waschmaschine gewesen war.

»Ts«, machte er dann. »Hört sich schon seltsam an.«

»Ja, aber warum macht sie das? Weil sie tierische Lust

hat, mich zu ärgern? Das kann es doch nicht sein. Was will sie damit bezwecken?«

Er schwieg ein paar Augenblicke.

»Hm. Keine Ahnung«, sagte er dann. »Immer wenn ich sie sehe, ist sie gut drauf und tut so, als würde sie alle Koopmanns, dich eingeschlossen, schrecklich gern haben. Wenn ich deine Geschichte nicht kennen würde, hätte ich nicht mal die Untertöne mitgekriegt.«

»Meine Eltern kennen mich doch auch ganz gut, aber die kriegen sie überhaupt nicht mit«, sagte ich einigermaßen verbittert.

»Anders als ich«, entgegnete er sanft und da fühlte ich mich wie in einer Umarmung.

Wir redeten dann noch eine Weile über uns und unsere Gefühle, und am liebsten wäre ich sofort zu ihm gerannt.

Aber es schüttete draußen wie aus Kannen, und außerdem hätten meine Eltern komisch gekuckt, wenn ich um halb neun noch mal losgezogen wäre. Während der Woche fänden sie das nicht gut. Von wegen Schule und so.

Da hatten sie ja auch recht, aber ich nagte noch an dem ungerechten Verdacht, ich hätte Mamas Pulli geschrumpft.

Gleichzeitig grübelte ich, was Ljuba mit solchen Aktionen bezweckte.

Meine Eltern würden mich deshalb doch nicht rausschmeißen und sie adoptieren!

Warum hasste sie mich so?

Tante Henny sprang auf mein Bett und legte sich neben mich.

Geistesabwesend streichelte ich ihr Fell.

Sie schnurrte zufrieden.

Ich beneidete sie von ganzem Herzen.

Tante Henny hatte keine Ahnung, wie es war, wenn man von jemandem gehasst wurde. Wenn dieser Jemand nur darauf lauerte, dass die eigene Familie sich von einem abwandte.

Ein Klingelton schreckte mich aus dem Schlaf hoch.

Völlig verpennt suchte ich im Dunkeln auf dem Nachttisch nach meinem Handy, wo ich es nach dem Gespräch mit Marlon hingelegt hatte.

»Ja?«, krächzte ich verschlafen.

»Alex?«, fragte eine Frauenstimme.

»Ja. Wer ist da?«

»Hier Sonja. Hast du Geld?«

»Nein. So schnell geht das nicht.« Jetzt war ich endlich ganz wach. »Ich hab euch doch gesagt, dass ich nicht viel Bares hab.«

»Hast du *iPod*?«, fragte sie.

»Nein, leider nicht.« (Na gut, das war gelogen. Aber mein *iPod* war mein schönstes Weihnachtsgeschenk gewesen. Der stand nicht zur Diskussion.)

»Aber Laptop?«

»Klar. Den brauch ich für die Schule.«

»Kannst du aber Ewa geben.«

»Wie kommst du darauf? Den brauch ich doch selber!«

»Ich dachte, du wolltest was über Ljuba erfahren.«

»Ja schon, aber ...«

»Und warum Ljuba zu eurer Familie wollte?«

»Ja, aber ...«

»Ist Laptop wichtiger?«

Ich schwieg. Ich überlegte. Hatte Dani nicht noch einen alten Laptop? Vielleicht kannte er ja wen, der einen hatte?

»Nein, der Laptop ist mir nicht so wichtig. Aber er ist auch nicht mehr ganz neu ...«

»Ist egal. Hauptsache Laptop. Wann kannst du ihn Ewa geben?«

Ich überschlug in Gedanken meine Möglichkeiten. »Übermorgen?«

»Freitag?«

»Ja.«

»Nein, besser Samstag. Da hat Ewa frei.«

»Na gut, dann am Samstag. Passt mir auch besser. Und wo wollen wir uns treffen?«

»Hm.« Sie dachte nach. »An der Weser, wie letztes Mal?«

»Um wie viel Uhr?«, fragte ich.

»Um fünf Uhr nachmittags?«

»Geht klar.«

»Gut«, sagte Sonja. »Dann bis Samstag.« Sie beendete das Gespräch.

Ich sah auf die Uhr. Elf Uhr fünfunddreißig.

Na, die hatte Nerven!

Aber jetzt konnte ich nicht mehr zu Daniel hoch und mich mit ihm beraten.

Das musste bis morgen warten.

»Du, Dani? Kann ich reinkommen?« Ich hatte bis nach dem Mittagessen gewartet, weil ich keine Zuhörer bei diesem Gespräch haben wollte.

»Wenn's sein muss«, knurrte er, aber er grinste mich an, als ich die Tür hinter mir zuzog. »Was gibt's denn?«

»Ich brauche einen funktionierenden Laptop. Möglichst für lau.«

Er runzelte die Stirn. »Sonst nichts?«

»Hör schon auf! Es ist ziemlich dringend. Ich stecke in 'ner Klemme und muss mich mit so einem Ding auslösen.«

»Was du nicht sagst«, mokierte er sich. »Und über die Klemme willst du wohl nicht reden?«

»Doch«, sagte ich. »Aber dann erklärst du mich bloß wieder für behämmert, und deshalb beherrsche ich mich lieber.«

Ich setzte mich in seinen alten Ohrensessel und er drehte seinen Schreibtischstuhl um. Er musterte mich aufmerksam.

»Geht es wieder um deine Dauerfehde mit Ljuba?«

Ich stöhnte. »Ich hab mit dieser Fehde nicht angefangen, aber ihr denkt ja immer nur das Beste von ihr. Und das Schlechteste von mir.«

Er strich sich mit der Hand über den Kopf. »Hm. Du musst zugeben, du machst ihr das Leben ziemlich schwer.«

»Daniel, ich bin nicht hier, um mich zu beschweren oder zu rechtfertigen. Ich brauche einen billigen Laptop. Am besten umsonst.«

»Und warum? Wofür?«

Ich zuckte die Schultern. »Ich will niemanden damit erschlagen, falls dich das beruhigt. Ich werde auch nicht erpresst, falls du Angst um mich hast. Ich will dafür Informationen kriegen.«

»Informationen worüber?«

Ich schwieg und sah ihn an.

»Über Ljuba?«

Ich nickte.

Er verzog den Mund und stöhnte. »Hört das denn nie auf?«

»Was?«

»Dass du ihr ans Bein pinkeln willst?«

Ich hätte heulen können. Stattdessen atmete ich tief durch und fing noch mal an.

»Du magst doch Denkaufgaben, oder?«

Er nickte.

»Kannst du mal rein theoretisch einer Denkaufgabe folgen?«

Er nickte wieder.

»Okay, dann hör mal einfach zu und sag nix. Also, angenommen, hier taucht eine Russin auf, sie heißt Ewa, und behauptet, Ljuba schulde ihr Geld. Dann taucht die Russin wieder auf, diesmal mit einer Freundin, die Sonja heißt, und bestätigt, dass Ljuba dieser Ewa Geld schuldet.«

»Ach, das ...«, unterbrach er mich.

»Still, du sollst erst mal zuhören. Also, laut Sonja hat die Au-pair-Vermittlung eigentlich dieser Ewa die Stelle bei uns vermittelt – beziehungsweise ihr unsere Adresse gegeben. Als Ljuba dann davon erfahren hat, hat sie Ewa Geld angeboten, wenn die ihr den Vortritt bei Koopmanns lassen würde. Ewa war scharf auf die Mäuse und hat mitgemacht. Aber Ljuba hat sie hängen lassen und ihr statt zweihundert nur zwanzig Euro gegeben. Nun ist Ewas Au-pair-Jahr demnächst rum, und sie will das Geld, um sich irgendwelchen technischen Schnickschnack zu kaufen. Und wenn sie jetzt von mir das Geld kriegt, will sie mir sagen, warum Ljuba unbedingt zu uns wollte.«

Er sah mich total verdattert an. »Klingt ja echt bescheuert.«

Ich schwieg und sah ihn an.

Er fuhr sich wieder durch die Haare, die inzwischen alle wie Igelstacheln hochstanden.

»Du meinst also, sie ist gezielt hierher zu uns gekommen?«

Ich nickte. »Spricht so einiges dafür. Ich hab sie dabei überrascht, wie sie in unseren Fotoalben etwas suchte, wie sie Fotos verglichen hat ...«

»Davon hast du aber gar nichts gesagt.«

Ich schnaubte. »Und wer hätte mir geglaubt? Sie hätte euch wieder irgendwas aufgetischt und ich wäre die Böse gewesen.«

Er überlegte. »Schon möglich«, sagte er dann zögernd.

»Ganz bestimmt«, sagte ich. »Also, ich krieg die Info gegen meinen Laptop. Aber den will ich natürlich nicht rausrücken, den brauch ich ja.«

»Für deine Hitchcocks«, unterbrach er mich grinsend.

»Für meine Hausaufgaben«, erklärte ich ganz cool. »Und ab und zu seh ich mir auch einen Film darauf an, ja.«

Daniel blinzelte. »Ich hab momentan keinen hier, aber ich hab einen Kumpel, den könnte ich mal fragen.«

Ich streckte erleichtert die Beine aus. »Das wäre klasse. Ich hab Zeit bis Samstagnachmittag. Wär toll, wenn du bis dahin irgendwas Brauchbares auftreiben könntest.«

Daniel kratzte sich nachdenklich an der Nase. »Hm. Da schuldet mir aber auch noch wer einen Gefallen.«

»Na, super.«

Er lachte.

»Notfalls tut's auch ein *iPod*«, sagte ich.

»Hm. Das wäre natürlich noch einfacher. Na, ich seh mal, was ich tun kann. Übrigens ...«

»Ja?«

»Du hast mich ganz schön neugierig gemacht.«

Ich seufzte. »Mir reicht's schon, wenn du mich nicht mehr für eine eifersüchtige Zicke hältst.«

»Hab ich nie getan!«, beteuerte er, aber er wurde ein bisschen rot dabei.

»Nee, natürlich nicht«, sagte ich versöhnlich. »Also, Alter, du weißt doch: Misstrauisch und wachsam, so heißt die Parole!«

»Was? Ach, das haben wir mal gesagt, oder? Na gut: Misstrauisch und wachsam!«

Ich stand auf. »Dann hoffe ich auf gute Neuigkeiten! Du wirst schon was finden!«

»Dein Wort in mein Ohr«, sagte er und drehte seinen Stuhl wieder zum PC um. »Mach die Tür leise zu, ja?«

»Blödmann«, sagte ich und überlegte, was ich mit Türknallen bewirken würde. Aber ich wollte ihn nicht gegen mich aufbringen, ich hatte seine Hilfe verdammt nötig, wenn ich in dieses Dunkel endlich etwas Licht bringen wollte.

Keine Ahnung, wozu Ljuba noch imstande war. Mittlerweile hatte ich Angst, dass sie sich noch mehr so originelle Sachen einfallen lassen könnte, und dann ginge es vielleicht nicht mehr nur mit einem verstauchten Knöchel ab ...

32

Nur noch eine Woche Schule!«, sang Laura am nächsten Tag. »Dann sind Sommerferien! Dann beginnt das wahre Leben!«

»Und keine Fünf in Mathe«, jubelte Martha. »Und ...«

»Was und?« Ich musste lachen. »Und eine Eins in Moritz?«

Martha wurde knallrot.

»Das ist unfair!«, japste sie. »Moritz mit einem Schulfach zu vergleichen, ist total blöd!«

»Ach ja?« Laura feixte. »Ich hab übrigens eine Neuigkeit für euch.«

»Und die wäre?«, fragte Martha.

»Unsere Familie fährt diesmal nicht allein an die Atlantikküste!«

»Ach nee? Und wer kommt mit? Robert Pattinson?«

»Fffft! Blödsinn! Ich steh nicht auf weiß geschminkte Kerls! Nein, ein alter Freund von meinem Vater will sich da mit ihm treffen. Und der hat ...«

»Eine Tochter?«, fragte ich ganz unschuldig.

»Auch. Aber auch zwei Söhne.«

»Lass raten! Vier und zwölf?«, fragte Martha.

»Ach, ihr seid so was von gemein!«, jaulte Laura. »Ihr seid so was von eifersüchtig! Gebt's zu, ihr habt Angst, dass ich den besten Typen erwische!«

»Unmöglich!«, sagte ich, und Martha: »Geht gar nicht!«

Dann lachten wir. Laura auch.

Es war wieder alles gut, wir waren Freundinnen, keine erstellte mehr psychologische Gutachten über meine krankhaften Eifersuchtsanfälle, und ich hatte nicht das Bedürfnis, sie in die neuesten Entwicklungen einzuweihen. Ich wusste selber ja noch nichts Genaues, und außerdem musste ich erst mal abwarten, ob Dani erfolgreich sein würde.

»Nach dem Mittagessen«, flüsterte er mir zu, während wir den Tisch deckten. »Bei mir oben.«

»Na, das ist aber nett«, stellte meine Muter fest, als sie nach Hause kam. »Alex isst ja jetzt schon das vierte Mal in Folge mit uns! Das freut mich!«

Ehrlich gesagt, mich auch, denn es gab Wiener Schnitzel mit Gurkensalat. Das hätte ich äußerst ungern verpasst.

Kathi und Kris zankten sich um die letzte Portion Salat und waren verblüfft, als ich in die Küche ging, die Gurke holte und einfach noch ein paar Scheiben reinschnippelte.

Ljuba war ungewohnt still, sie schien über etwas nachzudenken und antwortete nur mechanisch, wenn Kathi oder Kris sie etwas fragte.

Na klar!

Plötzlich wusste ich, was sie beschäftigte!

Ewa hatte ihr bestimmt ein Ultimatum gestellt: Rück die Kohle rüber, oder ich erzähle den Koopmanns, was ich weiß!

Sie befand sich garantiert in einer ziemlichen Zwangslage.

Aber sie bekam doch Geld von meiner Mutter, ich glaube, es waren im Monat zweihundertfünfzig Euro und die Straßenbahnkarte. Wieso hatte sie dann nicht genug übrig, um diese Ewa zu bezahlen? Soweit ich wusste, hatte sie keine Riesen-Shoppingtouren unternommen, sie hatte keine großen Anschaffungen gemacht – also musste sie doch in den viereinhalb Monaten genug Geld gespart haben!

Seltsam.

Aber da war noch dieser Grigorij. Hatte sie dem alle Mäuse gegeben? Oder wie oder was?

»Alex?« Mama klang leicht irritiert. »Jetzt hab ich dich schon zweimal gefragt, ob du mit Kathi und Kris zur Turnstunde gehen kannst. Ljuba hat schon was vor.«

Ich überschlug blitzschnell die Zeit: Kinderturnen war um 15 Uhr, da waren wir spätestens um halb fünf zurück und ich konnte noch zu Marlon.

»Okay«, sagte ich und die Zwillinge grinsten.

»Dürfen wir danach mit zu Marlon?«, fragte Kris. Eine echte Gedankenleserin.

»Au ja«, kam es von Kathi.

»Ich frag ihn mal«, sagte ich und rief ihn an, nachdem wir die Küche auf Hochglanz gebracht hatten und Mama wieder in die Bibliothek gezischt war.

Marlon kicherte bei dem Gedanken, mal den Babysitter zu machen.

Ljuba war gleich nach dem Essen abgezischt. Wohin sie wohl gegangen war?

Aber erst mal stieg ich zu Daniels Zimmer hoch.

»Na, hast du was gefunden?«, fragte ich und ließ mich in den Sessel plumpsen.

»Ich könnte an einen Laptop kommen, aber er soll fünfzig Euro kosten. Vielleicht kann ich ihn noch auf vierzig runterhandeln.«

»Mist. So viel Geld hab ich nicht«, stöhnte ich.

»Na ja, ich könnte mich ja daran beteiligen.«

Ich sah ihn begeistert an, und er fuhr fort: »Wenn es der Wahrheitsfindung dient.«

Das war einer von Papas Lieblingssätzen.

»Aber ich könnte auch an einen *iPod* rankommen. Die Dinger veralten unglaublich schnell, heutzutage wollen alle immer das neueste Modell haben. Und bums! – ist das alte nix mehr wert.«

»Wie viel ist nix?«, erkundigte ich mich vorsichtig.

»Na ja, so zwanzig Euro. Du zehn, ich zehn, das tut nicht so weh.«

»Klingt gut. Ich könnte ihr ja erst mal den *iPod* anbieten, und wenn sie das zu mickrig findet, können wir ja immer noch den Laptop ansteuern, und ich hätte dann noch einen *iPod*«, sagte ich und zwinkerte Dani zu.

»Schlaues Aas«, sagte er freundlich. »Okay, so machen wir's. Sag mal, bist du wirklich so abgebrannt?«

»Nö. Aber ich wollte meine paar Kröten nicht der gierigen Ewa in den Rachen schmeißen. Muss ja nicht sein.«

»Das heißt, wir könnten auch den Laptop stemmen?«

Ich nickte. »Doch, das ginge.«

»Dann werde ich mal die Kontakte glühen lassen«, sagte er und ich stand auf.

»Danke, Dani«, sagte ich im Rausgehen.

Er beugte sich über seine Tastatur. »Ist schon gut. Man hilft ja gern.«

»Klar. Und außerdem ist man neugierig«, sagte ich und verdrückte mich.

Marlon wartete vor der Turnhalle auf uns.

Wir hatten beschlossen, trotz des kühlen Wetters mit den Zwillingen in die Innenstadt zu fahren. Am Ostertorsteinweg gibt es den Robinson-Spielplatz, der steht bei ihnen ganz hoch im Kurs. Marlon und ich saßen am Rand und schauten ihnen zu, wie sie sich an Rutschen, Schaukeln und Wippen austobten. Ich hatte in meiner Umhängetasche Äpfel dabei und schnitt sie mit meinem Taschenmesser in Schnitze, als kleinen Pausensnack.

Nach zwei Stunden wurde mir zu kalt und ich blies zum Heimweg.

Nach einigem Protestgeschrei liefen Kathi und Kris mit uns den Ostertorsteinweg entlang. Plötzlich sagte Kris: »Kuckt mal, da ist ja Ljuba!«

Ich drehte mich um. Vor dem Theatercafé, dem *Teatro*, standen viele Tische und an einem saß Ljuba, ihr gegenüber ein Mann.

»Psst!«, sagte ich zu den Zwillingen und legte den Zeigefinger auf den Mund. »Nicht stören!«

Sie nickten begeistert und legten ebenfalls den Zeigefinger auf ihre Lippen, während ich das Paar betrachtete. Ljuba saß stumm da und sah auf die Tischplatte, während der Mann auf sie einredete. Wir waren zu weit entfernt, um zu verstehen, was er sagte, aber wahrscheinlich war es eh Russisch.

Plötzlich schlug er mit der Hand auf den Tisch und Ljuba zuckte zurück.

Dann stand er abrupt auf, sagte noch etwas, warf einen Schein auf den Tisch und ging mit raschen Schritten davon.

Kathi und Kris sahen mich mit großen Augen an, den Finger hatten sie immer noch über den Mündern.

Auch Marlon sah mich fragend an. Wahrscheinlich wollte er wissen, ob wir Ljuba ansprechen sollten.

Ich schüttelte den Kopf und wir liefen weiter bis zur Haltestelle.

In der Bahn fragte ich die Minis: »Habt ihr den Mann gekannt?«

Sie nickten eifrig.

»Das war Grigorij«, sagte Kathi mit wichtiger Miene.

»Sapperlot«, sagte ich.

»Heißt er so?«, fragte Kris.

»Nein, das sagt man manchmal so«, erwiderte ich. »Was wisst ihr eigentlich über ihn?«

»Ach, der ist nett. Der gibt uns immer Geld für Eis oder irgendwas«, sagte Kathi.

»Ja«, sagte Kris. »Aber nur, damit er mit Ljuba allein ist!«

»Ach so?«

»Mmmhm. Er will immer mit ihr reden.«

»Manchmal meckert er sie auch an!«

»Aber einmal hat er sie geküsst!«, trumpfte Kris auf.

»Sag bloß!« Ich tat erstaunt.

»Und sie hat ihn auch geküsst«, fuhr Kathi fort. »Die sind nämlich verknallt.«

»Wie ihr«, sagte Kris und lachte.

Marlon lachte auch. »Genau«, sagte er. »Wir sind auch verknallt.«

Na toll, dachte ich. Ich krieg meine erste Liebeserklärung in der Straßenbahn! Super romantisch!

Aber dann dachte ich an seine Filipino-Worte neulich, und mir wurde ganz leicht und warm ums Herz.

»Stimmt«, sagte ich. »Ich hab mich in Marlon verknallt. Zack! Einfach so!«

Er sah mich an und seine Mundwinkel zuckten. Wahrscheinlich wusste er wieder mal genau, dass ich trotz meiner forschen Worte gerade ganz lieb an ihn dachte.

Grigorij.

Jetzt war er nicht mehr bloß ein Name.

Jetzt kannte ich ihn. Na ja, kennen war zu viel gesagt, aber ich wusste nun zumindest, wie er aussah. Nicht sehr groß, dunkelblonde, ziemlich lange Haare. Er trug eine Sportjacke mit Kapuze und wahrscheinlich Jeans. Das hatte ich auf die Entfernung nicht genau erkennen können, aber Jogginghosen waren es jedenfalls nicht gewesen.

Wütend hatte er gewirkt, und Ljuba war zusammengezuckt und hatte sich nicht gewehrt, als er sie angeschrien hatte.

Seltsam. Sie ließ sich doch sonst nie was gefallen.

Beim Abendbrot beobachtete ich Ljuba. Aber ihr war von irgendwelchen Nachwirkungen dieser Szene im *Teatro* nichts anzumerken. Sie wirkte heiter und entspannt und alberte mit den Zwillingen rum, als die noch mehr Kakao wollten, bediente Papa mal wieder von vorn bis hinten und holte ihm einen Extra-Salatteller und brachte ihm unaufgefordert eine zweite Flasche Bier.

Alles wie sonst auch.

Same procedure as every year, Miss Sophie, dachte ich und grinste in mich rein, weil ich den Satz so mochte.

»Wer war der Mann heute bei dir im Café?«, fragte plötzlich Kris.

»W-w-was meinst du?« Plötzlich war Ljuba gar nicht mehr heiter und entspannt. »Ich war in keinem Café.«

»Doch, warst du!«, widersprach Kathi entrüstet. »Alex und Marlon haben dich auch gesehen. Du warst da mit Gri...«

»Kathi!«, kreischte Kris. »Haben wir doch versprochen!«

Kathi hielt sich erschrocken den Mund zu.

Ljuba hatte einen knallroten Flecken auf jeder Wange und sah sich wie gehetzt im Esszimmer um.

Meine Eltern warfen sich erstaunte Blicke zu.

Ljuba räusperte sich und versuchte ein Lächeln. »Ach so, das. Das war Grigorij aus meinem Deutschkurs. Lernt auch Deutsch. Wie ich.«

»Dann solltest du aber lieber mit ihm nicht Russisch sprechen«, sagte Kris altklug. »Sonst lernt er ja nichts.«

Alle grinsten, auch Ljuba verzog die Lippen.

Aber ich erkannte sofort, dass ihr überhaupt nicht nach Grinsen zumute war.

33

Der Samstag rückte näher. Und damit das Treffen mit Sonja und Ewa.

Daniel hatte sich selbst übertroffen und wahrhaftig einen funktionierenden Laptop organisiert.

»Und was schulde ich dir jetzt?«, fragte ich und dachte beklommen an meine Ferienkasse.

Er tätschelte das Plastikfutteral, in dem sich der Laptop befand. »Nichts, Schwesterherz, ist ja für einen guten Zweck«, sagte er und öffnete den Reißverschluss. »Ich glaube, es ist besser, wenn ich mich bei eurem Treffen nicht blicken lasse, meinst du nicht auch? Dann zeig ich dir jetzt mal, wie das Schätzchen hier funktioniert.«

»Und was hast du dafür bezahlt?«

Er lachte. »Ich geb dem Typen zehn Unterrichtsstunden in Karate. Der hat die Teile zu Hause rumstehen, weil sein Alter einen Riesenbetrieb hat und die Angestellten solche Dinger gestellt kriegen. Und nach einer bestimmten Zeit werden die gegen neuere Modelle ausgetauscht. Die alten landen dann auf dem Techno-Müll, aber mein Kumpel behält die besten für sich.«

»Toll. Dann kann ich ja von dem auch mal einen neuen kriegen?«

»Deiner ist besser als die hier. Und ich will dem Kerl auch nicht bis in alle Ewigkeit Stunden geben«, sagte Daniel und klappte das Gerät auf. »Der Akku ist noch okay, hab ich schon gecheckt. Sieh mal, jetzt fährt er hoch, und hier siehst du, er hat *Antivir* und *Adobe* und was der Mensch so braucht.«

»Okay«, sagte ich erleichtert. »Dann werde ich mich nachher mal damit auf den Weg machen.«

»Nix da«, sagte er. »Du weißt doch gar nicht, ob dich die beiden Tussis nicht reinlegen wollen. Du nimmst nur die leere Kofferhülle mit. Wenn sie dir wirklich was Wichtiges sagen, kannst du ihnen das Ding ja immer noch zukommen lassen, aber so können sie dich nicht über den Tisch ziehen.«

Ich stieß einen Pfiff aus. »Schlau! Du hast wohl zu viele Agentenfilme gesehen, was? Aber die Idee ist gar nicht so schlecht. Ich werde das so machen. Danke für den Tipp!«

»Gern geschehen, Schwesterchen«, sagte er und verbeugte sich grinsend.

Als ich um fünf Uhr bei der Bank auf dem Deich an der Kleinen Weser ankam, war noch niemand da. Ich setzte mich hin und behielt den Koffer auf dem Schoß, wie die Omis in der Straßenbahn ihre Handtaschen festhalten.

Ich sah aufs Wasser und freute mich über das Schwanenpaar, das elegant vorbeizog. Hoch oben kreischten Möwen, manchmal stieß eine aufs Wasser hinab, aber ich konnte nie erkennen, ob sie etwas gefangen hatte oder nicht.

Vereinzelt, in Paaren oder kleinen Gruppen sausten Radfahrer in beiden Richtungen vorbei, und ich dachte daran, wie gern ich jetzt mit Marlon eine kleine Tour machen würde.

Etwa fünfzig Meter entfernt stand eine junge Mutter mit Kinderwagen und warf zur Freude ihres Sprösslings Brotstücke ins Wasser, um das sich ein Geschwader Enten balgte.

Dass die noch nicht gehört hatte, dass Füttern schädlich war! Dadurch vermehrten sich die Enten zu stark, und dann schissen sie das Wasser voll, und dadurch gab es zu viele Bakterien, und dann durfte niemand mehr drin schwimmen und ...

»Du bist schon da?«, unterbrach eine Stimme meine ökologischen Betrachtungen.

Ich drehte mich zur Seite. Sonja. Und hinter ihr Ewa.

»Oh! Du hast ja ...«, entfuhr es Ewa und sie stürzte sich mit ausgestreckten Händen auf den Laptop.

»Moment mal!« Ich riss ihn zur Seite. »Zuerst sagst du mir, was du weißt. So war es abgemacht.«

Sonja grinste fies. »Aber wir zwei sind stärker als du!«

Ich grinste ebenso fies zurück. »Wer sagt denn, dass ich allein bin?«

Sie kicherte unsicher, setzte sich dann aber neben mich. »War doch bloß Spaß, klar?«

»Ist nur Spaß, wirklich«, bestätigte Ewa und setzte sich auf meine andere Seite.

»Okay, schieß los!«, sagte ich.

Sie glotzte mich aus schwarz umrandeten Augen entsetzt an. »Schießen? Ich? Wieso?«

Jetzt musste ich lachen. »Das sagt man so, wenn jemand ganz schnell etwas sagen soll.«

»Ach so.« Sie atmete sichtlich auf. »Okay.«

Sie wippte mit den ausgestreckten Füßen, die in Flip-Flops steckten. »Wir wohnen alle in gleicher Stadt. Moskau. Kennen uns von Schule her. Dann hat Sonja Plan und will Au-pair-Mädchen werden, in Deutschland. Sie sucht im Internet, meldet sich bei Agenturen und kriegt Angebot aus Bremen. Erzählt sie mir. Ich will auch nach Deutschland. Geld verdienen. Viel Geld verdienen. Spaß haben.« Sie seufzte und zappelte wieder mit den Füßen. »Na ja. Ich habe Adresse von Koopmann. Ljuba sieht das und dreht durch. Will unbedingt als Au-pair zu Familie

Koopmann. Ist wie ...« Ewa tippte sich an den Kopf. »Ist geknallt, sagt man, ja?«

»Durchgeknallt«, half ich ihr.

»Ja, ist total durchgeknallt. Will unbedingt zu Koopmann. Verspricht Geld. Zweihundert Euro, aber zahlt nur zwanzig. Nur zwanzig. Ich rufe an, ich sage, ich will mein Geld. War verspricht.«

»Versprochen«, sagte Sonja.

»Egal. Ljuba sagt, sie hat kein Geld. Alles gegeben Grigorij.«

»Wer ist Grigorij?« Endlich werde ich das erfahren!

Sonja seufzte. »Ist Ljubas Freund aus Moskau. Schon lange.« Sie schüttelte sich. »Ekelkerl. Nicht nett. Brrrr!«

»Und was macht der hier in Bremen?«

Ewa zuckte die Achseln. »Ist gekommen, als sie hier war.«

»Er ist ihr gefolgt«, sagte Sonja, offensichtlich stolz auf ihr besseres Deutsch. »Er denkt, sie kriegt viel Geld. Er ist scharf auf Geld.«

»Und was macht er? Ist er Student?«

Ewa schnaubte verächtlich. »Grigorij? Noch nie gearbeitet! Immer macht Geschäfte.« Sie verzog den Mund. »Keine guten Geschäfte.«

Ich versuchte, diese mageren Informationen unter einen Hut zu bringen. »Also, ihr wisst nur, dass Ljuba unbedingt zu uns wollte. Aber warum?«

Ewa zuckte die Achseln. »Nichts gesagt. War bloß schrecklich wichtig.«

Das war mir zu wenig. »Warum sie das wollte, wisst ihr also nicht. Nur dass Grigorij ihr nach Bremen gefolgt ist. Das ist alles?«

Ewa nickte stumm.

»Und dafür soll ich dir einen Laptop geben?« Ich sah sie empört an. »Das ist doch nicht euer Ernst! Genau das, was ich wissen will, könnt ihr mir nicht sagen!«

»Du hast versprochen!«, schrie Sonja.

Ich umklammerte den Laptopkoffer und stand auf. »Ja, aber nur, falls ihr mir wirklich was zu erzählen habt! Dass es diesen Grigorij gibt, hab ich schon gewusst. Und dass Ljuba unbedingt zu unserer Familie wollte, habt ihr schon letztes Mal gesagt. Wo bleiben da die wichtigen Einzelheiten? Oder Zusatzinformationen?«

Ich zog den Po ein, weil mich ein Radfahrer fast gestreift hätte.

Sonja und Ewa saßen immer noch auf der Bank und sahen zu mir hoch, in ihren Gesichtern malten sich Enttäuschung und Wut.

Ewa sprang auf und wollte nach dem Laptopkoffer grabschen.

Ich machte einen Satz zurück und kollidierte wieder fast mit einem Radfahrer, diesmal aus der anderen Richtung.

Er schrie mir was zu – bestimmt nichts Freundliches – und ich machte auf dem Absatz kehrt und rannte los.

Ich lief fast die ganze Strecke bis nach Hause und kam dort außer Atem an.

Keuchend schloss ich meine Kellerhaustür auf – sie öffnete sich fast wie von selbst – und trat in den dunklen Flur.

Im Haus war es still.

Ich war enttäuscht und sauer. Von diesem Treffen hatte ich mir viel mehr erhofft – so richtig saftigen Tratsch über Ljuba, etwas, das ich gegen sie einsetzen konnte, wenn sie mich wieder auf dem Kieker hatte. Etwa womit ich sie auf Abstand halten konnte. Und was war dabei rausgekommen? Praktisch nichts.

Am besten brachte ich den Laptopkoffer gleich wieder hoch in Danis Zimmer. Doch vorher zog ich die Schuhe aus, denn von dem Rennen taten mir die Füße weh.

Ich ging zur Treppe – und wie schon einmal hörte ich was. Ein Scharren und ein Klappen, auf das ich mir keinen Reim machen konnte.

Ich flitzte die Treppe in den ersten Stock hoch. Als ich oben ankam, tauchte Ljuba aus dem Schlafzimmer meiner Eltern auf.

»Ach, Alex!«, sagte sie und strich sich die Haare hinter die Ohren.

»Ja, ich«, sagte ich. »Und du hast wieder mal nichts im Zimmer von meinen Eltern gemacht, was?«

»Genau«, erwiderte sie, warf den Kopf in den Nacken, verzog den Mund zu einem verächtlichen Grinsen und stolzierte an mir vorbei die Treppe runter.

Wir wussten beide: Ich hatte keine Chance, meinen Eltern etwas von ihren Schnüffeleien zu erzählen. Sie würden mir wieder nicht glauben.

Ich brachte den Laptopkoffer in Daniels Zimmer und schlich nach unten, legte mich auf mein Bett und starrte die Decke an.

Ich war enttäuscht.

Ich wusste zwar nicht genau, was ich mir an aufregenden Enthüllungen versprochen hatte, aber das bisschen, was Sonja und Ewa zu bieten hatten, war wirklich äußerst mager gewesen und verriet mir überhaupt nicht, weshalb Ljuba fast vom ersten Moment an so fies zu mir gewesen war.

Immerhin hatte ich Ljuba mal wieder beim Schnüffeln erwischt – nur was, zum Teufel, suchte sie denn bloß?

Geld? Zog sie heimlich Mamas Klamotten an? Kostbaren Schmuck?

Da waren keine besonders wertvollen Stücke dabei. Das wusste ich genau.

Ich grübelte.

Was hatte es mit den Fotoalben auf sich? Warum hatte

sie sich so dafür interessiert? Was war das für eine verdrehte Neugier? Wer sieht sich denn zig Jahre alte Fotos von seiner Gastfamilie an? Was, verdammt noch mal, war daran so spannend?

Ich legte *Neununddreißig Stufen* ein und freute mich an dem klassischen Thriller.

Dabei steckte ich gewissermaßen selber in einem drin.

34

Am Montagmorgen regnete es.

Ich hätte mir gern die Bettdecke über den Kopf gezogen und wäre liegen geblieben.

Aber dann dachte ich an Marlon und dass ich ihn seit Freitagabend nicht gesehen hatte – entschieden zu lange.

Also stand ich auf, verrichtete die notwendigen Waschungen und stapfte ächzend hoch in die Küche.

Meine Mutter brühte gerade den Tee auf, Ljuba trank im Stehen ihren Espresso, die Zwillinge schlürften geräuschvoll ihren Kakao und Daniel war hinter der Zeitung verborgen.

Ich setzte mich an den Tisch und griff mir eins der Brötchen, die Daniel geholt hatte – seine gute Pfadfindertat an jedem Tag.

Mama ließ sich auf ihren Platz fallen und goss sich Tee ein. Dann nahm ich die Kanne und sah voller Vorfreude die goldbraune Flüssigkeit in meine Tasse strömen, als Daniel plötzlich rief: »Nee, nicht schon wieder!«

Ich machte erschrocken einen kleinen Schlenker mit der Kanne und kleckerte etwas Tee auf den Tisch.

»Pass doch auf, was du sagst!«, schimpfte ich. »Einen so zu erschrecken!«

»Aber das ist doch echt das Letzte! Schon wieder eine Messerstecherei im Bahnhofsviertel«, tönte Daniel hinter seiner Zeitung hervor. »Diesmal sogar mit einem Toten! Und einer liegt schwer verletzt im Krankenhaus. Die Polizei fahndet nach einer Zeugin, die man am Tatort gesehen hat. Wow! Ach, da schau her! Der eine, der verletzt ist, heißt übrigens so wie Ljubas Freund – Grigorij.«

Klirr! Ljuba hatte ihre Tasse hastig auf die Arbeitsfläche gestellt.

»Das ist bestimmt nicht mein Schulkollege«, sagte sie, aber ihre Hand zitterte, das sah ich deutlich. »Gibt viele Grigorijs.«

»In Bremen? Eher nicht«, sagte meine Mutter nachdenklich. »Vielleicht erkundigst du dich mal, ob er es ist, Ljuba«, fuhr sie fort. »Das ist ein gefährliches Pflaster. Dort halten sich viele Drogenhändler und Zuhälter auf.« Sie schüttelte den Kopf.

»Der Grigorij, den ich kenne, ist kein Verbrecher!«, sagte Ljuba mit tonloser Stimme. Sie sah aus, als würde sie gleich losheulen. »Er ist ein guter Mann!«

»Meinst du mich?«, fragte Papa, der beim Hereinkommen ihre letzten Worte mitgekriegt hatte, und warf sich in die Brust. »Ich bin ein toller Mann, das kann ich euch sagen ...« Er brach ab, weil Ljuba an ihm vorbei aus dem Esszimmer stürzte und die Treppe runterrannte.

Wir hörten eine Tür zuschlagen und sahen uns verdutzt an.

»Vielleicht ist das ja doch ihr Grigorij«, sagte Kris. »Und jetzt ist sie traurig.«

»Hm«, machte Mama. »Seltsam. Aber jetzt esst mal schneller, ihr müsst gleich los!«

Ich patschte dann durch den Regen zur Haltestelle und dachte über Ljubas merkwürdige Reaktion nach. Klar hatte sie Angst, dass der Verletzte von der Messerstecherei ihr Grigorij war, das war deutlich zu erkennen gewesen.

Was hatte dieser Typ auf dem Kerbholz? Wie war er in eine Messerstecherei geraten?

Und wer war diese Zeugin, die die Polizei sprechen wollte?

Ljuba?

Wo war sie gestern Abend gewesen?

Wann war sie nach Hause gekommen?

Hatte sie was mit Drogenhändlern zu schaffen?

Eigentlich konnte man den Unterricht vergessen, am Donnerstag gab es Ferien, alle Tests waren geschrieben, alle Zensuren bekannt und wir trafen uns mit den Lehrern eigentlich bloß noch zum Quatschen.

Von einem Lehrplan war nichts mehr zu merken.

Weil es immer noch regnete, blieben wir in der Pause drinnen und blödelten rum. Marlon saß auf dem Platz neben mir und klaute sich was von meinen Paprikastreifen.

»Mmmhm, lecker.« Er schmatzte theatralisch.

Laura setzte sich auf meinen Tisch. »Sagt mal, in unserer braven Stadt geschehen ja neuerdings kriminelle Sachen! Hast du das mit der Messerstecherei und diesem Grigorij gelesen?«

»Nö«, sagte ich. »Aber Daniel. Er schnappt sich morgens immer die Zeitung und rückt sie erst raus, wenn er damit durch ist.«

»Dann weißt du, dass es Russen waren?«, fragte sie weiter. »Meinst du, dass Ljuba den kennt? Das wäre doch der Hammer!«

»Nein, Ljuba hat gesagt, sie kennt niemanden, der so heißt.«

Sie schaute mich forschend an. »Du sagst das mit so einem komischen Unterton.«

Ich spreizte die Finger. »Tja, weil Marlon und ich sie neulich mit einem gewissen Grigorij gesehen haben. Das haben wir von den Minis erfahren, die kannten ihn nämlich.«

Laura drehte sich zu Marlon um. »Ist das wahr?«

Er grinste sie kauend an. »Alex lügt doch nicht.«

Laura verdrehte die Augen. »Nein, natürlich nicht. So hab ich das doch auch gar nicht gemeint.« Sie beugte sich vor und klaute das letzte Paprikastück. »Außerdem ist dieser Grigorij aus der Zeitung ja ein armes Opfer und vielleicht ist er ganz zufällig in diese Messerstecherei geraten.«

»Das glaubst du doch selbst nicht«, widersprach ich heftig. »Wer sich um diese Zeit dort auf der Meile rumtreibt, ist bestimmt kein unschuldiges Gänseblümchen.«

Laura zuckte die Achseln. »Na, vielleicht war das ja überhaupt nicht Ljubas Freund.«

»Vielleicht aber doch«, sagte Marlon ruhig und zwinkerte ihr zu. »Du weißt ja: Alles ist möglich!«

»Okay, okay. Dann geh ich jetzt mal Martha und Moritz ärgern. Ihr Pärchen macht mich allmählich richtig neidisch.« Sie rutschte vom Tisch. »Hoffentlich sind die Söhne nicht zum Weglaufen.«

Damit verschwand sie.

»Das musst du mir jetzt aber erklären«, sagte Marlon und das tat ich auch.

Irgendwie war dieser verregnete, gemütliche, unanstrengende Schulvormittag so etwas wie die Ruhe vor dem Sturm.

Wir lachten und alberten und freuten uns auf die Ferien.

Und noch am selben Abend ging die Bombe hoch.

35

Mama war etwas länger in der Bibliothek geblieben und Daniel verprügelte irgendwo irgendwelche Kumpels mit asiatischen Kampftechniken, die Minis waren heute probeweise im Hort und mussten erst um fünf abgeholt werden und ich war bei Marlon zum Essen eingeladen, richtig offiziell.

Ich hatte immer noch ein bisschen Muffensausen vor seiner Mutter Irma, die auch heute wieder höchst elegant angezogen war: Diesmal trug sie ein goldgelbes Seidenkleid, das zu ihren rabenschwarzen Haaren toll aussah.

Ich kam mir in meinem blauen T-Shirt und meinem Jeans-Minirock dagegen vor wie eine Streunerin.

Doch als Marlon und ich nach dem Essen in seinem Zimmer auf der Ikat-Decke lagen, lachte er über meine Verlegenheit seiner Mutter gegenüber.

»Wenn du sie jetzt siehst, kannst du es kaum glauben, aber sie hat mal wie ein Hippie ausgesehen – echt! Und außerdem finde ich dich so, wie du bist, zum Anknabbern«, sagte er und ließ seinen Worten auch sofort Taten folgen.

Noch ganz erfüllt und beglückt von dem Nachmittag bei ihm, wanderte ich gegen halb fünf nach Hause, weil ich versprochen hatte, Penne all'Arrabiata zu kochen, eine meiner Spezialitäten.

Als ich meine Einkäufe in der Küche ablegte, wunderte ich mich über die Musik, die aus dem Wohnzimmer drang. Ich schaute nach, aber es war keiner drin.

Kopfschüttelnd ging ich hoch, weil ich den Einkaufsbon mitsamt dem Wechselgeld wie immer auf den Schreibtisch meiner Mutter legen wollte.

Aus den Augenwinkeln sah ich eine Bewegung in Papas Arbeitszimmer.

Nicht schon wieder!, stöhnte ich innerlich. So oft ich sie auch erwische, nie kann ich ihr was nachweisen!

Da hatte ich eine Idee. Ich zog mein Handy aus der Rocktasche und schaltete die Videokamera ein. Dann bewegte ich mich ganz vorsichtig um die Tür herum und sah Ljuba wie schon einmal hinter Papas Schreibtisch kauern und die Schubladen durchsuchen. Mit fieberhafter Ungeduld versuchte sie, eine Schublade mit einem Draht oder so etwas Ähnlichem zu öffnen – und fast hätte ich laut gelacht. Papa schließt seinen Schreibtisch nie ab, aber diese Schublade klemmt schon, solange ich denken kann.

So, das reichte. Ich drückte auf die Stopp-Taste (jetzt hatte ich den Beweis) und huschte lautlos die Treppe wieder runter. Der Bon konnte warten.

Vor lauter Aufregung hatte ich einen ganz trockenen Mund und trank unten erst mal ein Glas Wasser.

Dann machte ich mich fröhlich ans Kochen, überbrühte die Tomaten, schnippelte Speck, presste Knoblauch durch die Presse und rieb den Pecorino.

Irgendwann kam Ljuba in die Küche.

»Was machst du da?«, fragte sie misstrauisch.

»Ich koche.«

»Sehe ich. Aber was?«

»Penne Arrabiata.«

»Gehe ich jetzt Kris und Kathi abholen.«

»Das brauchst du nicht. Mama wollte das machen und hinterher mit ihnen noch was erledigen.«

»Ach so. Hab ich vergessen.« Sie sah sich in der Küche

um, als hätte sie diesen Raum noch nie gesehen. Fast hätte ich Mitleid mit ihr bekommen, da sagte sie: »Du bist Spionin. Ecke-lig.«

»WAS?« Ich fuhr erschrocken zusammen. Hatte sie mich eben gesehen?

Aber warum hatte sie nicht gleich reagiert?

»Was soll das denn jetzt?«

»Hast du mich verfolgt, in der Stadt! Gib zu!«

»Blödsinn!«, erwiderte ich mit Nachdruck. »So ein Quatsch! Marlon und ich waren mit Kathi und Kris auf dem Robinson-Spielplatz und dann haben wir dich und diesen Grigorij vor dem *Teatro* gesehen.«

»Hast du nicht!«, widersprach sie heftig. »War kein Grigorij!«

Ich zuckte die Achseln. »Weißt du was? Das ist mir total wurscht. Die Zwillinge sagten, das wäre ein Grigorij, mit dem hätten sie dich schon ein paar Mal gesehen. Ich kenne den Typen nicht und er ist mir auch schnurzegal!«

»Du – du – du«, stieß sie hervor und machte einen Schritt auf mich zu. Ich umklammerte das Gemüsemesser. Falls sie mich angriff, würde ich mich wehren!

Doch dann wandte sie sich um und ging nach unten, wahrscheinlich in ihr Zimmer.

Ich legte das Messer wieder auf den Tisch. Ich mich wehren? Was für ein Quatsch! Kleine Messerstecherei bei Koopmanns? Nicht doch!

Als die Soße fertig war, stellte ich die Platte auf die schwächste Hitze, wusch den Salat, mischte die Salatsoße, deckte den Tisch und ging runter in mein Zimmer.

Von Ljuba war nichts zu sehen.

Ich überlegte noch immer, wie ich meinen Beweis am wirkungsvollsten präsentieren sollte, als ich die anderen eintrudeln hörte, zuerst meine Mutter mit den Zwillingen, dann Daniel, der gleich die Treppe runterpolterte, um Mineralwasser zu holen.

Ich sprang auf, lief die Treppe hinauf und warf die Penne ins sprudelnde Salzwasser. In den nächsten Minuten trudelte auch mein Vater ein und alle setzten sich auf ihre Plätze. Ich brachte die mit der Soße vermischten Nudeln in einer großen Schüssel auf den Tisch, danach die Schüssel mit dem Salat.

»Super«, sagte Papa. »Das reinste Festessen.«

Alle taten sich reichlich auf, nur Ljuba ließ es bei drei Nudeln bewenden.

»Hast du keinen Hunger?«, fragte Kathi.

»Oder magst du keine Penne?«, fragte Kris.

»Doch, doch, aber ich hab keinen Hunger«, murmelte Ljuba und schaute auf ihren Teller.

Mittlerweile klopfte mir das Herz bis zum Hals. Ich kriegte kaum noch Luft vor lauter Aufregung. Obwohl das eins meiner Lieblingsessen war, musste ich mich zwingen, den Teller leer zu essen. Meine Hände zitterten.

Endlich legte auch Papa fast gleichzeitig mit Daniel sein Besteck hin.

»Mmh, klasse. Alex, du bist die beste Arrabiata-Köchin aller Zeiten«, lobte er mich, und Mama sagte: »Jetzt müssen wir nur noch Daniel beibringen, wie man Rouladen brät! Dann hat euer Vater lauter Spezialköche für seine Lieblingsmenüs.«

Sie lachte.

»Ich glaube, jetzt hab ich Lust auf einen Grappa«, sagte Papa. »Du auch?«

»Gern«, sagte meine Mutter und wollte aufstehen.

»Moment«, sagte ich. Aber eigentlich sagte ich es nicht, sondern krächzte es nur. Ich räusperte mich und merkte, dass ich eine knallrote Birne bekam. »Ich muss euch was sagen. Es ist wichtig! Weil ihr mir dauernd nicht geglaubt habt und mich für gemein und eifersüchtig gehalten habt.« Jetzt sprudelten die Sätze nur so aus mir heraus. »Ljuba ist nicht ehrlich mit euch gewesen, mit uns allen nicht.«

Papa starrte mich an und Mama wollte etwas sagen, aber ich hob meine Hand. »Moment! Diesmal hab ich einen Beweis. Und damit ihr mich alle richtig versteht: Ich will niemanden anklagen, ich will nur eine Erklärung. Ich stolpere hier seit Wochen über lauter Dinge, die ich nicht verstehe und ...«

»Alexandra! Hör auf zu sabbeln!«, rief mein Vater. »Was für ein Beweis soll das sein?«

Ich holte mit der anderen Hand das Handy heraus und drückte auf Wiedergabe. Dann reichte ich es Papa über den Tisch.

Er griff danach und sagte: »Was soll das denn? Ach, das ... na, das bist ja du, Ljuba. Was wolltest du denn an meinem Schreibtisch?«

Er legte das Handy auf den Tisch und sah Ljuba fragend an. Ich griff mir mein Beweismittel und drückte auf Aus.

Ljubas Kiefer mahlten, dann hob sie den Kopf und versuchte zu lächeln, aber das Lächeln misslang.

»Wollte ich nur ...«, fing sie an.

»Was hast du da gewollt?«, fragte jetzt meine Mutter, und ihre Stimme klang nicht besonders freundlich.

»Wollte ich Beweise«, sagte Ljuba und fing an zu heulen. Heftige Schluchzer erschütterten sie, während sich ihre Hände um die Serviette krallten, mit der sie sich die Augen wischte.

»Beweise wofür?«, fragte mein Vater erstaunt.

Sie warf die Serviette auf den Tisch und brüllte: »Dass ich bin deine Tochter! Jawohl! Ich bin deine älteste Tochter – nicht die da!«

Dabei deutete sie mit einem verächtlichen Kopfnicken in meine Richtung.

Wir saßen alle fassungslos da und schauten in die Runde, als wollten wir uns vergewissern, ob wir richtig gehört hatten.

»Moment mal«, sagte Papa und schüttelte den Kopf. »Wie kommst du denn dazu, solche ...«

»Stimmt aber! Bin ich deine Tochter. Aber hast du dich nie um mich gekümmert, nie hast du geschrieben oder Paket an Geburtstag geschickt!«

»Na so was!«, platzte Daniel heraus.

Mama maß ihn mit einem strengen Blick, während Papa mit bemühter Geduld sagte: »He, was soll das? Könntest du bitte mal erklären, wie du zu diesen seltsamen Behauptungen kommst?«

Ljuba warf den Kopf zurück und sah ihn mit funkelnden Augen an. »Ist keine seltsame Behauptung. Warst du 1991 in Moskau, ja? Hast du gehabt russische Freundin, ja? War meine Mutter, Olga. War ein bisschen älter als du, aber war große Liebe. Ja. Hat sie aufgeschrieben. Habt ihr gemacht Kind – Kind bin ich!«

Noch nie hatte ich meine Eltern so perplex gesehen – beide saßen mit offenem Mund da. Kris und Kathi sahen angstvoll von einem zum andern. Daniel schüttelte fassungslos den Kopf.

»Das ist doch Schwachsinn«, sagte Papa dann müde. »Ich hatte nie eine Freundin, die Olga hieß. Als ich nach Moskau fuhr, war ich schon mit Sabine zusammen, noch nicht sehr lange, aber wir wollten heiraten. Du irrst dich, Ljuba! Das bildest du dir bloß ein!«

»Nein, bilde ich mir gar nicht ein!«, schrie sie. »Warte, ich habe Beweis!«

Mit triumphierender Geste legte sie vor Papa ein Foto auf den Tisch.

Das war bestimmt das Foto, das sie damals mit Mamas Album verglichen hatte!

»Das bist du!« Ljubas Stimme überschlug sich fast. »Das bist du und meine Mutter Olga! Gib zu! Ich bin deine Tochter! Ich weiß genau! Habe ich vom ersten Moment an gefühlt, dass du mein Vater bist!«

Papa zog die Lesebrille aus seiner Hemdtasche und betrachtete das Foto, ohne es anzufassen. Dann nahm er es hoch und studierte es noch eingehender.

Wir hielten alle den Atem an, mein Herz klopfte wie verrückt.

Papa hatte mit einer russischen Frau ein Kind?

Das war doch nicht möglich! Das ging doch nicht! Mein Vater und ...

Ljuba sollte seine Tochter sein?

Meine Mutter war aufgestanden und hinter Papa getreten. Sie beugte sich ebenfalls über das Foto und umklammerte Papas linke Schulter.

Dann richtete sie sich auf. Ihr Gesicht war ausdruckslos. Sie drückte Papas Schulter und sagte leise: »Du musst es ihr sagen, Bernhard.«

Mein Vater legte das Foto hin, nahm die Brille ab, steckte sie wieder zurück und fuhr sich mit der Hand über die Augen.

Ich dachte, ich müsste vor Spannung sterben! Ich kriegte kaum noch Luft!

»Was ist denn?«, fragte Daniel heiser. »Wir wollen auch gern wissen, was los ist!«

Papa sah ihn an und der Hauch eines Lächelns huschte über sein Gesicht.

»Ich bin nicht der Mann auf dem Foto«, sagte er und drehte sich zu Ljuba um. »Das ist mein Cousin Jochen, der auch diesen Studienaustausch mitgemacht hat. Es hat immer geheißen, wir sähen uns sehr ähnlich. Das fanden jedenfalls unsere Eltern. Sein Vater war der Bruder von meinem Vater.«

Onkel Jochen! Der mir seine DVDs vermacht hatte!

»Jochen?«, wiederholte Ljuba leise. »Stand aber da im Buch Barnie. Wie Bernhard. Wie kurze Form von Bernhard.«

Papa schüttelte den Kopf. »Nein, du irrst dich. Barnie kommt nicht von Bernhard. Das war Jochens Spitzname. Er war ein Fan der Familie Feuerstein, und in der Serie gab es einen Barnie Geröllheimer. Der Name blieb an Jochen kleben. Offensichtlich hat deine Mutter ihn gekannt.«

»Der Mann auf meinem Foto«, fragte Ljuba leise, »das ist dieser Jochen?«

»Ja, das war mein Cousin Jochen. Und ja – er hatte damals in Moskau eine Freundin. Ich weiß aber nicht mehr, wie die hieß – das ist schon so lange her. Möglich, dass sie Olga hieß. Aber wer kann das heute noch wissen? Was beweist schon ein Foto? Doch nur, dass sich die beiden gekannt haben. Ob da mehr war, werden wir nie erfahren. Damit musst du dich abfinden. Nein, meine Liebe«, er holte tief Luft, »es tut mir leid für dich, dass du dich so lange in einem Irrtum befunden hast, aber ich bin höchstens dein Onkel zweiten Grades. Und auch das muss ich sehr bezweifeln. Jochen war nämlich schwul, er liebte Männer. Leider hat er sich dann an HIV infiziert, und weil es damals die neuen Medikamente noch nicht gab, ist er schließlich daran gestorben.« Er hielt kurz inne und schluckte, dann sah er Ljuba direkt ins Gesicht und sagte langsam und deutlich: »Meine älteste Tochter heißt Alexandra.« Dann sah er mich an, und mich durchflutete eine solche Riesen-Liebeswelle, dass ich kurz die Augen zumachen musste. »Ich kann verstehen, dass du verbittert bist, weil sich dein Vater nie um dich gekümmert hat, aber ich bezweifle, dass Jochen von deiner Existenz gewusst hat. Er war zwar ein ziemlich leichtsinniger Knabe, aber vor so einer Verantwortung hätte er sich nie gedrückt.«

Ljuba stand immer noch da, die Tränen strömten über ihre Wangen und sie griff blindlings wieder nach ihrer Serviette.

»Dann – dann – dann bist du nicht ...«, brachte sie zwischen den Schluchzern hervor.

Papa schüttelte den Kopf. »Nein. Nein, ich bin nicht dein Vater. Der Mann auf dem Foto ist ganz klar Jochen. Ich hatte damals lange Haare, frag Sabine, die konnte sie nicht leiden, und kurz vor unserer Hochzeit hab ich sie abschneiden lassen. Der Typ auf dem Foto neben deiner Mutter hat kurze Haare – es ist ganz eindeutig Jochen.«

Ljuba heulte jetzt noch lauter. Kris stand auf und zupfte sie am Arm. »Wein doch nicht so«, jammerte sie und war offensichtlich kurz davor, mitzuheulen.

Kathi verzog auch schon ihr Gesicht – anscheinend steckte das an, denn mir brannten ebenfalls Tränen in den Augen.

Ich weiß aber nicht, ob vor Mitleid oder vor Erleichterung.

»Und ... und hat er Familie? Hat er Kinder?«

Papa schüttelte den Kopf. »Nein, Jochen war nie verheiratet und von irgendwelchen Kindern war bisher nichts bekannt ...«

Ljuba starrte ihn an, während ihr immer noch die Tränen übers Gesicht liefen.

»Dann ... dann ...«, stammelte sie und sank langsam wieder auf ihren Platz.

Mama war an den Esszimmerschrank getreten und holte die Flasche Grappa und fünf Gläser raus und stellte sie auf den Tisch.

»Ich brauch jetzt erst mal einen«, sagte sie. »Ich fühl mich wie durch die Mangel gedreht.«

»Ist Ljuba jetzt unsere Schwester?«, stieß Kris zwischen Schluchzern hervor.

Mama streichelte ihr über den Kopf und setzte sich dann wieder auf ihren Platz.

»Nein«, sagte sie und goss in jedes Glas einen Schluck. Auch für Daniel und mich. Wow, das war der erste Schnaps meines Lebens! »Aber sie ist eine Art Cousine.«

»Wir sind richtig verwandt?«, fragte Kathi, und als Mama nickte, schrie sie: »Oh, cool!«

Das entspannte sichtlich die Atmosphäre, sogar Ljuba musste unter Tränen lächeln und streichelte Kathis Rücken.

»Tja«, sagte Papa. »Dann ist jetzt ja wohl auch klar, dass Alex mit ihren Beobachtungen recht hatte. Ljuba, du hast während der ganzen Zeit, die du hier bist, herumgeschnüffelt, nicht wahr?«

Ljuba nickte stumm.

Ich holte Luft und legte los: »Dann können wir auch noch gleich den Rest klären. Zum Beispiel, dass sie es war, die Mamas Pulli verhunzt hat, oder dass sie mich angestoßen hat, damit ich die Porzellanplatte fallen ließ. Oder solche Gemeinheiten wie die mit dem Nagellack. Und dann hat sie sich auch noch zwischen mich und meine Freundinnen gedrängt, und wegen ihr ist der Fahrradausflug damals ein totaler Flop geworden, und sie hat sich an Marlon rangeschmissen, bloß um mich zu ärgern, und garantiert hatte sie was mit meinem Treppensturz zu tun, auch wenn ich es nicht beweisen kann ...«

Ich schnappte nach Luft, weil ich das alles wie im Fieber runtergerasselt hatte.

Papa sah Ljuba an. »Ist das wahr?«

»Nicht das mit T-Shirt auf der Treppe«, sagte sie leise und sah auf den Tisch. »Glaube ich, war Katze Tante Henny«, versuchte sie sich herauszureden. »Aber alles andere – ja.«

»Und warum?« Papas Stimme hörte sich jetzt schärfer an, sie klang jetzt mehr wie seine Staatsanwaltsstimme. »Was hat Alex dir getan? Warum hast du uns Lügen erzählt?«

»Weil sie hatte, was ich nie hatte«, brach es aus Ljuba heraus. »Weil sie immer liebe Tochter war und alles hatte, weil sie seit Geburt bei euch leben konnte, weil sie gar nicht genug dankbar war dafür, deshalb!«

Die Heftigkeit ihrer Anklagen ließ mich zurückzucken, sie sah mich an und in ihrem Gesicht erkannte ich deutlich Hass und Wut.

»So was ist gemein!«, platzte Kathi raus, und ich hätte sie dafür am liebsten ganz doll gedrückt.

»Ja«, sagte Mama leise. »Das war hundsgemein. Mein Gott, wenn ich daran denke, was wir Alex für Gardinenpredigten gehalten haben – dann schäme ich mich jetzt richtig. Mensch, Alex, kannst du mir noch mal verzeihen?«

Ich nickte nur, reden konnte ich nicht, weil ich dann geheult hätte.

Vor lauter Glück.

Vor Erleichterung, dass der Spuk endlich vorbei war.

»Warum hast du uns nicht einfach geschrieben? Warum bist du als Au-pair hierhergekommen?«, fragte Mama.

»Wollte ich Familie erst mal kennenlernen. Wusste ich ja nicht, ob ich euch litt.«

»Hä?«, fragte Daniel. »Ach so, du meinst, du wusstest nicht, ob du uns leiden können würdest.«

Ljuba nickte.

»Und warum erst jetzt?«, wollte Papa wissen. »Du kannst doch gut Deutsch, du hättest doch längst Kontakt mit uns aufnehmen können?«

Ljuba schwieg einen Augenblick. Dann sagte sie leise: »Hab ich doch alles nicht gewusst. Ist meine Mama letztes Jahr gestorben und habe ich dann gefunden Tagebuch mit Foto. Stand darin, dass sie an meinen Vater geschrieben hat, viele Briefe, aber kam keine Antwort. Und weil sie nicht gewollt hat, dass ich schlechte Meinung von ihm bekomme, hat sie nicht erzählt. War zu traurig. Warum hat dieser – ähm – Jochen? – nie geschrieben?«

Papa rieb sich die Nase. »Dazu gibt es sicherlich einiges zu sagen, aber ich vermute mal, es gibt eine ganz einfache Erklärung. Wenn ich mich richtig erinnere, ist er kurz nach unserer Rückkehr von Moskau nach München gegangen und hat dort weiterstudiert. Und wahrscheinlich wurde ihm seine Post nicht nachgeschickt, oder er hat keine neue Adresse hinterlassen, weil er noch nicht wusste, wo er landen würde.« Er drehte sein leeres Grappaglas zwischen seinen Fingern hin und her. »Jochen war ein sehr spontaner Mensch, er hat sich über Konsequenzen nie viele Gedanken gemacht.«

»War?«, wiederholte Ljuba.

Mama seufzte. »Er ist tot. Er ist vor ein paar Jahren gestorben. Ich glaube«, sie sah kurz zu Papa hin, »es ist jetzt drei Jahre her. Wir hatten wenig Kontakt zu ihm. Er hat in München gelebt und wir haben uns das letzte Mal kurz vor der Geburt der Zwillinge gesehen.«

»Dann hat er mich ja gar nicht gekannt«, jammerte Kris.

»Und mich auch nicht!«, trompetete Kathi.

Papa musste grinsen. »Stimmt. Aber er war auch lange krank, da stand ihm der Sinn nicht mehr nach Reisen und Besuchen.«

»Krank?«, fragte Ljuba.

»Oh weia, heute kommen aber auch wirklich alle schlimmen Tatsachen auf den Tisch«, stöhnte Daniel. »Er hatte Aids, deshalb war er jahrelang krank. Erst war es HIV, dann wurde es schlimmer und die Krankheit brach voll aus.«

»Was ist das für eine Krankheit?«, fragte unsere immer neugierige Kathi.

»Schätzchen, das besprechen wir ein anderes Mal«, sagte Mama. »Nicht alles an einem Abend. Mir dreht sich schon der Kopf!«

»Mir auch«, sagte ich. Aber das konnte auch an dem Grappa liegen, den ich getrunken hatte. Echt nicht mein Getränk, dachte ich und überlegte. Ich wusste nicht, ob ich Ljubas heimliche Abendausflüge aufs Tapet bringen sollte.

Eigentlich hatte sie heute schon so viel einstecken müssen, dass ich ihr das ersparen wollte. Andererseits ... schuldete ich ihr gar nichts! Wenn es nach ihr gegangen wäre, hätte sie mich aus meiner Familie rausgekegelt und sich an meinen Platz gesetzt.

Ich sah Daniel an, er sah mich an. Wir wussten beide, dass Ljubas Geschichte noch nicht zu Ende war. Aber fast unmerklich schüttelte er den Kopf und ich blinzelte kurz mein Einverständnis.

»Ich bin fix und alle«, erklärte Mama. »Kann ich mich auf mein bewährtes Team verlassen, dass ihr die Küche in Ordnung bringt? Ich hab jetzt das dringende Bedürfnis, mit Papa allein zu sein.«

»Geht mir andersrum genauso«, sagte Papa, stand auf und zog Mama sanft mit sich ins Wohnzimmer.

Ljuba sah auf ihre Uhr und quiekte. »Bin ich zu spät! Ist heute vorletztes Mal Kurs!«

Und damit stürmte sie davon.

Daniel und ich sahen uns an.

»Ts, ts, ts«, machte er. »Dann wollen wir mal, einzige große Tochter Koopmann. Ich hoffe nur, du weißt in Zukunft deine wunderbare Familie mehr zu schätzen.«

»Blödmann«, sagte ich und warf ein Geschirrtuch nach ihm.

Aber irgendwie hatte er recht.

Ich war heilfroh, dass ich nicht urplötzlich eine große Schwester gekriegt hatte.

Dabei hatte ich mir mal eine gewünscht. Ganz früher.

Aber kleine Schwestern sind in vieler Hinsicht viel besser ...

Als ich nach unten ging, linste ich zuerst vorsichtig in Richtung Bad, ob sie vielleicht drin war, weil ich ihr jetzt auf keinen Fall begegnen wollte. Aber sie war wohl wirklich zu ihrem Kurs gegangen.

Ich war mir über meine Gefühle ihr gegenüber noch nicht im Klaren. Einerseits tat sie mir leid, weil sie so offensichtlich einem Traum nachgejagt war, aber andererseits hatte sie dauernd versucht, mich wie einen überflüssigen Kegel wegzukicken, hatte meine Eltern gegen mich aufgebracht und es fertiggekriegt, dass alle Welt mich für lieblos, eifersüchtig und paranoid gehalten hatte.

Aber damit war jetzt Schluss.

Die Badezimmertür war angelehnt, es brannte kein Licht. Ich huschte hinein und brachte das Zähneputzen und Waschen so fix wie möglich hinter mich.

Dann flitzte ich in mein Zimmer, zog mich aus und kuschelte mich in meine Decke. Tante Henny hatte es mit einem Sprint geschafft, sich hinter mir durch die Tür zu zwängen. Sie legte sich an meine Füße und schnurrte.

Ich wählte Marlons Nummer und schnurrte ebenfalls in freudiger Erwartung.

Leider ging er nicht ran – na klar! Volleyballtraining.

Ich simste ihm: VIEL ZU ERZÄHLEN RUF BALD AN, und legte das Handy neben mein Kopfkissen.

Ich war zu aufgewühlt, um gleich einzuschlafen. Immer wieder durchlebte ich einzelne Szenen des heutigen

Abends, als Ljuba heulte und Papa wie vom Donner gerührt dasaß, als Mama nach Luft schnappte und Daniel verdattert den Kopf schüttelte. Als die Zwillinge schluchzten und bei Mama Trost suchten.

Als ich endlich rehabilitiert wurde.

Ich stieß einen tiefen Seufzer aus.

Dann legte ich *Marnie* ein, aber ich konnte mich kaum auf die Handlung konzentrieren, weil ich über Onkel Jochen nachdachte.

Was war er bloß für ein Mensch gewesen – ging eine Liebesbeziehung ein und kümmerte sich nicht, was daraus wurde.

Ziemlich mies.

Wie hatte Papa ihn mal genannt? Bruder Leichtsinn.

Tja, und jetzt saß die Tochter von Bruder Leichtsinn bei uns und wurde in ihrem Traum von einer deutschen Familie bitterlich enttäuscht.

Wenn ich ehrlich war – schluck –, dann war ich heilfroh, dass mir diese Schwester erspart blieb.

Der junge Sean Connery sagte gerade was zu seiner Frau, aber ich verstand nur noch Bahnhof und schaltete den Laptop aus.

Ich war todmüde.

Gut. Nun konnte ich ja auch einschlafen.

Schließlich war nun alles geklärt.

Fast alles.

Was war mit diesem Grigorij gewesen?

Wie passte der in Ljubas Pläne?

36

Nein, es war noch nicht alles geklärt.
Jetzt ging die andere Geschichte erst richtig los.

Als ich am nächsten Tag – letzter Schultag! – nach Hause kam, stand meine Mutter in der Küche und flitzte zwischen Herd und Spüle hin und her.

»Wir sind viel zu spät dran«, jammerte sie. »Nichts war vorbereitet. Gleich kommen die beiden Kleinen, Daniel kauft noch schnell Gurken und du kannst mir beim Kartoffelpellen helfen. Nein – deck lieber den Tisch!«

»Wo ist denn Ljuba?«, fragte ich.

»Wenn ich das wüsste«, stöhnte Mama. »Die hab ich seit heute Morgen nicht mehr gesehen.«

Es kratzte an der Haustür, und kurz darauf stürmten mit stolzgeschwellter Brust die Zwillinge in die Küche. Seit ein paar Tagen hatten sie ihre eigenen Hausschlüssel und fanden es toll, dass sie nicht mehr klingeln mussten.

»Was gibt es denn?«, schrie Kris, aber Kathi antwortete fast gleichzeitig: »Mmmm, Kartoffelsalat und Würstchen – cool!«

Mama schickte sie zum Händewaschen, und dann kam Daniel und raffelte die Gurke, während ich saure Sahne, gehackte Minze und Essig mischte.

»Wir sollen nach dem Essen zu Nellie kommen«, verkündete Kris dann. »Wir sind nämlich eingeladen. Nellies Mama hat gesagt, Ferienanfang muss man feiern.«

»Prima«, sagte Mama. »Ich muss nämlich wieder zurück in die Bibliothek, und ich wette, Daniel und Alex haben auch was vor.«

Wir nickten, und niemand sagte etwas von Ljuba, die die beiden sonst nachmittags betreut hätte.

Dann setzten wir uns an den Tisch. Alle sahen unwillkürlich auf Ljubas Platz. Aber er blieb leer.

Wir erzählten vom letzten Schultag, und dann planten wir den Urlaub, der in ein, zwei Wochen starten sollte.

»Kommt Ljuba immer noch mit?«, fragte Kris. »Wo jetzt alles irgendwie so anders ist?«

Mama zuckte die Achseln. »Das weiß ich nicht. Glücklicherweise muss das ja nicht heute entschieden werden.«

Dann hörten wir alle, wie die Haustür geöffnet wurde. Alle sahen zur Tür.

Ljuba kam herein und schlich mit niedergeschlagenen Augen zu ihrem Platz.

Wir schoben ihr die Schüsseln und den Topf mit den Würstchen hin, sie nahm sich und begann zu essen.

»Es geht mich ja nichts an«, sagte Mama mit spröder Stimme. »Aber mich würde schon interessieren, wo du warst.«

»Im Krankenhaus«, sagte Ljuba. »Bei Grigorij. Es geht ihm sehr schlecht.«

PENG!

»Wer genau ist denn eigentlich dieser Grigorij?«, erkundigte sich Mama wie nebenbei, als wäre sie auf die Antwort nicht besonders erpicht.

»Ist mein Freund«, antwortete Ljuba leise. »Ist im Mai nach Bremen gekommen. Wollte bei mir sein.«

»Aha. Und wo wohnt er?«

Ljuba hob die Schultern und ließ sie wieder sinken. »Weiß ich immer nicht genau. Bei Kumpels.«

»Hm. Und warum hast du ihn nie mitgebracht und uns

vorgestellt? Wir hätten doch deinen Freund gern kennengelernt.«

»Wollte nicht. Er – wollte nicht.«

»Und dieser Grigorij ist der aus der Zeitung, ja?«, fragte Daniel plötzlich. »Der Schwerverletzte nach der Messerstecherei?«

Ljuba nickte stumm und hielt den Blick gesenkt.

Man konnte die gedrückte Stimmung, die jetzt am Tisch herrschte, förmlich mit dem Messer schneiden.

Da klingelte es.

»Ich mach auf«, brüllte Kathi, rutschte vom Stuhl und rannte zur Haustür.

Man hörte Stimmen, dann kam Kathi wieder und sagte: »Da ist die Polizei.«

Unwillkürlich sahen wir alle zu Ljuba hin.

Sie stand auf, wischte sich mit der Serviette über den Mund und sagte leise: »Gehe ich schon.«

»Quatsch«, sagte Mama. »Du bist in unserer Obhut. Wir sind für dich verantwortlich. Natürlich komme ich mit.«

Sie gingen beide zur Haustür, und dann hörten wir Mama sagen: »Kommen Sie doch bitte mit!«, und dann gingen alle ins Wohnzimmer und die Tür wurde zugemacht.

»Mist«, zischte Kris. »Jetzt kann man gar nichts mehr hören.«

»Ja, echt Mist«, knurrte Daniel.

»Ich kann ja an der Tür lauschen«, bot Kathi ihm höchst entgegenkommend an.

»Den Teufel wirst du tun!«, fuhr ich sie an. »Außerdem seid ihr doch bei Nellie eingeladen – also macht euch mal fertig, und dann saust los – ist ja bloß ein paar Hundert Meter, die schafft ihr locker allein!«

Maulend gehorchten sie und trampelten nach oben, um ihre Schulsachen in ihr Zimmer zu bringen, polterten dann wieder runter und schmetterten die Haustür hinter sich zu. Danach hörten wir, wie die Wohnzimmertür wieder geöffnet wurde und alle an die Haustür gingen. Nachdem noch ein paar Sätze gewechselt worden waren, wurde die Haustür zugeschlagen.

Daniel und ich sahen uns an.

Mama kam ins Esszimmer zurück und ließ sich auf einen Stuhl fallen.

»Du liebes Lottchen«, ächzte sie. »Hört das denn gar nicht auf!«

»Was ist denn?«, fragten Dani und ich fast gleichzeitig.

Mama strich sich mit der Hand über die Stirn. »Dieser Grigorij, Ljubas Freund, ist offensichtlich kein unbeschriebenes Blatt und geriet wohl nicht rein zufällig in eine Messerstecherei. Er hat was mit Drogen zu tun, Designerdrogen oder so. Und wenn er wieder gesund wird – und das ist wohl auch noch nicht ganz klar –, wird er entweder abgeschoben oder verhaftet oder beides. Ganz blicke ich da nicht durch.«

»Und Ljuba?«, fragte ich.

»Die haben sie aufs Polizeirevier mitgenommen, weil sie ihre Aussage unterschreiben muss. Ljuba bestreitet, dass sie von Grigorijs Dealerei etwas gewusst hat.«

»Und? Glaubst du ihr das?«, fragte ich.

Mama sah mich ernst an. Dann nickte sie. »Doch, ich glaube schon, dass sie keine oder nur ganz wenig Ahnung von seinen Machenschaften hatte. Sie wirkte ernsthaft erschrocken. Ich frage mich nur, wie sie während der ganzen Zeit den Kontakt mit ihm aufrechterhalten hat, wo sie doch fast rund um die Uhr bei uns war.«

Da fiel es mir siedend heiß ein.

Das plötzlich geölte Türschloss an der Kellerhaustür.

Ljubas schwarzer Pulli unter dem Bademantel, als ich den Verdacht hatte, sie hätte Dani und mich belauscht.

»Na klar!«, sagte ich.

Mama runzelte die Stirn. »Was ist klar?«

»Sie ist abends manchmal abgehauen, durch die Kellertür. Ihr seid nie runtergekommen und ich schlafe bekanntlich tief und fest. Das werft ihr mir ja oft genug vor. Tja, und da ist sie abgehauen.«

»Ljuba?« Mama sah mich mit großen Augen an. »Das kann ich nicht glauben. Dass sie uns so hintergehen würde.«

»Hintergangen hat«, korrigierte ich. »Du musst dich der Realität stellen, Mama.«

Sie grinste schief. »Werd bloß nicht frech, mein Schätzchen. Aber vielleicht hast du ja recht. Schade«, fügte sie dann bekümmert hinzu.

»Wieso?«, fragte Daniel.

»Ach, jetzt muss ich mein Bild von Ljuba total verändern. Es tut weh, wenn man sich in jemandem so getäuscht hat.«

»Hast du doch gar nicht«, widersprach ich. »Ihre nette Seite, ich meine, wie sie an den Minis und Papa und dir gehangen hat, das war bestimmt echt und nicht gespielt. Sie hat sich auf euch gestürzt wie die Spatzen auf einen Hundehaufen.«

»Danke für den schmeichelhaften Vergleich! Dass ausgerechnet du jetzt ihre Fürsprecherin bist, das fasse ich nicht!«

Ich musste ein bisschen lachen. »Wieso? Ich kann's mir doch leisten! Schließlich bin ich eure Tochter und sie ist es nicht. Du glaubst ja gar nicht, wie erleichtert ich bin, dass gestern Abend endlich alles rausgekommen ist!«

Sie stand auf, kam zu mir, zog mich hoch und nahm mich ganz fest in die Arme. »Doch, meine Süße, das kann ich dir hundertprozentig nachfühlen.« Dann sah sie durch den Durchgang auf die Küchenuhr. »Mist! Ich komme zu spät! Ich muss los! Tschüs bis heute Abend! Dani, du holst die Mädels, ja?«

Und damit war sie weg.

Daniel und ich werkelten schweigend nebeneinander her, jeder war mit seinen Gedanken beschäftigt. Als wir mit den Küchenarbeiten fertig waren, sahen wir uns ratlos an.

Er blies die Backen auf. Dann ließ er die Luft wieder raus.

»Sag mal, haben wir hier einer Räuberbraut Quartier gegeben? Hab ich mit einer Bonnie – glücklicherweise ohne Clyde – am selben Tisch gesessen? Bin ich nur mit Ach und Krach einem Giftmord entkommen?«

Er verdrehte theatralisch die Augen.

Ich musste kichern.

»Weniger Drama, bitte. Das alles ist ein Auswuchs von Globalisierung – alle sind mit allen verwandt, alle lieben einander, alle ärgern einander ...«

»... und alle wundern sich«, ergänzte er. »Du hast ja ’n Knall! Globalität! Eigentlich schade, dass wir so wenig von Onkel Jochen wissen, was? Na ja, du hast ja wenigstens seine DVDs gekriegt ...«

»Psst!«, zischte ich ihn an. »Sag bloß nichts davon! Sonst kassiert Ljuba die alle ein, weil ich ihr rechtmäßiges Erbe rausrücken muss!«

Er lachte. »Blödsinn. Wenn er dir den Kram vermacht hat, dann bleibt es dabei. So, und jetzt geh ich kicken.«

Ich war mit Marlon verabredet.
Er hatte auf meine SMS hin angerufen, aber er war todmüde gewesen und das Gespräch deshalb sehr kurz.

In der Schule hatte ich ihm nur in Stichworten von unserem Drama gestern Abend erzählen können und jetzt war der ganze Roman fällig.

Marlon lauschte gebannt, und ich durchlebte selbst noch einmal diese ungeheuerlichen Unterstellungen, mit denen Ljuba Papa konfrontiert hatte.

»Stell dir bloß vor, und dann steht sie da wie eine Rachegöttin und sagt ihm, sie wäre seine wahre Tochter – mit Seitenblick auf mich: Ich wäre halt irgendein peinlicher Irrtum!«

»Oh nein, Wahnsinn!« Mehr hatte Marlon dazu erst mal nicht zu sagen. »Und dann?«

Ich schilderte die Szene mit dem Foto, als Papa dann die wahre Identität des Jünglings auf dem Foto aufdeckte, Ljubas Enttäuschung und meine unbeschreibliche Erleichterung, als ich nachträglich rehabilitiert wurde und meine Eltern sich gewissermaßen bei mir entschuldigten.

»Mann, bin ich froh«, flüsterte ich ihm dann ins Ohr, weil wir mittlerweile ziemlich verknotet auf seiner Decke lagen. »Endlich glauben mir wieder alle!«

»Ich hab dir immer geglaubt!«, flüsterte er zurück.

Und dann flüsterten wir erst mal nicht mehr, sondern führten eine andere Art von Zwiegespräch, und zwar eins, das mir unglaublich gut gefiel.

Ziemlich atemlos sagte Marlon dann: »Ich hab auch noch was für dich.«

»Was denn?« Meine Gedanken rasten: Ein Geschenk? Ein Freundschaftsarmband?

Es war aber ein ganz anderes Geschenk.

Etwas viel, viel Schöneres.

Auf dem Heimweg lächelte ich die ganze Zeit vor mich hin, so sehr freute ich mich.

Den Abendbrottisch hatten die Zwillinge gedeckt.

Ich staunte.

Sie hatten die Plätze vertauscht: Ljubas Platz sollte

jetzt zwischen Papa und Daniel sein, Kris zwischen ihrem Bruder und Mama und Kathi zwischen Mama und mir sitzen. Und neben mir dann wieder Papa.

Als Ljuba reinkam und die neue Sitzordnung sah, stutzte sie und dann wurde sie rot. Sie warf mir einen schnellen Blick zu, aber ich schüttelte den Kopf und wies mit dem Kinn auf Kathi.

Da senkte sie den Blick.

Schämte sie sich?

Als Papa endlich auch da war, setzte er sich, machte aber keinen Kommentar zu der veränderten Sitzordnung.

Es gab Spaghetti mit einem Pesto aus Walnüssen und Rucola – das ist so lecker, da könnte ich mich glatt reinsetzen. Vor lauter Gier kriegte ich auch nicht gleich mit, dass Papa redete.

»... müssen wir entscheiden«, hörte ich noch.

»Was?«, fragte ich mit vollem Mund.

»Wegen der Ferien«, sagte Papa.

»Ich wüsste erst mal gern, wie es heute auf der Polizei gelaufen ist«, fragte Daniel mutig.

Alle schwiegen.

Dann räusperte sich Ljuba. »Habe ich alles erzählt, dass ich Au-pair-Mädchen bei euch bin, dass ich Grigorij von Moskau kenne, dass er mir nachgereist ist, dass ich mich manchmal mit ihm getroffen habe. Abends, wenn alle denken, ich schlafe.«

»Hört, hört«, murmelte Daniel, was ihm einen scharfen Blick von Mama einbrachte.

»Dann haben die Beamten mich angerufen und ich habe für Ljuba gebürgt«, sagte Papa. »Es scheint, als wäre sie damit aus dem Schneider. Sie hat von der Messerstecherei nichts mehr mitbekommen, weil sie zu dem Zeitpunkt schon wieder zu Hause war, was inzwischen von einem Taxifahrer bestätigt worden ist. Der Tote ist übrigens ein entfernter Verwandter von Grigorij. Hast du ihn gekannt?«

Ljuba schüttelte heftig den Kopf. »Den habe ich erst hier kennengelernt. Hier in Bremen. Er kommt – kam – auch nicht aus Moskau, sondern aus Nischni-Nowgorod, haben die Polizisten gesagt.«

Papa nickte. »Ja, das haben sie mir auch gesagt.«

»Musst du dann als Staatsanwalt diesen Grigorij anklagen?«, fragte Daniel. »Ich meine, wenn er angeklagt wird?«

Papa winkte ab. »Erstens muss er erst mal wieder gesund werden. Zweitens bin ich nicht der einzige Staatsanwalt in Bremen. Und drittens ist das mit der Abschiebung noch nicht entschieden. Warten wir also ab.«

»Und jetzt müssen wir erst mal das mit den Ferien klären. Ich nehme an, Ljuba, dir ist klar, dass sich das erledigt hat«, sagte Mama und sah sie mit ernstem Gesicht an.

Ljuba nickte stumm, ließ den Kopf hängen und putzte sich laut die Nase. Es hörte sich an wie ein Protest.

Daniel räusperte sich. Dann sagte er: »Sorry, Ljuba, aber das hast du dir selber vorzuwerfen und niemandem sonst.«

Ljuba nickte stumm und sah auf ihren Teller. Fast hätte mich das Mitleid übermannt. Aber ich brauchte mich nur an all die schrecklichen Stunden und Tage zu erinnern, als ich gedacht hatte, meine Eltern würden mich nicht mehr lieb haben – und schon löste sich jeder Anflug von Mitleid in nichts auf.

»Wollte ich sowieso nach Hause fahren«, murmelte sie. »Ist besser.« Damit stand sie auf, brachte ihren Teller in die Küche und wir hörten sie nach unten gehen.

»Ich hab euch aber noch was zu sagen«, verkündete ich.

»Du?« Mama sah mich fragend an.

»Ich bin nur die letzte Woche bei euch. Vorher haben

mich Beermanns zu einer Reise entlang der Loire eingeladen. Mit Marlon.«

Das war sein Geschenk für mich gewesen – eine Einladung!

»Ach nee«, zischte Daniel, aber ich ging darüber hinweg.

»Wir schlafen in einem Wohnmobil und Marlon in einem Zelt, ihr braucht euch also keine Sorgen zu machen. Und jeden Tag schauen wir uns Schlösser an – Chambord, Chennonceaux, Chaumont ...«

»Stopp, stopp!« Papa hatte die Hände erhoben. »Hör bloß auf. Sonst komm ich auch noch mit.«

»Aber nur mit mir«, seufzte Mama.

»Dann wollen wir auch mit«, krähte Kris.

»Ach, und mich wollt ihr hierlassen?«, feixte Dani.

Ich strahlte meine wunderbare Familie an. »Ihr könnt es euch ja noch überlegen, solche Wohnmobile kann man jederzeit mieten. Also, ich darf mit, ja?«

Papa sah Mama an.

Mama nickte und sagte: »Klar darfst du mit. Wir haben ja wohl einiges wiedergutzumachen, was, Bernhard?«

»Ich könnte es nicht schöner sagen, Sabine«, meinte Papa und hob sein Bierglas. »Hoch die Tassen!« Wir hoben unsere Gläser mit Apfelsaft. »Also: Auf die Ferien!«

Nina Schindler hat nach ihrem Studium als Lehrerin an einer Gesamtschule gearbeitet. Anfang der Neunzigerjahre kehrte sie dem Schuldienst den Rücken und begann zu schreiben. Seither hat sie zahlreiche Bücher für Leser aller Altersklassen veröffentlicht, die in ein Dutzend Sprachen übersetzt wurden. Neben ihrer schriftstellerischen Tätigkeit arbeitet sie auch selbst als Übersetzerin aus dem Englischen und Französischen. Nina Schindler ist Mutter von fünf Kindern und lebt mit ihrer Familie in Bremen.

Von Nina Schindler sind ebenfalls bei cbj lieferbar:

Don't step on my Handtuch (21989)
Help! Einbrecher! (22134)

Irma Krauß

Glücksgift

352 Seiten, ISBN 978-3-570-16071-8

In einem Luxushotel wird nachts eine Leiche aufgefunden. Jemand hat sie in die Bar gebettet und mit vierzehn rätselhaften Geschenken umgeben. Ein Liebesmord? Die Kripo ist zunächst ratlos – und stößt doch bald auf die Geschichte dahinter. Die merkwürdigen Geschenke führen zu Bravo und Amanda und direkt zum Beginn einer großen Liebe. Einer Liebe, die plötzlich kommt und heftig, wild, schön und radikal ist. Doch es ist ein Glück, das sich schleichend selbst vergiftet. Amanda ist besessen von Perfektion, für sie gibt es nur ganz oder gar nicht. Dass sie von Bravo das Unmögliche erwartet, wird ihrer Beziehung bald zum Verhängnis ...

20060

cbt

www.cbt-jugendbuch.de

Jay Asher

Tote Mädchen lügen nicht

288 Seiten ISBN 978-3-570-16020-6

Als Clay Jensen aus der Schule nach Hause kommt, findet er ein Päckchen mit 13 Kassetten vor. Er legt die erste in einen alten Kassettenrekorder, drückt auf »Play« – und hört die Stimme von Hannah Baker. Hannah, seine ehemalige Mitschülerin. Hannah, für die er heimlich schwärmte. Hannah, die sich vor zwei Wochen umgebracht hat. Mit ihrer Stimme im Ohr wandert Clay durch die Nacht, und was er hört, lässt ihm den Atem stocken. Dreizehn Gründe sind es, die zu ihrem Selbstmord geführt haben, dreizehn Personen, die daran ihren Anteil haben. Clay ist einer davon ...

20003

cbt

www.cbt-jugendbuch.de